HEYNE <

Das Buch
Wie setzt man die große Liebe aufs Spiel?
Und wie gewinnt man sie zurück?

Turbulent, unterhaltsam und erkenntnisreich: »Zwei wie wir« ist ein Roman über Liebe, Gewohnheit und die Wut eines Mittvierzigers. Er erzählt die Achterbahngeschichte zweier Menschen, die gegen den grauen Alltag der Liebe immun zu sein schienen, bis sie genau vor diesen Problemen stehen: Was gerade noch spannend war, ist auf einmal doch nur noch Routine. Gibt es einen Ausweg aus der Falle?

Ein fesselnder Roman von Stärke und Schwäche, von Alltag und Freiheit, von Leidenschaft und Gewohnheit. Und es ist eine Geschichte von einem Mann, der alles will und eigentlich auch alles hat, aber dennoch nicht zufrieden ist. Manchmal muss man bestimmte Dinge erst verlieren, um ihren Wert zu erkennen.

Der Autor
Philip Tamm, Autor der Erfolgsromane *Billigflieger* und *Herrengedeck*, geboren 1967, heißt eigentlich Daniel Bielenstein und ist unter diesem Namen als Autor und Journalist bekannt. Als Journalist schreibt er über Wirtschaft, Gesellschaft, Lifestyle, interkulturelle Themen. 2003 erschien sein Debütroman *Die Frau fürs Leben*. Daniel Bielenstein lebt in Hamburg.

PHILIP TAMM

ZWEI WIE WIR

Roman

WILHELM HEYNE VERLAG
MÜNCHEN

MIX
Papier aus verantwortungsvollen Quellen
FSC® C014496

Verlagsgruppe Random House FSC-DEU-0100
Das für dieses Buch verwendete FSC®-zertifizierte Papier
Holmen Book Cream liefert Holmen Paper, Hallstavik, Schweden.

2. Auflage
Originalausgabe 03/2012

Redaktion: Eva Phillipon
Printed in Germany 2012
Umschlaggestaltung: Eisele Grafik-Design, München
Umschlagfotos: © Jim Bastardo/Photographer's Choice/GettyImages;
© Brand New Images/GettyImages
Satz: Greiner & Reichel, Köln
Druck und Bindung: GGP Media GmbH, Pößneck

ISBN 978-3-453-40863-0

www.heyne.de

Sommer 1997

»Willst du, Alex Zimmer, die hier anwesende Corinna Johannsen, zum dir angetrauten Weibe nehmen? So antworte mit Ja.«

Der Pastor sieht mich erwartungsvoll an, genau wie die rund hundert Gäste in der kleinen Landkirche, in der wir uns trauen lassen wollen. Corinna, die ich wie alle Inna nenne, steht vor mir und lächelt mich an. Neben ihrem Mund entdecke ich die Grübchen, die mir schon bei unserem ersten Zusammentreffen so gut gefallen haben. Das ist zwei Jahre her. Und jetzt sollen wir also Mann und Frau werden.

Der Pastor hüstelt und flüstert in meine Richtung: »Alex, du musst jetzt *Ja* sagen.«

»Ich weiß. Gleich …«

Der Pastor seufzt mit einem ergebenen Blick gen Himmel. »Das sind die Nerven. Aber egal. Wir beginnen einfach noch einmal von vorne. Also, ich frage dich, Alex Zimmer: Willst du die hier anwesende …«

Er bringt die Frage zu Ende. Aber ich antworte wieder nicht. Ich weiß nicht, was los ist. Es ist wie verhext. Ich öffne den Mund, aber meine Stimme versagt.

In die Reihen der Hochzeitsgäste kommt Unruhe. Es wird getuschelt, Stirnen runzeln sich, Köpfe werden geschüttelt. Was ist denn mit dem los? Jaja, haben wir's doch gleich gewusst. Ein Chaot.

Auch Inna, die Frau, die ich liebe und die mir mehr bedeutet als alles andere auf der Welt, sieht mich verwundert an. »Alex? Ist alles in Ordnung?«

»Wir warten«, fügt der Pastor mit leicht genervter Flüsterstimme hinzu.

»Ich brauche nur noch eine Sekunde. Bin gleich so weit.«

Ich schließe die Augen und sehe mich selbst in der Vergangenheit. Es ist genau zwei Jahre her. Ich besuche eine Party und stehe in der Küche der Gastgeber neben einer Frau. Sie hat lange, dunkelbraune Haare, die ihr bis auf die Schultern fallen, ist nicht besonders groß und sieht mich selbstbewusst aus ihren großen, braunen Augen an. Keine Ahnung, wer sie ist oder zu wem sie gehört. Wir kommen ins Gespräch, reden erst über die Antipasti und den Nudelsalat, dann über uns. Eine toughe Achtundzwanzigjährige, schlank, mit dunklen Haaren und entzückenden Grübchen, die mir als Erstes erzählt, dass sie alleine ein Kind aufzieht und seit einem halben Jahr auf keiner Party mehr war. Und ich? Erzähle ihr, dass ich ein Jahr älter wäre, mit einem Freund einen Klub betreibe und mir nichts sehnlicher wünsche, als endlich mal wieder ein Wochenende ruhig und ohne Alkohol zu Hause zu verbringen.

Sie heißt Inna, sieht mich lachend an und sagt: »Dann ist es wohl ziemlicher Zufall, dass wir uns überhaupt begegnen, was? Ich zum ersten Mal seit Langem draußen, du vielleicht zum letzten Mal.« Nett, aber auch irgendwie provozierend.

In ihrem Blick dieser ganze abgenudelte *Du-bist-einer-von-denen-die-nie-erwachsen-werden-wollen-Vorwurf.*

»Ja, absolut unwahrscheinlich. Wie ein Schimpanse, der ein Gedicht von Shakespeare schreibt.« In meinem Blick der *Noch-keine-dreißig-und-schon-so-spaßbefreit-Vorwurf.* Klar, das ist übertrieben. Ich kenne sie ja gar nicht. Sie gefällt mir. Sie macht mich neugierig. Aber sie ärgert mich auch.

Es knirscht zwischen uns, aber gerade das zieht mich an. Und sie offensichtlich auch. Wir vergessen die Party um uns herum, reden die ganze Nacht und spazieren im Morgengrauen durch die Straßen, wo wir uns mit einem Kuss verabschieden.

Sie und ich. Zwei wie wir. Das passte so gut wie Senf zu Erdbeerkuchen oder ein Oasis-Song auf eine Hippie-Party. Ganz abgesehen davon, dass ich in einer Beziehung steckte. Oder so etwas Ähnlichem. Denn mehr als eine So-etwas-Ähnliches-wie-Beziehung war für mich damals sowieso undenkbar. Ich war noch keine dreißig. Praktisch ein Teenager.

Trotzdem, ich wollte der Sache auf den Grund gehen. Ich machte mich schlau über sie. Ein Kind. Trotzdem Karriere. Und Verantwortung. Drei Gründe, die Finger von ihr zu lassen.

Das erste Date war dann eine Art Test, dem sie mich unterzog. Ein Nachmittag mit ihr und Julian, ihrem damals zweijährigen Sohn, im Zoo. Ich bestand, aber nicht, weil ich mir Mühe gab, sondern weil ich Spaß hatte. Dann folgten Spaziergänge an der Elbe, Konzerte, Kino, Telefonate am Abend, SMS am Morgen. Kein Tag mehr ohne sie. Wir überschritten eine Schwelle, hinter der es kein Zurück gab. Die erste Nacht, das erste Wochenende, der erste Streit, die erste Versöhnung, die erste Nacht ohne Sex, Tage, Nächte, Wochen, Monate.

Und nach fast zwei Jahren stellten wir zu unserer eigenen Überraschung fest, dass all diese Dinge zu einem gemeinsamen Leben geworden waren.

»Willst du mich heiraten?«

An einem Tag, der rund ein halbes Jahr zurückliegt, tut sie das, was früher einmal Sache von uns Jungs gewesen ist. Sie kniet sich vor mich und macht mir einen Heiratsantrag. Ich fühle mich, als bekäme ich eine von diesen Mails mit einer 500 000-Euro-Gewinnbenachrichtigung. Oder einer Erbschaft, die bei der Staatsbank in Kinshasa hinterlegt ist. Sofort löschen! Zu schön, um wahr zu sein. Aber wenn doch etwas dran ist?

Ich lachte. Weil ich es mir niemals so vorgestellt hatte. Einen Antrag zu bekommen – und auch noch auf diese Art. Was mich aber am meisten überraschte, war die Tatsache, dass es mir gefiel. Ich hatte das Gefühl, dass in diesem Augenblick so etwas wie das richtige Leben begann. *Mein* richtiges Leben.

Also kniete ich mich einfach auch hin, sodass wir wieder auf Augenhöhe waren. Ich erbat mir von ihr das Recht, sie auch zu fragen.

»Okay, dann gleichzeitig«, sagte sie.

Wir zählten mit den Händen bis drei, und dann fragten wir uns gegenseitig: »Willst du mich heiraten?«

Ja, wir wollten. Auch wenn es verrückt war. Quasi lebensgefährlich.

Nicht wieder rückgängig zu machen, selbst wenn wir es rückgängig machten. Aber das wussten wir ja. Hatten es uns oft genug gesagt. Jeder soll bleiben, wie er ist. Nichts verlieren, nur gewinnen.

Ich öffne schlagartig die Augen und bin wieder in der Gegenwart. Ich stehe in der Kirche und spüre alle Blicke auf mir, inklusive die des Pastors und meiner zukünftigen Frau. In ihren Augen entdeckte ich so etwas wie Furcht. Weil ich gezögert habe. Davor hatte sie von Anfang an Angst. Mein Zögern. Aber das muss sie nicht. Ich will es genauso wie sie. Jetzt und hier. Für immer.

Ich erlöse Inna und uns alle mit einem Lächeln. Und als ich es sage, fällt es mir ganz leicht: »Ja, ich will.«

Zwölf Jahre und 351 Tage später

1

Schatz?«

»Hm?

»Scha-a-tz!?«

»Was ist denn?«, frage ich mit müder Stimme.

»Ich wollte nur sehen, ob du noch lebst«, sagt Inna.

»Bin mir nicht sicher.«

»Eben. Ich auch nicht.«

Ich öffne die Augen, was die größte Aktivität ist, die ich in den letzten zwei Stunden unternommen habe. Es ist Sommer, es ist Samstagnachmittag, ich bin da, wo ich am liebsten bin: Im Garten meines Hauses auf meiner Rattanliege mit der gestreiften Auflage. Neben mir Inna, meine Frau. Die Kinder sind auch in der Nähe. Dazu mein Hund, meine Katze, mein Auto. Alles da. Mein Leben.

Ich drehe leicht den Kopf, und mein Blick fällt auf die Frau, die ich vor einem halben Jahrhundert – gefühlt – geheiratet habe. Inna. Jedenfalls glaube ich, dass sie es ist. Einiges spricht dafür: die Haarfarbe, die Stimme, die Körperhaltung. Andere Dinge wiederum sind neu und anders: die Fältchen um ihre Augen, ihr spöttischer Blick, die Tatsache, dass sie eine knappe Leine in der Hand hält, deren Ende mit dem nietenversehenen Lederband verbunden ist, das ich um den Hals trage …

Ich fahre mit einem Schrei auf und reibe mir leicht verwirrt den Schlaf aus dem Gesicht. Gott, was für ein Albtraum!

»Schatz, was ist denn los?«, fragt Inna besorgt.

»Was? Gar nichts! Alles in Ordnung«, sage ich mit wackeliger Stimme.

»Du klingst aber gar nicht danach. Kriegst du gerade einen Herzinfarkt? Haben wir eigentlich einen Defibrillator im Haus? Soll ich den Notarzt rufen?«

»Ich habe nur schlecht geträumt«, sage ich lächelnd. Sie nickt mir zu, lächelt ebenfalls. Ihre Grübchen sind immer noch so umwerfend wie am ersten Tag.

»Habe ich dir heute eigentlich schon gesagt, dass ich dich liebe?«, frage ich.

»Nein.«

»Diese Woche?«

»Nein.«

»Diesen …«

»Hey, sag's einfach! Wenn's noch stimmt.«

»Es stimmt noch. Ich liebe dich.«

Es ist ein später Samstagnachmittag, den wir gemeinsam im Garten unseres Reihenhauses in Sasel verbringen, einem Hamburger Vorort, in dem das Leben so schön und harmonisch verläuft wie in der *Truman-Show*. Die Nachbarn grüßen sich, lesen die *Welt* oder die *FAZ* und fahren in den Ferien nach Tunesien oder Südfrankreich.

Und ich mittendrin!

Die sommerliche Stille wird nur vom gelegentlichen Summen eines Sportflugzeugs am wolkenlosen Himmel oder vom etwas lauteren Summen des neuen Aufsitz-Rasenmähers unseres Nachbarn Rolf unterbrochen – ein Gerät, das man zweifellos braucht, wenn man eine Rasenfläche von satten vierzig Quadratmetern in Schuss halten muss.

Unsere Kinder spielen in dem aufblasbaren Gartenpool, den wir im Schatten des großen Kirschbaums aufgestellt haben. Das heißt, das Wort *Spielen* trifft die Sache eigentlich nur bei Emma. Unsere Tochter, die vor Kurzem ihren neunten Geburtstag gefeiert hat, planscht begeistert im Wasser herum und lässt ihre Plastiktiere so etwas wie Synchronschwimmen machen. Julian dagegen, der inzwischen siebzehn ist, liegt seit mehreren Stunden regungslos auf einer Matratze im Wasser, die Augen unter einer dunklen Sonnenbrille und die Ohren unter einem gigantischen Kopfhörer verborgen. Gelegentlich zuckt sein rechtes Bein, aber angesichts der Tatsache, dass er unter so etwas wie dem Restless-Legs-Syndrom leidet, wirkt er heute fast wie einbalsamiert.

Der Junge hat ein eigentümliches Verhältnis zu sich und seinem Körper. Etwa neunzig Minuten am Tag stemmt er Gewichte an der Hantelbank und stöhnt dabei, als wolle er einen Porno synchronisieren. Und die übrigen zweiundzwanzigeinhalb Stunden des Tages verbringt er in absoluter Regungslosigkeit, sieht man einmal vom Bedienen diverser elektronischer Geräte ab.

Ich bin gerade dabei, zum zweiten Mal in einen gemütlichen Samstagnachmittagsschlaf zu fallen, als mich Innas Stimme erneut aufschreckt.

»Nicht wieder einschlafen, Schatz. Der Tag ist noch nicht vorbei.«

»Das weiß ich doch, mein Engel. Aber tagsüber Schlafen macht nun einmal am meisten Spaß.«

»Ja, aber lass uns vorher lieber überlegen, was wir heute vielleicht noch unternehmen wollen.«

Ich überlege kurz und mache ihr dann einen Vorschlag, der mir gerade am attraktivsten erscheint: »Wollen wir nicht einfach zu Hause bleiben? Und gar nichts machen?«

Ich gebe zu, dass das nicht gerade ein Kracher-Vorschlag ist. Schon gar nicht angesichts der Tatsache, dass ich mir früher lieber das Leben genommen hätte, als einen Samstagabend planlos zu Hause zu verbringen.

Aber früher war früher. Und heute gibt es Satellitenfernsehen und T-Entertain mit einer Online-Datenbank, von der man Hunderte von Spielfilmen downloaden kann. Es gibt dieses Haus, in dem wir wohnen und das wirklich gemütlich ist und zum wochenendlichen Chillen einlädt. Ach ja, und es gibt diese perfekte Frau, die meine ist. Und wegen der es keinen Grund mehr für mich gibt, rauszugehen und irgendwem irgendetwas zu beweisen.

Inna lächelt. Süß, aber mit eingebauter Säurekapsel. »Ich habe geahnt, dass du das sagen würdest.«

»Und ich habe geahnt, dass du es geahnt hast.«

»Und ich … ach, vergiss es. Also los, wonach ist dir, Schlaffi? Kino? Freunde einladen? Fahrradtour? Essen gehen? Irgendetwas müssen wir machen, Schatz. Wir können nicht einfach nur hier rumliegen und die Zeit totschlagen!«

Und ob ich kann. Ich bin Familienvater. Aber ich weiß auch, was sie darüber denkt. Inna will immer etwas aushecken, möchte etwas erleben, die Welt verändern oder wenigstens ins Kino gehen.

Ein Unterschied zwischen Männern und Frauen. Während bei uns Kerlen aus genetischen Gründen die Nebennieren ungefähr ab dem 40. Geburtstag kein Adrenalin mehr, sondern Valium produzieren, ist es bei Frauen umgekehrt. Sie wollen in jungen Jahren zu Hause bleiben und sich einen Wolf kuscheln. Und wenn wir Typen uns endlich damit abgefunden haben, überraschen sie uns plötzlich mit einer Unternehmungslust, gegen die selbst ein Weltumsegler wie Sir Francis Drake die reinste Couchpotato ist.

Ich setze mich auf und bemühe mich ebenfalls um einen unternehmungsfreudigen Gesichtsausdruck. Mimikri – die Kunst, sich zu tarnen oder zu verstellen. Es gibt Falter, die können die Gestalt eines Asts annehmen. Falter, die wie Baumrinde aussehen. Und eben verheiratete Männer von Anfang bis Mitte vierzig, die so aussehen, als hätten sie Lust, etwas mit ihrer Familie zu unternehmen.

Andererseits denke ich, dass dies der geeignete Zeitpunkt wäre, um Inna einfach mal wieder wirklich zu überraschen. Mit einem Vorschlag zu einer gemeinsamen Aktivität. Etwas wirklich Tolles, das mir auch Spaß macht. Ich denke kurz nach und habe dann zum Glück die zündende Idee. »Was hältst du denn davon, Engel, wenn wir heute Abend einfach ganz spontan grillen?«

Ich sehe sie erwartungsvoll an. Treffer. Es gefällt ihr. Sie verleiht mir mit Blicken das Bundesverdienstkreuz am Bande. Dann räuspert sie sich und sagt: »Oh, das ist toll. Das ist wirklich mal was anderes, Schatz.«

»Ja, finde ich auch. Super, oder?«

»Alzheimer? Jetzt schon?« Genug Spott in den Augen, um eine Badewanne damit zu füllen.

»Wiiesoo?«, frage ich gedehnt.

Irgendetwas läuft schief. Aber was?

Innas Blicke sind keine Auszeichnung mehr. Eher ein Strafzettel.

Dann fällt mir ein, wieso. Grillen. Haben wir letztes Wochenende auch schon gemacht, und an dem davor auch. Und, wenn ich mich richtig erinnere, in der Woche davor auch. War also doch nicht so toll, mein Vorschlag.

Aber warum eigentlich nicht? Schließlich ist Juli, es ist warm, und wir haben ohnehin nichts Besseres vor. Außerdem haben wir nun einmal dieses Haus (war ihr Vorschlag), diesen Garten (ihr Werk) und diese Kinder (auch ihre Initiative). Was spricht also dagegen, all das zusammenzubringen und den Abend hier in trauter Gemeinsamkeit zu verbringen?

Jetzt mal ganz davon abgesehen, dass die Aussicht auf Berge von Fleisch ohnehin das Einzige ist, was Julian möglicherweise dazu bewegen könnte, den heiligen Samstagabend hier zu Hause in der Familiengruft zu verbringen. So nennt er seit einiger Zeit sein Zuhause. Inna treibt es auf die Palme. Ich lache mich schlapp darüber, zumal ich in seinem Alter über mein Zuhause was ganz Ähnliches gedacht habe.

Ich finde mich in einer handfesten Diskussion über den Verzehr von zu viel Fleisch und die klimaschädigende Wirkung der Verfeuerung von Grillkohle wieder.

Das Praktische an dem Gespräch ist, dass wir es schon ungefähr dreitausendmal geführt haben. Ich weiß, was sie sagt, und sie weiß, was ich sage.

Das ist einer der vielen Vorteile einer Ehe, neben komprimiertem Sex (kein Vorspiel, keine Komplimente, kein mühsames Wachbleiben danach) und dem Umsonst-Cappuccino bei Ikea, dank der Family-Card. Man kann viele Gespräche sozusagen per Autopilot führen, weil sie Rituale geworden sind, die man ohne Hilfe des Großhirns abspulen kann.

Dachte ich jedenfalls.

Plötzlich aber lacht Inna seltsam und kneift mich in den Oberarm. »Hörst du mir eigentlich zu?«, fragt sie.

»Aber ja, Schatz. Immer.«

»Und wieso sagst du dann, dass es gar keine Menschheit mehr geben würde, wenn Grillen wirklich so ungesund wäre, wie ich behaupte?«

»Na ja, weil du es gerade eben behauptet hast! Und weil es halt keine Menschheit mehr geben würde, wenn du recht hättest!«

»Ich habe aber gesagt, dass ich einverstanden bin mit deinem Vorschlag und dass du mir bitte ein Stück Fisch vom Supermarkt mitbringen sollst, das ich dann mit Kräutern und Butter in Alufolie packe und auf den Rost lege.«

»Das hast du gesagt?«

»Ja, Schatz. Und du wüsstest es, wenn du mir wirklich zuhören würdest.«

Inna und ich sehen uns in die Augen und lachen. Und das erinnert mich an die Tatsache, dass vieles zwischen uns vielleicht wie in Millionen anderer Ehen ist. Aber vieles andere eben nicht. Das liegt daran, dass wir, sie und ich, nicht so sind wie Millionen andere.

Natürlich gehen wir nach all den Jahren oft in den ehe-

Blindflug über, sprich, wir leben mit- und neben- wie gut programmierte Roboter, die wissen, was sie zu tun haben. Und da spricht im Prinzip auch gar nichts dagegen, weil wir schließlich auch nur Menschen sind und Menschen nun einmal Rituale brauchen.

Aber dann gibt es eben immer wieder diese Momente, in denen wir uns ganz anders fühlen, lebendig und gut und unternehmungslustig. Dann sehen wir uns an und sind überrascht. Überrascht darüber, dass wir so lange durchgehalten haben und die Dinge immer noch so verdammt gut sind.

Oft nutzen Inna und ich diese Momente, um uns gemeinsam in ein Abenteuer zu stürzen. Wir schmeißen ein paar Dinge in eine Reisetasche, setzen die Kinder an der nächsten Autobahnraststätte aus und fahren ein paar Tage nach Schweden oder Italien (in Wahrheit bleiben Julian und Emma natürlich bei ihren Großeltern mütterlicherseits). Oder wir treffen uns mit Freunden, schießen uns mit Prosecco und Astra-Bier ab und lassen uns durch die Klubs und Kneipen von früher treiben – nur um festzustellen, dass die entweder nicht mehr da sind oder von selbstverliebten Anfangzwanzigern übernommen wurden. Oder wir organisieren uns spontan über die Redaktion, in der Inna arbeitet, ein paar Pressekarten für ein Konzert und hängen dann backstage mit irgendwelchen Stars herum. Die verknallen sich regelmäßig in Inna, weil sie zu den Frauen gehört, die mit jedem Jahr hübscher werden, das treibt mich in die Eifersucht, die ich nur dadurch besiegen kann, dass ich Inna ins nächste Hotelzimmer bringe, um dort das mit ihr zu machen, wovon wir immer dachten, dass man es nach soundso viel Jahren Ehe eben nicht mehr tut.

Das ist der größte Unterschied zwischen mir und den meisten verheirateten Männern. Viele von ihnen können nicht zugeben, dass sie eigentlich ganz zufrieden sind. Ich kann es. Ich muss nicht mit irgendwelchen Ketten rasseln, weil es sie nicht gibt. Es war ein Experiment, damals Ja zu sagen. Und es ist gut gegangen.

Es liegt an Innas Grübchen, klar. Und an der Tatsache, dass die zurückliegenden fast dreizehn Jahre alles in allem eine ziemlich gute Zeit waren. Wir haben eine Tochter bekommen, haben dieses Haus gekauft, und vor allem haben wir die Zeit ohne nennenswerte Krisen überstanden. Wir sind am Ball geblieben.

2

Nachdem ein starker Kaffee meine Lebensgeister geweckt hat, fahre ich mit Julian zum Supermarkt, wo wir uns für den Abend mit Vorräten eindecken wollen. Einkaufen findet er zwar eine Qual, aber er fährt einfach gerne in unserem Quashqai durch die Gegend.

Wir haben ein gutes Verhältnis zueinander, obwohl Julian mit seinen siebzehn Jahren so tief in der Pubertät steckt wie ein unvorsichtiger Sumpfwanderer im Treibsand. Je mehr er strampelt, desto tiefer versinkt er.

Dabei ist die Pubertät zweifellos eine ausgesprochen wichtige Lebensphase, in der man prägende Erfahrungen macht: Komasaufen, in der Schule sitzen bleiben, den Unterschied zwischen *FHM*-Magazin-Frauen und echten Mädchen entdecken.

Erst neulich zum Beispiel klingelte es abends an der Tür, und als ich öffnete, stand Julian vor mir, eingerahmt von zwei uniformierten Polizisten.

»Ist das Ihr Sohn?«, fragte der eine Polizist.

»Kommt drauf an, was er getan hat«, antwortete ich.

»Beantworten Sie bitte die Frage.«

»Ja, das ist mein Sohn. Nicht leiblich, aber ich bin der Erziehungsberechtigte.«

Julian schüttelte daraufhin den Kopf und sagte: »Ich kenne den Mann nicht, Officer. Bringen Sie mich weg von hier.«

Die Polizisten schütteten sich aus vor Lachen. Dann wurden sie wieder ernst, und der eine sagte: »Wenn überhaupt, dann heißt das Polizeihauptmeister, mein Junge. Du siehst zu viel Fernsehen. Außerdem schlage ich vor, dass du deinen Eltern selbst erklärst, warum wir dich nach Hause begleiten.«

Julian hatte gemeinsam mit seinem Freund Malte bei einer Reihe geparkter Autos die Rückspiegel abgetreten. Inna flippte total aus. Ich blieb locker. Es war ja nicht so, dass ich so etwas früher nicht getan hätte. Und selbst heute juckt es mich gelegentlich in den Fingern, wenn ich die immer fetteren SUVs sehe, die von Leuten gefahren werden, die die USA für ihre schädliche Klimapolitik anpissen. Wieder einmal hatte ich das Gefühl, dass er *mein* Sohn ist. Auch wenn ich wie gesagt nicht wirklich sein Vater bin.

Wir schieben unseren riesigen Einkaufswagen durch die Gänge des Vorstadt-Supermarktes, und ich versuche, ein Gespräch in Gang zu bringen. »Und, warst du heute schon online? Irgendetwas Neues auf Facebook?«

»Oh, Alex, bitte …«, sagt Julian daraufhin. Die Worte enden in einem Zischen, das heftige Schmerzen ausdrücken soll.

»Ist die Frage so dämlich?«, erkundige ich mich.

»Danke, dass du es selbst sagst.« Er grinst.

Pubertät. Stimmt, dazu gehört auch, dass man seine Eltern peinlich, nervig und auf jeden Fall überflüssig findet.

»Okay«, sage ich. »Was ist mit deinem Training? Wie viel drückst du eigentlich im Moment? Bist du bei über hundert Kilo?«

»Oh, Alex, bitte …«

»Komm schon.«

»Es interessiert dich doch gar nicht wirklich, oder?«

»Stimmt. Es ist mir ziemlich egal«, gebe ich zu.

»Siehst du.«

»Willst du wissen, warum? Als ich jung war, haben wirklich nur Vollidioten Gewichte gehoben.«

»Sieht man«, gibt Julian trocken zurück.

»Was soll das denn heißen?«

»Würde dir guttun, mal was zu tun. Dein Shape ist unterirdisch, Alex.«

Wir stehen gerade vor den Tiefkühlregalen, und mein Blick fällt auf mein Spiegelbild in der Scheibe. Was Julian sagt, ist natürlich übertrieben. Andererseits stimmt es, dass ich meine sportlichen Aktivitäten in letzter Zeit mal wieder vernachlässigt habe. Ich habe einfach keine Zeit, da ich mich von früh bis spät um Dinge wie Geld verdienen, Kinder erziehen, das Haus, den Wagen, die Steuererklärung und was weiß ich sonst noch alles kümmern muss.

»Gut, was hältst du davon, wenn wir morgen miteinander joggen gehen?«, frage ich Julian.

»Im Ernst?«

»Klar.«

»Okay.«

Wir sehen uns an und grinsen. Wir mögen uns. Familie. Verdammt gut.

Am frühen Abend sitzen wir zu viert am Tisch und essen Salat, Grillsteaks und verbrannte Würstchen mit Curry-Ketchup. Julian, der schlechtere Tischmanieren als Poggy, unser Hund, hat, sagt mit vollem Mund: »Ach ja, kann sein, dass ihr bald Großeltern werdet.«

Inna wird blass, ich spucke mein verbranntes Würstchen aus. »Wie bitte? Heißt das, Rosie ist schwanger?«

Rosie, Julians Freundin, ist ein nettes Mädchen, und die beiden sind immerhin schon seit drei Wochen zusammen. Sex gehört sowieso dazu. Dafür ist in der Generation Zusammensein nicht mal notwendig. Wir sollten uns freuen.

Ich sehe meinen Ziehsohn überrascht an. »Und du Trottel hast nicht verhütet?«

»Wieso ich? Sag das Rosie«, sagt Julian schulterzuckend.

»Nenn ihn nicht Trottel«, fährt Inna mich an.

»Aber er ist einer! Jungs müssen genauso darauf achten«, sage ich.

»Hat Inna damals auch nicht getan«, sagt Julian.

Ich grinse. Inna schüttelt entschieden den Kopf.

»Was ist verhüten?«, will Emma wissen.

»Das ist eine Technik, mit der man verhindert, dass Idioten wie dein Bruder und dein Vater auf die Welt kommen«, erklärt ihr Inna.

»Ach so«, sagt Emma. Sie ist unser Nesthäkchen, aber sie versteht mit ihren neun Jahren eine Menge.

»Nicht witzig«, sagt Julian.

»Bleibt beim Thema, Leute. Unser Sohn wird Vater. Mit siebzehn«, werfe ich ein.

Inna schüttelt sich, als wäre ihr eine haarige Spinne ins Hosenbein gekrochen. »Gott, das ist doch ein Unterschied. Ich war immerhin … Moment mal … neun Jahre älter!«

»Du würdest ihn auch verteidigen, wenn er uns erzählt, dass er in New York eine Atombombe gezündet hat, oder?«

»In New York nicht. Aber in München.«

»Großartig.«

»Habt ihr eigentlich schon mit Rosies Eltern gesprochen?«, will Inna von Julian wissen.

Der Junge grinst uns an wie ein Aktienberater der Sparkasse. »Ich fasse es nicht, dass ihr es mir wirklich zutraut.«

»Dann stimmt's gar nicht?«, frage ich misstrauisch.

»Natürlich nicht. War ein Witz«, erklärt Julian.

»Oh«, sagt Inna.

»Nicht witzig«, sage ich.

»Find ich schon«, sagt Julian.

»Ich auch«, sagt Emma.

»Ich brauch einen Schnaps. Auf den Schock«, sage ich.

»Ich auch«, sagt Julian.

»Nein, du bist zu jung.«

»Ein Mädchen zu schwängern, traust du mir zu? Aber einen Schnaps darf ich nicht?«

»Genau.«

Es wird ein guter Abend. Friedlich bis auf Ausnahmen. Harmonisch bis auf kurze Gewitter. Gehört alles dazu.

3

Montagmorgen, neun Uhr. Ich beuge mich nach unten und öffne das kleine Vorhängeschloss, mit dem das Schaufenster des Schuster's gesichert ist. Mit einem lauten Rasseln schiebe ich den Metallrollladen hoch und betrete das Geschäft, das mit einer Fläche von gerade einmal fünfzehn Quadratmetern nicht gerade riesig für ein Café ist. Aber was heißt schon Café? Eher eine Espresso-Bar. *Meine* Espresso-Bar. Ich blicke mich kurz um, lächele und fühle mich gut. Der Arbeitstag kann beginnen. Die Woche kann beginnen. Mein anderes Leben kann beginnen.

Als Inna und ich damals zusammenzogen, war klar, dass ich mein bisheriges Leben nicht einfach fortführen konnte. Ich betrieb einen Klub, die Fortuna-Bar im Hamburger Schanzenviertel. Ich ging abends aus dem Haus und kam am Morgen nach Hause. Da sie schon damals als Journalistin bei einer Zeitschrift arbeitete, sahen wir uns nur kurz zum Frühstück. Danach ging sie in die Redaktion und ich ins Bett. Abends war es umgekehrt.

Eine Zeit lang bildeten wir uns ein, dass es klappen könnte. Sie war so, und ich war anders. Schließlich hatten wir uns geschworen, uns nicht zu verändern, nur weil wir zusammen waren. Das war nicht reifer als Julian heute ist. Ehrgeizig und sympathisch, aber eben auch verträumt.

Als wir dann heirateten und beschlossen, ein gemeinsames Kind zu bekommen, sahen wir ein, dass wir eben doch anders werden mussten. Jedenfalls ein Stück weit.

Ich stieg aus dem Klub aus, den ich damals mit meinem Freund Gerrit betrieb, und arbeitete ein paar Jahre als Onliner in einem Verlag. Inna hatte mir den Job besorgt. Ich hatte zwar keine Ahnung vom Internet, aber für meine Arbeit musste ich das auch gar nicht. Ich machte von morgens bis abends nicht viel anderes, als Artikel, die in Zeitschriften erschienen waren, fürs Internet aufzubereiten, zu formatieren und zu kürzen. In den Medienhäusern herrschte Pionierstimmung, die Manager glaubten, eine Menge Geld mit Online-Angeboten verdienen zu können. Klar, im Mittelalter glaubten die Leute ja auch, dass die Erde eine Scheibe wäre und man aus Quecksilber Gold machen könnte. Jedenfalls stellten sie einfach jeden ein, der auch nur www sagen konnte.

Nach einer Weile merkte ich, dass die Veränderung für mich zu groß war. Der Typ, der morgens um neun ins Büro fuhr, mittags in der Kantine aß und dann ein paar Stunden Tetris am Arbeitsplatz spielte – das war ich nicht. Krise. Erst ich, dann wir. Unsere Beziehung. Inna sah es ein. So ging es nicht weiter. Mit mir nicht, mit uns nicht. Sie entschuldigte sich sogar.

Ein halbes Jahr später kaufte ich das Café, auch im Hamburger Schanzenviertel, einem Stadtteil, der früher mal links und politisch war und heute bunt und szenemäßig. Zuvor war in den Räumen ein Schusterladen gewesen – deshalb der Name: Schuster's. Es dauerte sechs Monate, bis der Gestank nach Leim und Leder ganz aus den Räumen verschwunden war und durch das Aroma von frisch geröstetem Arabica ersetzt wurde.

Obwohl ich seitdem immer noch geregelte Arbeitszeiten und ganz normale Wochenenden habe – das Schuster's hat nur von Montag bis Freitag und nur von halb neun bis halb sieben auf –, war ich doch wieder in die Schanze und in mein altes Leben zurückgekehrt. Ich war wieder ich selbst. Und ich war zugleich ein anderer geworden, Familienvater, verheiratet, Berufspendler. Genau die richtige Mischung.

Fairerweise muss ich dazu sagen, dass das Modell nur funktioniert, weil Inna es subventioniert. Auf fünfzehn Quadratmetern lässt sich mit Kaffee nicht wirklich ein Vermögen machen, schon gar nicht, wenn die Kundschaft vorwiegend aus alleinerziehenden Müttern besteht, die drei Stunden lang an einem einzigen entkoffeinierten Soja-Latte nippen und sich von mir ihre Milupa-Glässchen anwärmen lassen. Und mit den anderen Bewohnern des Viertels, also den chronisch abgebrannten Künstlern, den Drogendealern, den Radikalen und den Obdachlosen lässt sich auch nicht unbedingt Geld verdienen. Aber immerhin gibt es noch die Studenten. Die haben immer Geld.

»**G**uten Morgen, Bernd«, sage ich gut gelaunt, als um kurz vor neun Uhr der erste Kunde den Laden betritt.

»Guten Morgen, Alex«, erwidert Bernd mit einer Stimme, als hätte ihn die CIA entführt und mit dreiwöchigem Schlafentzug gefoltert.

»Was ist los? Alles in Ordnung?«, frage ich.

»Du meinst, mit mir?«

»Ich sehe sonst niemanden.«

»Ach so. Ja, klar. Du willst also wissen, ob es mir gut geht.«

Ich weiß natürlich, dass die Frage überflüssig ist. Bernd geht es nie gut, und es ist auch nie alles in Ordnung bei ihm. Für beides hat er gute Gründe. Bernd ist Vater einer Tochter, die er so gut wie nie sehen darf, er ist Internet-Programmierer, hat aber so gut wie nie Aufträge, und er ist Stammkunde im Schuster's, hat aber so gut wie nie Geld, um seine Rechnung zu bezahlen.

Und trotzdem mag ich ihn und serviere ihm jeden Morgen seine Latte macchiato und einen belegten Bagel.

Es gibt viele Typen wie Bernd, die jeden Tag oder jedenfalls mehrmals in der Woche bei mir ihren Kaffee trinken. Die meisten von ihnen schleppen einen unsichtbaren Tornister voller Probleme mit sich rum – verkorkste Beziehungen, miese Jobs, geplatzte Träume, was weiß ich. Ich habe keine Schwierigkeiten damit, mir ihre Storys anzuhören, wir kennen uns, schätzen uns, und wenn es im Laufe der Jahre ein paar helle Momente in der Düsternis gibt, ist das doch eine ganze Menge. Natürlich bin ich ein Freak unter den ganzen Piraten und Schiffbrüchigen. Ich mit meinem intakten Familienleben, mit Inna, den Kindern, dem Haus, dem Wagen, dem Jahresurlaub. Das ist vermutlich der Grund, warum ich gar nicht groß darüber rede. Ich will niemanden neidisch machen, und erst recht niemanden mit irgendwas beeindrucken. Die Dinge kommen, wie sie kommen. Wer weiß schon, was am Ende besser ist. Ich nicht.

Die treuesten Stammkunden sind sowieso längst Freunde

geworden, sie kennen Inna und die Kinder, kommen auf unsere Feste, wissen Bescheid. Es ist so, wie es sein soll.

Während ich mich hinter der Theke zu schaffen mache, lässt sich Bernd auf dem rechten Barhocker mir gegenüber nieder – sein Stammplatz. Die Theke bietet eigentlich Platz für vier Gäste, was ohnehin schon nicht viel ist. In Wahrheit aber sind es nur drei Plätze, weil eben einer davon von Bernd eingenommen wird. Und zwar von morgens bis zum Feierabend, von Montag bis Freitag.

Ich stelle die große Kaffeemaschine an, räume den Geschirrspüler aus, lasse ein paar Orangen durch den Entsafter purzeln und verrichte weitere Handgriffe, die mir im Laufe der Jahre zur zweiten Natur geworden sind. Bernd kramt währenddessen seinen elektrischen Rasierer aus seiner Crumpler-Umhängetasche, beginnt sich mit noch halb geschlossenen Augen zu rasieren und erzählt mir dabei, dass er am Morgen überlegt hätte, ob er nicht gemeinsam mit seinem Föhn ein Vollbad nehmen sollte.

»Warum hast du es nicht getan?«, frage ich, während ich die Bagels aus der Lieferkiste nehme und in zwei Hälften zerteile.

»Hab keine Badewanne.«

»Du könntest es unter der Dusche versuchen.«

»Einen Föhn habe ich auch nicht.«

»Was ist mit dem Rasierer?«

»Hab's probiert. Der hat nur zwölf Volt.«

Sanfte Erschütterungen lassen uns verstummen, Brommi ist im Anmarsch, ein weiterer Stammkunde. Bernd und ich fühlen uns wie zwei Homo erectus im Pleistozän, die anhand der Stoßwellen den Anmarsch eines Brontosaurus spüren. Brommi ist Ende fünfzig, trägt einen schwarzen FC-St.-Pauli-Kapuzenpullover, schwarze Jeans, schwarze Sneakers. Immer. Nur sein eigentlich schwarzes Haar ist inzwischen weiß geworden, dafür aber immer noch so fettig wie vor dreißig Jahren. Brommi hat ein Kreuz so breit wie ein LKW. Der einzige Mann, den ich kenne, der alleine ein Klavier heben kann. Brommi ist Anarchist, lebt seit den Achtzigern in der Schanze, besitzt einen alten VW-Bulli, in dem er meistens auch wohnt und mit dem er eine Ein-Mann-Umzugsfirma betreibt.

»Moin, Alex. Moin, Bernd.«

»Moin.«

Brommi setzt sich neben Bernd, und ich merke, dass ich meine Aussage revidieren muss. Die Theke bietet Platz für vier Gäste, aber eigentlich sind es nur zwei, weil zwei von Bernd und Brommi eingenommen werden. Den ganzen Tag.

»Und? Hat's wieder nicht geklappt?«, fragt Brommi grinsend, sieht Bernd an und imitiert pantomimisch einen Strick, an dem sich jemand aufhängt.

»Ich möchte nicht darüber reden«, sagt Bernd.

»Ich könnte dir helfen«, sagt Brommi.

»Ach ja?«

»Ich fahr dich auf die Köhlbrandbrücke. Da könntest du runterspringen.«

»Danke, ich komme drauf zurück.«

»Wirklich, Bernd. Du wirst noch depressiv, wenn dir die ganzen Selbstmordversuche misslingen. Das ist nicht gut für dich.«

Ich stelle eine Tasse Filterkaffee, schwarz, vor Brommi. Natürlich boykottiert er alle modernen Kaffeekreationen.

»Lass ihn in Ruhe«, sage ich.

»Ich will doch nur helfen«, verteidigt sich Brommi.

»Eben.«

Darryl, ein gestrandeter Amerikaner, kommt herein, summt ein paar Bluestöne, lässt sich ebenfalls am Tresen nieder.

»Hey, Alex, hey Jungs. *It's a fucking good day.*«

Er zückt eine Zigarre aus seinem fadenscheinigen Jackett, aber ich nehme sie ihm ab, bevor er sie anzünden kann. »Vergiss es, Darryl. Nicht hier drin. Andere Gäste wollen atmen.«

»Hey, die ist kubanisch, Alex. Ich kann dir welche davon besorgen. Spezieller Preis, nur für dich.«

Darryl ist Pianist und spielt an den meisten Abenden im Hafenhotel in der Lobby. Danach tingelt er durch die Sessionbühnen der Stadt, geht keine Nacht vor Sonnenaufgang ins Bett und klammert sich ansonsten fest an den Glauben, dass man trinken, Drogen nehmen und zu Prostituierten gehen muss, um als Jazzmusiker Erfolg zu haben. Er ist ein beeindruckend guter Musiker, und ich habe ihn zweimal mit Gästen zusammengebracht, die über Musik schreiben und Kontakte zu Labels haben. Keine Chance, nicht bei Darryl. Er möchte entdeckt und nicht vermittelt werden.

Bernd fängt an, auf sein Laptop einzuhacken, Brommi und Darryl diskutieren über Fidel Castro und die Kubanische Revolution. Die Urban Farmers von gegenüber kommen zum Frühstücken herein, nette Jungs, die auf den Dächern der umliegenden Häuser in Plastikkisten Obst und

Gemüse anbauen. Ich kaufe ihnen regelmäßig einen Teil ihrer Ernte ab, aber es bleibt eine Tatsache, dass Hamburg eine viel zu grüne und große Stadt ist, als dass Asphalt-Gärtnern wirklich Sinn machen würde. Aber wer fragt danach?

Der Laden füllt sich mit weiteren Gästen, und auch die Tische vor der Tür sind jetzt besetzt. Ich werde mit Bestellungen überhäuft und wirbele hinter der Theke herum, als wäre ich ein indischer Gott mit acht Armen, dem sechs davon leider ausgefallen sind. Ein ganz normaler Tag im Schuster's.

Im Hintergrund läuft Musik vom *Bombay Bicycle Club*. Ich bin gut gelaunt, aber trotzdem sinkt mein Energielevel immer mehr nach unten. Kein Wunder, ich habe bisher nicht einmal fünf Minuten Zeit gehabt, um selbst einen Kaffee zu trinken oder etwas zu essen. In meinen Augen ist es ziemlich offensichtlich, dass dieser Job alleine nicht mehr zu bewältigen ist. Ich brauche dringend einen Angestellten.

Dann fällt mir ein, dass ich ja einen Angestellten habe. Erik.

Zehn Sekunden später hänge ich am Telefon. »Hi, hier ist Alex. Wo steckst du?«

»Hi, Alex. Wo soll ich sein? Im Bett.« Es geht auf halb zwölf zu, und offenbar habe ich ihn geweckt.

Erik ist fünfzehn Jahre jünger als ich, aber damit ist er dennoch alt genug, um als erwachsener Mann durchzugehen. Also als jemand, von dem man Verantwortung, Pflichterfüllung und vor allem Pünktlichkeit erwarten darf. »Schwing deinen Arsch hierher, Erik. Oder du bist entlassen.«

Ich höre eine Reihe seltsamer Geräusche. Husten, Röcheln, Stöhnen, Schlucken. Dann eine Reihe von Flüchen. Idiot, Pedant. Sklaventreiber.

»Hast du mich gehört, Erik?«

»Chill, Alex. Bin in zehn Minuten da. Hast was gut bei mir.«

Eine halbe Stunde später lässt Erik sich stöhnend an der Theke nieder. Er sieht aus wie ein Junkie im Endstadium, und das obwohl er eigentlich ein gut aussehender Typ ist. Dunkle leicht verfilzte Locken, ein kantiges Gesicht, auf den Punkt unrasiert. T-Shirts, Jeans, Sneakers. Gar nicht so viel anders als ich. Die gleiche Verpackung, anderer Inhalt. Oder nicht mal das. Ich habe eben nur die fünfzehn Jahre mehr auf dem Buckel. Und das sieht man.

Ich koche ihm erst einmal einen dreifachen Espresso. Dürfte sein Überleben sichern.

Er schlürft den Kaffee und erzählt mir etwas von letzter Nacht. Partys, Mädchen, Chemie, Spaß.

Ich höre ihm zu, halb genervt, halb neidisch. Wann war meine letzte Party? Ich meine, meine letzte richtige Party, also nicht diese zweifellos netten Abende, die ich gemeinsam mit Inna und anderen befreundeten Paaren verbringe? Nicht dass irgendetwas gegen solche Events sprechen würde. Meistens treffen wir uns mit Torsten und Katarina oder mit anderen Freunden, es gibt selbst gemachte Pasta und guten Wein, dazu Hintergrundmusik von irgendeinem angesagten Jazzmusiker, dessen neueste Scheibe eine hymnische Besprechung in der *Zeit* oder der *Süddeutschen Zeitung* hatte. Alles fein. Aber es ist eben nicht dasselbe, wie in einer Wohnung, dessen Besitzer man nicht kennt, betrunken auf dem Fußboden zu sitzen und mit Mädchen rumzumachen, die man ebenfalls nicht kennt.

Gott! Mein Opa hat von Stalingrad geredet, mein Vater von Woodstock, und ich? Von den Partys von früher? Auch nicht viel besser.

Nach dem zweiten dreifachen Espresso ist Erik einsatzbereit, und wir beginnen unsere alltägliche Coffee-and-Bagelshow hinter dem kleinen Tresen zu vollführen, ungefähr wie Tom Cruise und Bryan Brown in *Cocktail*. Wir werfen uns die Gläser zu, lassen die Bagels und Wraps durch die Luft fliegen, klopfen mit den Siebträgern unserer Kaffeemaschine heiße Rhythmen auf den Tresen. Zwischendurch quatschen wir mit den Gästen, trinken selbst einen Kaffee oder verdrücken ein Sandwich, hören Musik, bestaunen die Mädchen und Frauen, die sich hier zum ersten Mal blicken lassen. Der Tag vergeht schnell und geschmeidig wie ein Alpinskirennen auf gut gewachsten Skiern.

Und ich habe wirklich nicht den geringsten Grund, mich zu beschweren!

4

Der nächste Morgen, kurz nach sechs. Die Stimme des Generals peitscht durch die Schlafstube und reißt mich aus den Träumen.

»ALEX ZIMMER! AUFSTEHEN! Aber ZACK, ZACK!«

Ich springe aus dem Bett, als hätte man mich mit einem Elektroschocker geweckt. Ich stehe stramm und salutiere. Der General sieht mit gerunzelter Stirn auf seine Uhr. »Mal wieder verschlafen, Zimmer, was? Und das Bett ist auch noch nicht gemacht. Ein wenig lahm, was?«

»Tut mir leid«, murmele ich leise und lasse mich wieder aufs Bett sinken.

»WIE BITTE?«, donnert der General.

»SIR! ES TUT MIR LEID! SIR!«

Ihr Gesicht wird etwas milder. »Wieso, Sir? Bist du bescheuert, Alex?«

Inna steht vor dem Bett und lächelt zu mir herunter. Sie ist schon längst wach, hat ihr Yoga gemacht, sieht aus wie das blühende Leben.

»Habe ich Sir gesagt?«, frage ich verunsichert.

»Hast du.«

»Ich träume wohl noch.«

Sie sieht mich mit gerunzelter Stirn an. »Egal. Aber steh jetzt bitte auf, Alex. Ich habe die Kinder schon geweckt, mach du ihnen bitte Frühstück … VERSTANDEN, ZIMMER?«

»SIR! JA, VERSTANDEN! SIR!«

Als ich kurz darauf unter der Dusche stehe, fällt mir wieder einmal ein, dass ich nicht mit einer, sondern mit zwei Frauen verheiratet bin.

Die eine sehe ich vor allem am Wochenende, an Feiertagen und in den Ferien. Inna – und zwar die Inna, die mehr oder weniger noch genauso ist wie die Frau, die ich vor fünfzehn Jahren kennengelernt und vor fast dreizehn Jahren geheiratet habe.

Die andere Frau ist die von heute Morgen. Die Montag-bis-Freitag-Inna. Sie trägt Uniform, jedenfalls mental, und befehligt eine kleine Privatarmee, die aus vier Personen, einem Hund und einer Katze besteht.

Ich kann gar nicht genau sagen, wann diese Rollenverteilung aufgekommen ist, aber es muss ziemlich bald nach Emmas Geburt gewesen sein. Danach waren es dann vier Phasen, die zum heutigen Zustand geführt haben.

Phase 1 – die Euphorie. Emma war auf der Welt, und wir waren eine richtige, große, vierköpfige Familie. Der Hormonrausch nach der Geburt unserer Tochter machte uns auf angenehme Art realitätsblind. Ich verstand gar nicht, warum andere Väter immer so jammern, wenn Säuglinge im Haus sind. Ich fand's einfach gigantisch. Ich schlief nachts zwar nicht. Aber das lag keineswegs daran, dass Emma so viel schrie. Sondern daran, dass ich so dermaßen verknallt in meine eigene Tochter war, dass ich die ganze Nacht neben ihrem Bettchen saß und ihr beim Schlafen zusah.

Phase 2 – das Erwachen. Inna und meine Gespräche wurden irgendwie eindimensional. Ihr Textbeitrag klang meistens so: »Hör zu, Alex, ein Säugling frühstückt nicht erst um halb neun, und er will auch nicht Milchkaffee und Croissants … Und nein, ein sechs Monate altes Mädchen duscht nicht, sondern badet, und dabei braucht sie deine Hilfe. Und bis sie sich alleine anziehen kann, wird es noch einige Jahre dauern.«

»Echt?«

»Bitte, Alex. Das ist nicht witzig. Wir müssen jetzt beide wirklich mit anpacken, sonst schaffen wir das nicht.«

Phase 3 – die Generalin. Siehe oben. Inna hatte eingesehen, dass ich kein Talent dazu besitze, ein guter Familienvater zu sein. Man muss mir halt sagen, was ich tun soll. Ich wiederum habe eingesehen, dass es gar nicht so schlimm ist, wenn man mir sagt, was ich tun soll. Die Trefferquote ist dann höher.

Phase 4 – mein Leben und ich. Alles ist genau wie in Phase drei. Nur, dass diese Phase inzwischen halt fast zehn Jahre dauert. Ab und zu geht es mir auf die Nerven, und ab und zu nicht.

Oder nein, ich formuliere es anders. Die Phasen, in denen es mir auf die Nerven geht, sind der Preis, den ich für die Phasen zahlen muss, die einfach fantastisch sind. Die, in denen die Dinge gut sind und rund laufen. Die, in denen ich denke, dass alles genauso ist, wie ich es mir wünsche.

Das ist halt nicht immer so. Aber oft. Oft genug.

Wenn du eine Frau heiratest, hast du das Gefühl, dass sich die Tür zu einer ganz neuen Welt öffnet. Nach einigen Jahren aber merkst du, dass sich gleichzeitig die Türen zu allen anderen Welten geschlossen haben.

Oder um es einfacher auszudrücken: Wenn du eine Frau heiratest, bedeutet das, dass du alle anderen Frauen nicht heiratest.

Es gibt kaum jemanden, der mir diese Erkenntnis so oft und so penetrant unter die Nase reibt wie mein alter Freund Gerrit.

Auch heute ist es mal wieder so weit.

Es ist kurz vor acht Uhr abends. Das Schuster's ist geschlossen, und ich räume auf, spüle, fege, bereite alles für den nächsten Tag vor. Gerrit sitzt am Tresen, weigert sich zu gehen, trinkt Averna auf Eis und lässt den Zündschlüssel seines Ford Mustangs um den Finger kreisen. Ich habe den Fehler begangen, Gerrit von dem Phasenmodell meiner Ehe zu erzählen.

Gerrit zieht sich seine verspiegelte Zuhälter-Sonnenbrille auf die Nasenspitze und sieht mich über ihren Rand hinweg an. Jetzt habe ich also den Salat. Eine Beziehungs-Diskussion mit Gerrit. Lieber rede ich mit dem Papst über außerehelichen Sex oder mit dem amerikanischen Präsidenten über Friedenspolitik. Aber ich kenne ihn gut genug, um zu wissen, dass er mich nicht mehr vom Haken lässt.

»Warte mal, Alex. Das kapiere ich nicht. Also, du erkaufst dir sozusagen zehn gute Minuten mit deiner Frau für fünfzig miese Minuten? Gott, Alter, was ist denn das für eine Lebenseinstellung?«, fragt er mit seiner näselnden Martin-Semmelrogge-Stimme.

»Das ist keine Lebens*einstellung*. Das ist das Leben.«

»Du willst es auch noch rechtfertigen? Obwohl, stimmt, die Lemminge springen auch freiwillig in den Abgrund.«

Gerrit schüttelt befremdet den Kopf. So als würden wir uns über offene, eiternde Geschwüre unterhalten. Für etwas Ähnliches hält er die Ehe auch.

»Nein, Himmel!«, sage ich. »Aber es ist halt so. Ich habe es mir nicht ausgesucht. Und ich habe es nicht erfunden. Aber wenn du mit einer Frau eine dauerhafte Beziehung führen willst, dann hat das eben seinen Preis.«

»Wie wär's mit Zechprellen?«

»Nützt nichts. Irgendwann kommt die Rechung.«

»Mir wird schlecht.«

Gerrit geht mir gewaltig auf die Nerven. Obwohl er einer meiner besten und ältesten Freunde ist. Aber es gibt Themen, bei denen kommen wir einfach nicht mehr zusammen. Frauen ist eines davon.

Gerrit und ich kennen uns seit über 25 Jahren, und wir haben einiges miteinander erlebt. In den Neunzigern haben wir erst zusammen in einer Kneipe gejobbt und uns dann gemeinsam selbstständig gemacht. Wir betrieben die Fortuna-Bar, und es war ein Riesenerfolg. Aber dann ist es halt passiert. Ich habe geheiratet und bin so etwas wie solide geworden. Gerrit dagegen hat sich dazu entschlossen, sich auf nichts Dauerhaftes einzulassen. Schon gar nicht mit Frauen. Und er hat es bis heute durchgehalten.

»Dann erkläre es mir einfach noch mal, Alter«, greift er den Faden wieder auf. »Wieso bist du immer noch mit Inna zusammen, wenn du selbst sagst, dass ihr mehr miese Zeiten habt als gute?«

»Das habe ich nicht gesagt, verdammt noch mal. Und es stimmt auch gar nicht«, sage ich wütend.

»Klar hast du. Du hast irgendetwas von Phasen gelabert. Von wegen, dass man sich die guten mit den miesen erkauft und dass der Wechselkurs dafür schlechter als 1:1 steht.«

Ich seufze und stelle den Kehrbesen weg, mit dem ich im hinteren Raum gerade den Boden gesäubert habe. Am Tresen mische ich mir auch einen Averna mit Limone und Eis und proste Gerrit zu.

»Ich versuche dir nur zu erklären, dass es etwas anderes ist, wenn du erst einmal mit einer Frau ein paar Jahre zusammen bist. Dann ist es halt nicht nur rosarot.«

»Aber entschuldige, warum macht man es dann?«

»Weil ich dafür etwas bekomme, das du nicht kennst. Und das du auch nie kennenlernen wirst, wenn du so weitermachst wie bisher.«

»Und was?«

Ich zucke mit den Schultern. »Vertrauen. Verbundenheit. Echte Nähe.«

Gerrit tut so, als blättere er in einem Wörterbuch und erklärt dazu: »Ich suche nur die entsprechenden Übersetzungen raus. Ah, hier ist es. Vertrauen heißt auf Deutsch – Langeweile. Verbundenheit – Kontrolle durch die Frau. Echte Nähe gleichbedeutend mit – Verzicht auf Sex.«

»Gut, dass du mein Freund bist. Ich würde dich sonst rauswerfen.«

»Weil ich recht habe?«

»Nein. Weil du einfach nicht weißt, worum es geht.«

Gerrit lächelt versöhnlich. Trotz seiner ganzen Sprüche

weiß er, dass ich mit Inna und meinem Leben zufrieden bin. Oder mehr als das.

»Sag mir lieber, wie es bei dir läuft«, fordere ich ihn auf.

Gerrit grinst daraufhin wie Flüssigseife. Fehlt eigentlich nur der Diamant im Schneidezahn, der aufblitzt, aber zum Glück ist er so weit nicht gegangen. Gerrit betreibt seit einigen Monaten eine Retro-Diskothek auf dem Kiez. Seitdem pflegt er einen Siebzigerjahre-Kleidungsstil, mit *Saturday-Nightfever*–Schlaghosen und Nylonhemden, die im Laufe eines Abends so nach Schweiß zu stinken beginnen, dass er sich halbstündlich mit hoch dosierten Herrendüften einwölken muss.

»Na ja, es war ganz einfach«, erklärt er und macht eine ergebene Geste. »Ich habe Julia erklärt, dass es vorbei ist und auch nie wieder etwas aus uns wird. Ich wollte sie nicht direkt rauswerfen, weil sie ja ein süßes Girl ist. Nett auch, und so. Aber ich wollte ihr nichts versprechen, was ich nicht halten kann … Blödsinn, umgekehrt. Ich wollte nichts halten, was ich ihr versprochen habe. Sie hat daraufhin ein ziemliches Theater gemacht, aber nach drei Tagen ist sie dann halt doch ausgezogen, und seitdem habe wieder ich meine Ruhe.«

»Also mal wieder ein Beziehungs-Aus?«

»Logo. Kennst mich doch.«

Ich will nach Hause, aber Gerrit überredet mich, noch etwas loszumachen. Es ist Dienstagabend, sein eigener Laden hat zu, aber die Vorstellung, einfach nach Hause zu gehen, ist für Gerrit so wie für jemand anderen, freiwillig in den Krieg zu ziehen.

Ich überlege kurz, ob ich mich um Emma kümmern muss. Hat sie heute Reitstunde? Geht sie zum Ballett? Dann fällt mir ein, dass Innas Tai-Chi-Stunde heute ausfällt, und sie mit Emma neue Schuhe kaufen gehen wollte. Also schön, gehen wir noch etwas trinken.

Das Problem besteht darin, dass man mit Mitte vierzig so einfach nichts mehr losmachen kann. Klar, man kann in Kneipen herumsitzen und etwas trinken, man kann auch in Bars gehen und für viel Geld etwas trinken.

Aber wirklich etwas erleben, das ist schon sehr viel schwieriger. Denn in den meisten Klubs oder Diskotheken kommt man sich vor, als wäre man ein Abiturient auf der Unterstufenparty. Die Stadt gehört zwischen 22:00 Uhr und 6:00 Uhr morgens Minderjährigen und Mittzwanzigern.

Keine Ahnung, wohin die ganzen Menschen in unserem Alter verschwinden. Kann es sein, dass sie wirklich einfach nur im Bett liegen?

Zu meiner Verblüffung stelle ich fest, dass Gerrit das völlig egal ist. Ihm ist nicht klar, dass er auch schon über vierzig ist. Und wenn doch, dann hat er es spätestens nach dem zweiten Glas Bier vergessen.

»Komm schon, Alex. Ich kenne einen wirklich angesagten Laden. Interessante Leute. Künstler und so. Das wird dir gefallen, glaub mir.«

»Ich muss Inna noch anrufen und ihr sagen, dass es später wird.«

Gerrit feixt. »Ja, tu das. Sag Frauchen, dass Hundi noch ein bisschen Gassi geht.«

»Idiot.«

»Hör dir selbst zu. Ich wiederhole es nur.«

»Gott, Gerrit!«

»Ich sag's ja nur.«

Ich lasse mein Handy wieder unverrichteter Dinge in die Tasche gleiten und begleite Gerrit in eine Kneipe in einer Seitenstraße auf dem Kiez. Er kennt die meisten Gäste, stellt mich ein paar Leuten vor, und ich quatsche mit ihnen über Musik, Bands und Bars. Es sind gute Gespräche, bis auf die Tatsache, dass öfter mal jemand anerkennend nickt und meint, dass ich mich für mein Alter ja ganz gut in der Szene auskennen würde. *Für mein Alter.* Muss sich Prince oder Eric Clapton so etwas eigentlich auch anhören? Dass sie *für ihr Alter* ganz gute Musik machen? Oder Clint Eastwood? Dass er *für sein Alter* noch ganz gute Filme macht?

Hey, ich bin 44 Jahre alt! Ich bin Cafébetreiber in der Schanze. Ich trage Jeans und T-Shirts mit witzigen Aufdrucken, ich habe alle Filme von Quentin Tarantino gesehen und habe im Schuster's ein paar Stammgäste, die die meisten hier nur aus dem Fernsehen kennen.

Ich komme mit Jana, einer Freundin von Gerrit, ins Gespräch. Sie trägt eine silberne Perücke und geht auf Plateauschuhen. Kunststudentin. Hübsch. Interessant. Für meine Begriffe ein wenig bemüht.

Ich erzähle Jana, dass mich ihr Outfit anturnt. Sie beugt sich zu mir, nickt mir mitleidig zu und sagt: »Hey Alter, notgeil oder was? Wie kommt's? Läuft zu Hause mit der Alten nichts mehr?«

Bevor ich antworten kann, dreht sie sich um und springt kreischend auf ein paar Freundinnen zu, die sich schon die ganze Zeit darüber gewundert haben, warum sie sich so lange mit mir unterhält.

Trotz diesem Zwischenfall steigt meine Laune im Laufe des Abends wieder auf ein überlebensfähiges Niveau. Ich halte mich an Bier und Wodka. Gegen Mitternacht beschließen Gerrit und ich, den Abend zur Nacht zu machen. Inna kann ich jetzt sowieso nicht mehr anrufen, weil sie ziemlich sicher schon im Bett liegt und schläft. Ich überlege kurz, was schlimmer ist – sie zu wecken oder eben nicht Bescheid zu sagen. Gerrit muss gar nichts dazu sagen. Es reicht, wie er mich anguckt. Ich mache eine wegwerfende Handbewegung und trotte ihm hinterher zu seinem Auto.

Eine halbe Flasche Wodka und ein Dutzend Astraknollen später bin ich in einem Zustand, den Buddhisten Erleuchtung nennen. Ich denke an alles Mögliche, aber nicht mehr an meine Frau. Wir klappern die Kiezkneipen ab wie Hausfrauen die Warentische im Schlussverkauf, Lehmitz, Molotow, sogar die Touristenläden rund um den Hans-Albers-Platz. Wir lassen uns von den guten Liedern anziehen und von den miesen vertreiben, reden mit Mädchen, wehren die Nutten ab, schieben zwischendurch einen Lammcurry Masala ein und begraben das Ganze mit Tequila.

Es ist schon weit nach ein Uhr, als uns der Abend in den Silbersack spült, eine Kneipe, deren Look sich in den letzten fünfzig Jahren nicht verändert hat. Angegilbte Tapeten, billige Resopaltische, eine Tresenfrau im Blümchenkittel, die hier wohl seit der Nachkriegszeit steht. Aber der Laden ist angesagt. Es ist so voll, laut und verschwitzt wie in einem Hallenbad. Und in einer lauen Sommernacht wie dieser sogar noch ein wenig mehr. Dann sind zwei Frauen bei uns, Mitte dreißig, die auf einem angenehmen Level besoffen sind. Sie unterhalten uns durch eine Gruppe Touristen hindurch, denen das natürlich gar nicht passt. Es sind dämliche Typen, Modell Kegelbrüder, die die beiden Frauen mit Sprüchen anflirten, mit denen man nicht mal eine Bäuerin in Vorpommern vom Trecker bekäme.

Die eine der Frauen, kastanienbraune Haare, kluge Augen, starrt einen der Typen kopfschüttelnd an, als der es gerade mit einem Kompliment bei ihr versucht, bei dem man ihm am liebsten einen Gratisgutschein für eine Flirtschule schenken möchte: »Hey, auch hier?«

»Frag mich doch, ob ich Feuer habe. Das wäre origineller«, erwidert sie.

»Aber ich rauche doch gar nicht«, sagt er.

»Umso besser.«

Sie dreht sich einfach um und lacht sich schlapp. Gerrit und ich wechseln die Position. Wir stehen nun direkt bei den beiden Frauen. Ich spende derjenigen, die den Touristen hat abblitzen lassen, pantomimischen Applaus, sie verneigt sich wie eine Schauspielerin, wir kommen ins Gespräch.

Wer Pech mit Frauen hat, hat vielleicht mehr Glück im Ring. Jedenfalls scheinen das die Typen zu denken, die bei den beiden Frauen nicht landen konnten. Der mit dem Flirtspruch stellt sich vor Gerrit und mich, taxiert uns und beginnt auch schon zu pöbeln.

»Verschwindet, das sind unsere.«

»Wer jetzt? Die beiden Frauen?«, frage ich verwundert.

»Würde mich auch interessieren«, sagt die Frau mit den braunen Haaren, von der ich inzwischen weiß, dass sie Sylvia heißt.

»Egal. Jetzt geht's um uns, um euch zwei und mich«, sagt

der Touristentyp. Der Spruch ist dumm. Seine Oberarme allerdings beeindruckend.

Seine Kumpels, anstatt ihn zu bremsen, hängen sich mit rein. Ich sehe Gerrit an, er sieht mich an, wir zucken beide mit den Schultern. Eine Schlägerei ist nicht unbedingt das, was wir uns vorgestellt haben. Aber warum eigentlich nicht? Die beiden Frauen lassen sich nicht lumpen, wollen den Kampf halb vermeiden und halb anstacheln. Sylvia steht jetzt direkt hinter mir, schiebt sich dichter an mich dran und sagt in Richtung des Kegelbruders: »Hey, hör auf mit dem Scheiß. Lasst die zwei in Ruhe. Obwohl du zweifellos was auf die Fresse verdient hättest.«

»Das war jetzt nicht wirklich deeskalierend«, sage ich nach hinten über die Schulter.

»Hast du Angst?«

»Allerdings.«

»Wir schaffen das.«

Ich bin mir nicht so sicher. Die Touristen sind jetzt wirklich sauer. Sieht aus, als hätten sie auch nichts gegen eine Schlägerei. Und sie sind mehr als wir. Sie rücken auf, die ersten Fäuste fliegen. Plötzlich aber zucken die Typen zurück und machen Männchen. Glück gehabt. Oder sagen wir es so: Gerrit und ich haben einen Schutzengel. Auf dem Kiez gibt es in jeder Kneipe jemanden, der für den Frieden zuständig ist. In diesem Falle sind es gleich zwei. Sie sind beide an die zwei Meter groß, Muskeln wie *Conan*, Tattoos wie ein Yakuza, Fäuste wie ein Klitschko. Sie machen den Typen klar, dass hier niemand zuhaut. Außer ihnen.

Für uns ist es höchste Zeit wegzukommen. Ich habe auf einmal Gerrits Hand am Kragen, Sylvias am Ärmel. Marina, ihre Freundin, folgt uns dicht auf, und gemeinsam sehen wir zu, dass wir rauskommen.

Erholung in der Washington Bar, direkt um die Ecke. Wir vier sind jetzt eine Schicksalsgemeinschaft, und die will getauft werden. Wir trinken also weiter, ich komme mit Sylvia ins Gespräch. Sie ist sechsunddreißig Jahre alt, betreibt mit einer Freundin eine Filmproduktion, und dann sind wir im Thema. Endlich eine Frau, der bei Fernsehen mehr einfällt als: Ich finde, das braucht man nicht. Und für die Kino nicht Abwechslung, sondern Luft zum Atmen ist. Genau wie bei mir. Ich bin zwar kein Profi, sondern nur Fan. Aber ich kenne mich aus. Wir schmeißen uns Filmtitel an den Kopf, und sie spult Produzentennamen, Regisseure und Hauptdarsteller dazu ab, ich halte entspannt mit, und das beeindruckt sie. Themenwechsel. Wir unterhalten uns über den Kiez, Musik, den Hafen, Urlaub am Roten Meer und Handys mit zu kleinen Tasten. Gerrit und Marina sitzen inzwischen einen Tisch weiter und machen miteinander herum. Gerrit eben. Ich besorge neue Getränke, und dann sagt Sylvia mit einem Blick zu den anderen beiden: »Hey, keine schlechte Idee, oder?«

»Stimmt, keine schlechte Idee«, bestätige ich.

Aber dann halte ich meine Hand hoch, an der mein Ehering funkelt.

Sylvia lacht und zuckt mit den Schultern. »Ich wollte dich ja auch nicht gleich heiraten. Eine Nacht wäre völlig genug.«

»Sorry«, sage ich. »Nichts zu machen.«

»Dein letztes Wort?«

»Tut mir leid.«

Gerrit, der das Ganze aus dem Augenwinkel beobachtet, entschuldigt sich bei seiner Gesprächspartnerin und kommt rüber. »Hey, Alex. Kann ich dich mal kurz sprechen?«

»Klar, aber es wird nichts dran ändern.«

»Gott, Alter. Was ist nur los mit dir?«

»Hatten wir schon, das Thema.«

Ich habe Gerrit mehr als einmal erklärt, dass diese Sache zwischen Inna und mir völlig klar ist. Keine Geschichten nebenher. Gucken ist erlaubt, anfassen ist verboten. Wir haben uns bisher beide dran gehalten. Ist vielleicht ungewöhnlich. Aber es fällt mir nicht einmal schwer. Dafür läuft's zu gut zwischen uns, als dass ich es für ein bisschen kurzen Spaß riskieren würde.

»Appetit holen ist erlaubt, gegessen wird zu Hause? Was für ein Scheiß!«, sagt Gerrit und wedelt sich mit der flachen Hand vor dem Gesicht herum.

»Ich fahre gut damit.«

»Tatsächlich?«

Gerrit grinst. Die Stimmung ist versöhnlich. »Ach, was soll's. Los, lass uns von hier abhauen. Ich habe auch keine Lust mehr.«

»Und was ist mit dir? Ich meine, mit Marina?«

Er winkt ab. »Los, ist unser Abend. Nur du und ich.«

Wir besorgen uns zwei Dosen Bier an der Tankstelle und gehen runter ans Elbufer. In den Sommermonaten kriecht um die Uhrzeit, es ist zwischen drei und vier Uhr morgens, schon das erste Licht über den Horizont. Wir stoßen an, trinken und atmen die klare, frische Morgenluft. Mir surren die Ohren nach den Stunden in den Kneipen. Es tut gut, draußen zu sein. Es tut gut, mich bewegt zu haben, ohne dabei zu weit gegangen zu sein. Früher hätte eine solche Nacht nicht alleine geendet. Sylvia gefiel mir. Zu dir oder zu mir? Natürlich hätte ich die Frage gestellt. Früher. Jetzt kehre ich brav nach Hause zurück und muss mir vermutlich morgen von Inna Dinge anhören, die auch Strafgefangene zu hören bekommen, nachdem sie versucht haben, aus ihrer Anstalt auszubrechen. Und das, obwohl ich es ja gar nicht getan habe.

Das ist halt das Dilemma des Lebens. Das eine zu bekommen, heißt, auf das andere zu verzichten. So wie im Restaurant. Wenn du Menu A bestellst, wirst du Menu B und C eben nicht essen können. Wenn du heiratest und eine Familie gründest, bist du eben nicht mehr frei und Single.

Ich weiß, dass andere Typen das ganz anders sehen. Sie sind Jäger *und* Sammler. Sie sind verheiratet, haben eine Familie, ein Haus, Kinder, was weiß ich. Aber das hält sie nicht davon ab, dennoch regelmäßig Abenteuer auszukosten.

Kann man machen. Muss man aber nicht. Alles hat seinen Preis. Dabei kann ich mich nicht beschweren. Ich habe immer noch mehr Freiheit als viele andere. Inna lässt mir eine verdammt lange Leine. Nur dass ich abends oder nachts eben tatsächlich immer zu Frauchen zurückkehre, wie Gerrit es ausgedrückt hat. Und auf einmal fällt mir wieder der Traum mit dem Lederhalsband ein, das mir Inna angelegt hatte …

Die größte Kunst im Leben besteht wohl darin, zufrieden zu sein. Eben nicht auf das zu starren, was man nicht hat. Sondern auf das, was man hat. Und zu wissen, dass es gar nicht so übel ist.

Wir stoßen noch einmal mit unseren Dosen an. Kein schlechtes Gefühl, einen neuen Tag mit einem Schluck Bier zu begrüßen. Prollig, aber wohltuend. Ein Kurzurlaub.

5

Ganz am Anfang sind es deine Eltern, dann ist es deine Freundin, dann deine Frau – aber irgendwer ist einfach immer da, der dir die Hölle heißmacht, wenn du erst im Morgengrauen nach Hause kommst, ohne vorher Bescheid zu sagen.

Inna ist auf hundertachtzig, aber das bekomme ich erst am Abend mit. Denn als ich am späten Vormittag aufwache, ist das Haus verlassen. Julian und Emma sind in der Schule, Inna bei der Arbeit. Es herrscht eine wohltuende Ruhe.

Die Ruhe vor dem Sturm.

Ich stehe auf, dusche und bringe meine Körperkoordination so weit unter Kontrolle, dass ich runter in die Küche gehen kann.

Während der Kaffee durch die Caffettiera blubbert, rufe ich Erik an, um mich zu vergewissern, dass im Schuster's alles läuft. Ich hatte ihm noch in der Nacht eine SMS geschickt und mich für heute entschuldigt.

Dann entdecke ich eine kurze Notiz auf dem Board im Flur. Inna teilt mir mit, dass sie sich die Dinge ein wenig anders vorgestellt hätte. Gestern Abend. Und überhaupt. Sie hätte nämlich geglaubt, einen zivilisierten Mann geheiratet zu haben, und nicht ein Urzeit-Warzenschwein mit den Sitten eines Neandertalers. Damit meint sie mich.

Als Abschiedsgruß steht unter der Notiz in Großbuchstaben und unterstrichen: SCHADE!

Ich kenne Inna gut genug, um zu wissen, was das bedeutet. Ich stecke in Schwierigkeiten.

Das Seltsame bei ihr und mir ist nämlich, dass wir uns nie wegen wirklich ernster Dinge streiten. Dafür aber umso heftiger wegen Kleinigkeiten.

Das heißt, es ist nicht einmal korrekt zu sagen, dass *wir* uns deswegen streiten. Sondern *sie* streitet sich mit mir.

Das war schon immer so.

Ich erinnere mich gut an unseren ersten wirklich ernsten Fight, an dem beinahe unsere Beziehung zerbrochen wäre. Wir waren damals noch nicht einmal verheiratet, und das Ganze kam für mich ziemlich überraschend.

Schuld war – ein Spülschwamm aus dem Hause Vileda.

Wir hatten noch getrennte Wohnungen, aber es war schnell klar geworden, dass wir die meiste Zeit bei Inna verbrachten. Schon allein wegen Julian, denn den konnte sie ja schlecht alleine lassen. (Ich war da anderer Meinung. Ich fand sehr wohl, dass man einen Zweijährigen mit einer Tüte McDonalds vor den Fernseher setzen konnte, um ins Kino zu gehen. Ich machte den Vorschlag nur einmal …)

In diesen ersten Monaten hatte ich in ihrer Wohnung zunächst den Status eines Gastes. Ich konnte tun und lassen, was ich wollte. Es war herrlich. Sie deckte den Tisch, sie räumte ab, sie kochte den Kaffee, sie sorgte dafür, dass ich immer die größte Portion bekam.

Dann aber zog sie allmählich die Zügel an. Sie erteilte mir Aufträge: kochen, Tisch decken, abräumen, Geschirr spülen.

Ich war halt kein Gast mehr, sondern ein Teil ihres Lebens. Wir waren ein Paar. Jeder musste etwas zum gemeinsamen Leben beitragen. Das konnte ich einsehen. Ich bemühte mich mitzumachen, auch wenn ich es zugegebenermaßen an Initiative mangeln ließ. Sie war so, ich war anders. Ich fand, dass es wichtigere Dinge als Ordnung und Sauberkeit gibt. Finde ich übrigens immer noch – zumindest was den häuslichen Bereich angeht.

Eines Abends war Inna unterwegs, um Julian von seinem Vater abzuholen, wo er einige Tage verbracht hatte. Es war das erste Mal, dass ich alleine in ihrer Wohnung war. Auf dem Küchentisch stand eine Flasche Badreiniger und ein kleiner, gelborangener Schwamm mit einer Saug- und einer Scheuerseite. Interessant. Aber ging mich das etwas an? Natürlich nicht.

Ich machte mir ein paar Brote, legte mich vor den Fernseher und freute mich auf die Heimkehr der Frau, die zu lieben ich mich entschlossen hatte.

War ein Fehler. Hätte mich nicht freuen sollen.

Ich wusste bis zu dem Zeitpunkt nämlich noch nicht, dass Spülschwämme reden können. Dass sie Botschaften aussenden, die jeder normal intelligente Mensch – egal ob Mann oder Frau – verstehen kann. Oder besser: verstehen sollte. Vorausgesetzt, dass er sie verstehen will.

Das erklärte Inna mir jedenfalls, nachdem sie an dem Abend zurückgekehrt war und mich gemütlich vor dem Fernseher vorfand. Sie war stinksauer. Sie zeigte auf den Schwamm.

»Und es hat dir nichts gesagt, dass er da liegt?«, fragte sie mich mit der Stimme einer Staatsanwältin, die einen Mehrfachmörder ins Kreuzverhör nimmt.

»Welche Botschaft hätte ich denn von dem Schwamm empfangen können?«, fragte ich zurück.

»Mach dich nicht lustig.«

»Mache ich nicht. Ich meine es ernst.«

»Komm mal mit.«

Ich zuckte mit den Schultern und folgte ihr ins Bad. Offenbar sandten Badezimmerwaschbecken und Duschkabinenscheiben ebenfalls Botschaften aus – aber die konnte ich auch nicht verstehen.

Ich weiß bis heute nicht, was damals eigentlich schlimmer war. Die Tatsache, dass ich den Schwamm auf dem Küchentisch ignoriert hatte. Oder dass ich ihr hinterher erklärte, dass ich ihr Badezimmer für sauber genug hielt. Jedenfalls trieb uns die Geschichte in einen fast einwöchigen Streit, bei dem es schließlich nicht mehr um Kalkflecken und Spülschwämme ging, sondern darum, wie man sich das Zusammenleben vorstellte, ob man bereit war, Verantwortung zu übernehmen. Und überhaupt.

Angeblich entscheidet sich bei zwei Menschen ja binnen Sekundenbruchteilen, ob sie sich mögen oder nicht. Ich vermute, dass sich ungefähr genauso schnell entscheidet, wie und worüber sie sich streiten.

Bei Inna und mir sind es Kleinigkeiten. Daran hat sich bis heute nichts geändert. Eifersucht, Geld, Kindererziehung, Alkohol – hat bei uns nie wirklich eine Rolle gespielt.

Dafür aber: putzen, einkaufen, aufräumen. Und: anrufen, wenn man abends nicht nach Hause kommt.

Habe ich nicht getan.

Darum stecke ich jetzt in Schwierigkeiten.

Da ich das alles aber weiß, ist mir auch klar, dass ich die verbliebenen Stunden bis zu Innas Heimkehr nutzen muss. Ich muss für gute Stimmung sorgen. Ich muss die Kuh vom Eis holen.

Ich nehme ein Aspirin und verbringe den restlichen Tag damit, konfliktverhütende Maßnahmen zu ergreifen. Das heißt, ich mache mich daran, den Rasen zu mähen, die Küche auf Vordermann zu bringen, das seit Ewigkeiten wackelnde Kellerregal zu reparieren und schließlich auch noch ein üppiges Abendbrot vorzubereiten.

Anschließend gehe ich mit weit geöffneten Ohren durchs Haus und horche, welche Gegenstände und vor allem welche Spülutensilien möglicherweise noch zu mir sprechen könnten.

Die folgenden Stunden verbringe ich dann damit, die Gartenmöbel zu schrubben, die Hecke zum Nachbargrundstück zu stutzen und die Oberfläche des Sideboards im Wohnzimmer mit Holzkitt zu bearbeiten. Dann hole ich so tief Luft, das ich für ungefähr eine Viertel Stunde nicht mehr atmen muss, spritze die Mülltonne mit dem Gartenschlauch aus und entferne sogar noch angeklebte Reste mit einem alten Lappen.

Ich finde, das sollte genügen, um mein Verhalten in der Nacht auszugleichen.

Einige Dinge sind komplizierter, als man denkt. Das Zusammenleben mit einer Frau gehört zweifellos dazu. Auch wenn man diese Frau schon seit vielen Jahren kennt und weiß, wie sie funktioniert.

Sie ist dennoch immer wieder für eine Überraschung gut.

Als Inna gegen sieben Uhr abgekämpft nach Hause kommt, empfange ich sie an der Tür. Wir küssen uns, ich nehme ihr die Tasche ab und führe sie, natürlich ganz beiläufig, durchs Haus. Inna macht große Augen, sagt aber erst einmal gar nichts.

Schließlich setzen wir uns auf die Terrasse, wo ich sie mit einem Aperol Spritz verwöhne und sie erwartungsvoll ansehe.

»Und? Was sagst du, Engel?«, frage ich schließlich.

Inna feixt. »Sag mir nicht, dass du gelobt werden möchtest, Alex.«

»Nicht?«

»Ich wüsste nicht, wofür.«

»Na ja, ich habe immerhin …« Ich gebe Inna einen kleinen Überblick über all die Dinge, die ich im Laufe der zurückliegenden Stunden erledigt habe. Dinge, für die ich sehr wohl gelobt werden möchte. Sonst hätte ich sie ja nicht getan.

Inna trinkt einen Schluck von ihrem Spritz, lehnt sich im Stuhl zurück und sagt: »Schade, Alex. Echt schade.«

»Was genau meinst du?«

»Oh, ganz einfach. Wenn ich es richtig verstehe, musst du dir erst eine ganze Nacht mit deinem nichtsnutzigen, sexsüchtigen, alkoholkranken Freund Gerrit um die Ohren schlagen, danach besoffen im Morgengrauen nach Hause kommen und schließlich ein gewaltig schlechtes Gewissen haben – nur um danach endlich das zu tun, worum ich dich seit Monaten sowieso schon bitte. Wobei es ausschließlich um Dinge geht, um die ich dich eigentlich gar nicht bitten möchte, weil du sie auch einfach so machen könntest. Schließlich tust du mir keinen Gefallen, oder so, Alex. Du tust diese Dinge nicht für *mich*. Du tust sie für *uns*.«

In diesem Augenblick muss ich an das Gespräch denken, dass ich letzten Abend mit Gerrit geführt habe. Als es darum ging, dass man sich in einer Ehe gute Phasen dadurch erarbeitet, dass man eben in weniger guten Phasen durchhält.

Aber worüber beschwere ich mich? Es ist eine Tatsache, dass es Magnetismus nur da gibt, wo Plus und Minus ist. Wenn sie heute im Radio durchgeben würden, dass Hamburg mal wieder von den Engländern bombardiert wird – warum auch immer –, dann weiß ich, dass es mir egal wäre. Egal, solange ich wüsste, dass Inna in Sicherheit ist. Und die Kinder.

Und darum bin ich bereit, so etwas wie das hier durchzuhalten.

Wenn man sich sowieso wieder verträgt, könnte man sich das Streiten doch eigentlich auch sparen. Aber natürlich ist diese Philosophie viel zu einfach. Mit der gleichen Begründung könnte man sagen, dass Joggen bescheuert ist, weil man ja nirgendwo hin möchte. Oder dass sich morgens aufstehen nicht lohnt, weil man abends sowieso wieder ins Bett geht.

Aber es geht nun einmal nicht nur nach mir. Sondern auch nach Inna. Nicht: einer wie ich. Sondern: zwei wie wir.

Es ist inzwischen halb neun am Abend. Ich sitze mit Inna bei unserem Vorort-Italiener und kaue auf einem Rucola-Salat herum, während sie sich ein paar Tomaten mit Mozarella schmecken lässt. Dazu schlürfen wir einen gut gekühlten Chardonnay und werfen uns verstohlene Blicke zu, so als hätten wir vor dem Essen noch mal eben eine Bank überfallen oder ein Auto geklaut.

In Wahrheit haben wir uns einfach nur gestritten. Und zwar so laut und so intensiv, dass japanische Seismologen die Erschütterungen vermutlich noch auf der anderen Seite der Welt aufgezeichnet haben und demnächst eine Tsunami-Warnung für Hamburg und Norddeutschland herausgeben.

So gesehen hatte mir die ganze Putzerei nichts genutzt. Jedenfalls nicht, wenn ich dachte, Inna dadurch versöhnlich stimmen zu können.

Allerdings gab es noch einen Grund, aus dem ich einem Streit gelassen entgegensah. Versöhnungssex. Ich hoffe jedenfalls noch darauf.

Es ist nämlich zwischen Inna und mir schon immer so gewesen, dass es eine unheimliche Verbindung zwischen Streit und Sex gab. Eine ganz einfach Gleichung: Je heftiger der Fight, desto intensiver der Sex danach.

Von daher nehme ich es zurück, dass sich Streiten nicht lohnt. Im Gegenteil. Streiten ist super. Jedenfalls wenn es so abläuft, wie ich es mir wünsche. Erst schimpfen, dann schlafen. Und zwar miteinander.

Das ist keinesfalls selbstverständlich, im Gegenteil. Ich kenne genug Paare, bei denen es genau andersherum verläuft: Je heftiger der Streit, desto länger die sexlose Phase danach.

Bei uns aber ist es so, dass wir uns regelmäßig so in Rage bringen, dass wir das Ganze mit Worten nicht mehr lösen können. Also muss es ohne Worte geschehen. Und zwar möglichst im Bett. Oder meinetwegen auch im Wohnzimmer oder auf dem Küchentisch.

Gut, letztere Varianten verbieten sich, wenn man mit Teenagern unter einem Dach lebt, die einen heimlich bei solchen Aktionen filmen und das Ganze schamlos bei *Youtube* einstellen könnten. Das wäre wirklich das Letzte.

Jedenfalls sagte ich Inna irgendwann, dass wir uns nun lange genug gefetzt hätten und nun zu Phase zwei übergehen sollten. Sex.

Hatte leider nicht die erhoffte Wirkung. Im Gegenteil. Sie wurde sogar noch saurer, was ich gar nicht für möglich gehalten habe. Sie keifte herum wie ein Grizzly-Weibchen, das dabei zusehen muss, wie ihre Jungen ausgestopft werden. Dann erklärte sie mir, dass sie sich alles Mögliche im Moment mit mir vorstellen könnte – mich vierzuteilen, mich mit einem Stein an den Füßen in der Nordsee zu versenken, mich auf einer Autobahnraststätte auszusetzen. Aber nicht mit mir ins Bett zu gehen. Undenkbar.

Haben wir also ein neues Stadium erreicht? Eines, in dem auf Streit, eben nicht Sex folgt? Sondern *kein* Sex?!

Ich weiß es nicht.

Fest steht aber, dass wir, als uns schließlich doch die Puste ausgeht, eben nicht miteinander im Bett landen, sondern bei unserem Lieblingsitaliener an einem Tisch.

Auch nicht schlecht. Essen ist der Sex des Alters.

Es ist fast Mitternacht, als Inna und ich schließlich in unserem Ehebett liegen. Aus irgendeinem Grund wird mir erst in diesem Moment klar, dass etwas anders geworden ist. Natürlich nicht heute und nicht gestern. Aber irgendwann in der zurückliegenden Zeit.

Ich bin nicht so naiv zu glauben, dass man sich nach fünfzehn Jahren Beziehung immer noch genauso leidenschaftlich begegnet, wie, sagen wir mal, in den ersten drei Wochen. Oder den ersten drei Monaten. Oder den ersten Jahren.

Sex funktioniert so ähnlich wie Wein. Er wird im Laufe der Jahre besser und teurer.

Und von den guten, alten Weinen gönnt man sich eben nicht jeden Tag eine Flasche. Sondern eher einmal in der Woche. Oder meinetwegen auch noch seltener.

Und bei guten, alten Weinen drückt man auch nicht mit dem Daumen den Korken ein und schüttet sie sich in einem Anfall aus Durst und Leidenschaft einfach in den Hals.

Man zelebriert so einen Wein, nimmt sich Zeit, genießt ihn. Geht es ruhig an. Kostet. Verausgabt sich nicht.

Inna und ich haben im Laufe der Jahre ein gutes Mittelmaß gefunden. Wir repräsentieren das, was alle Statistiken sagen: zweimal in der Woche.

Winston Churchill hat mal gesagt, dass er keiner Statistik traut, die er nicht selbst gefälscht hat. Und das stimmt natürlich auch in diesem Fall. Zweimal in der Woche heißt nicht wirklich, dass wir es zweimal in der Woche tun.

Sondern mal seltener, und mal öfter. Je nach Laune. Aber regelmäßig. Und gerne.

Fragt sich nur, ob das wirklich immer noch stimmt. Noch ist der Abend schließlich nicht zu Ende. Denke ich.

»Du, Schatz ...«, sage ich und robbe in der Dunkelheit an Inna ran.

»Hm?«, antwortet sie. Sprechen ist schon nicht mehr drin, nur noch murmeln. Sie ist müde.

»Irgendetwas fehlt da noch.«

»Was denn?«

»Na ja, wir …« Ach, Blödsinn. Was soll ich da erklären? Ich rutsche noch näher an sie heran und zeige ihr, was ich meine. Inna schmunzelt. Dann gibt's einen Kuss, aber die Gute-Nacht-Sorte.

»Sei nicht böse. Ich habe morgen einen langen Tag vor mir«, sagt sie.

»Alle Tage sind gleich lang.«

»Das kann nur jemand sagen, der seit Jahren nicht mehr wirklich gearbeitet hat.«

»Was soll das denn heißen?«, fahre ich auf.

Keine Antwort.

»Engel! Jetzt mal ehrlich!«

Statt einer Antwort höre ich das Geräusch ihres regelmäßigen Atems. Inna ist eingeschlafen. Sie tut auch nicht nur so, als ob. Sie schlummert wirklich.

Ich wälze mich zurück auf meine Seite des Bettes, stopfe mir das Kissen unter den Kopf und starre an die Decke. Ich denke an die letzte Nacht, die Washington-Bar, Sylvia. Appetit holen ist erlaubt, gegessen wird zu Hause. So lautet die Regel. Bloß, dass zu Hause gerade gefastet wird.

6

Am nächsten Vormittag taucht überraschend mein Vater im Schuster's auf. Wir begrüßen uns mit einer Umarmung, dann lässt er sich an einem der Tische vor der Tür nieder.

Achim hat vor einigen Jahren aufgehört, seine Haare zu färben. Er hat nun einen ähnlichen Look wie der alt gewordene Donald Sutherland. Wir haben ein gutes Verhältnis zueinander. Wir vertragen uns, führen gute Gespräche – aber immer unter der Voraussetzung, dass wir uns nicht zu oft sehen.

Denn wenn es doch zu oft wird, kann er nicht anders, als klarzustellen, dass er immer noch der Silberrücken im Rudel ist. Achim sitzt in der Sonne, liest Zeitung, starrt den jungen Schanzenmädchen nach und bestellt drei Stunden lang Kaffee. Dabei druckst er jedes Mal seltsam herum. Eigentlich finde ich, dass es an ihm ist, mit der Sprache rauszurücken. Aber irgendwann knicke ich doch ein.

»Also los, sag schon. Worum geht's?«, frage ich ihn und lasse mich an seinem Tisch nieder.

Er winkt ab. »Ach, nichts Besonderes.«

»Na, dann kann ich ja weitermachen«, sage ich und will gerade wieder aufstehen.

»Nein, warte, Alex.«

»Also?«

»Gott, ja, wie gesagt, nichts Besonderes. Ich wollte dir nur erzählen, dass ich wieder heiraten werde.«

»Oh«, sage ich.

»Das ist alles?«

»Was erwartest du?«, frage ich.

»Na ja, du könntest mir zum Beispiel gratulieren. Oder dich wenigstens darüber freuen, dass dein alter Herr endlich wieder glücklich ist.«

»Das wievielte Mal ist es? Ich habe den Überblick verloren.«

Er offenbar auch, denn bis ich eine Antwort bekomme, vergehen einige Minuten. »Das vierte Mal. Die Sache mit Laura nicht eingerechnet.«

Ich kann mir ein Grinsen nicht verkneifen. Laura war eine attraktive, aber komplett durchgeknallte Amerikanerin, die Achim gerade mal zehn Tage kannte, bevor sie sich das Jawort gaben. Das war vor zwei Jahren. Weitere vier Wochen später stellte sich allerdings heraus, dass *komplett durchgeknallt* keine Metapher und auch keine Übertreibung war. Laura hatte Achims damaligen Wagen zu Schrott gefahren, nachdem sie die Mülltonnen hinter einer McDonalds-Filliale in der Hamburger Innenstadt mit einem Drive-in verwechselt hatte. Zum Glück stellte sich heraus, dass Eheschließungen auf der Südseeinsel Palau – dort hatten sich die beiden bei einer Landparty im Rahmen der Kreuzfahrt, auf der sie sich kennengelernt hatten, trauen lassen – in Deutschland ohnehin nicht anerkannt werden. Aber auch schon davor hat es Achim auf drei Ehen gebracht, wobei die erste und längste davon die mit meiner Mutter war.

»Bis du denn nun endlich glücklich?«, greife ich den Faden wieder auf.

»Sieh mich an, mein Sohn. Und urteile selbst.«

Er macht eine Präsentationsgeste an sich selbst hinab – also an einem weißhaarigen, braungebrannten Edel-Rentner mit weit aufgeknöpftem Hemd, blauem Sakko und demonstrativ vor sich liegendem Porsche-Schlüssel.

Über die Männer meiner Generation wird ja oft gesagt, dass wir uns weigern, erwachsen zu werden. Wobei als Beweis meistens dient, dass wir spät heiraten, wenige Kinder haben und abends in Jeans und T-Shirts in Kneipen rumhängen und uns über Dinge unterhalten, über die wir auch schon als Sechzehnjährige geredet haben.

Mein Vater ist 72, heiratet alle paar Jahre, hat so viele Kinder, dass er sich deren Geburtstage nicht merken kann, hängt die meiste Zeit auf dem Golfplatz herum und redet den ganzen Tag über irgendwelche Oldtimer-Modelle, mit denen er am liebsten über die Alpen nach Italien fahren möchte. Wer, bitte schön, ist hier nicht erwachsen?

Aber keine Missverständnisse, Achim sieht in der Tat glücklich aus. Und ich gönne es ihm von Herzen.

Er ist seit etwa einem halben Jahr mit einem Mädchen namens Ludmilla zusammen, und wie es scheint, hat sie ihm endgültig den Kopf verdreht. Ich kann's verstehen. Ludmilla ist 32 Jahre alt, stammt aus St. Petersburg und sieht genauso aus, wie man sich eine junge Russin an der Seite eines endgeilen vierzig Jahre älteren Mannes vorstellt: groß, schlank, gut bemopst und mit einem hohlwangigen Anne-Vyalitsyna-Gesicht, mit dem sie locker die Titelseite jeder Modezeitschrift zieren könnte. Allerdings sollte man nicht verschweigen, dass Ludmilla Ingenieurin ist und bei einer Hamburger Werft arbeitet. Achims Geld will sie also offensichtlich nicht, denn sie verdient gut. Was sie sonst von ihm wollen könnte, ist mir ein Rätsel.

»Also komm schon, sag mir, was du denkst«, fordert Achim mich auf.

Ich zucke mit den Schultern. Wenn er unbedingt möchte. »Nur eine Frage: Müsst ihr denn gleich heiraten?«

»Müssen nicht. Aber wollen.«

»Und warum?«

»Warum hast du geheiratet?«, fragt Achim zurück.

»Gott, was weiß ich. Weil wir es wollten.«

»Eben.«

»Das ist was anderes.«

»Warum? Weil ich alt bin?«

»Das hast du gesagt.«

»Also?«

»Weil es einfach keinen Sinn macht. Ludmilla und du mögt euch, und das ist gut so, aber wofür braucht ihr den amtlichen Wisch, dass ihr zusammengehört? Was soll das?«

»Du machst dir Sorge um dein Erbe, was?«

»Ja, ganz bestimmt.«

»Sag es ruhig.«

»Achim! Von mir aus kannst du dein Geld Ludmilla auch schenken. Darum geht's nicht.«

Achim rührt gedankenverloren in seinem Kaffee. Dann sieht er hoch, und ich entdecke eine überraschende Melancholie in seinem Blick. »Ist dir eigentlich klar, dass ihr dieses Jahr mich und deine Mutter einholt?«

»Wie? Einholen? Wer?«, frage ich verständnislos.

»Na Inna und du. Ihr seid dieses Jahr doch seit fünfzehn Jahren zusammen. Deine Mutter und ich haben es nur vierzehn Jahre miteinander ausgehalten.«

Ich sehe ihn überrascht an. Unter dem Aspekt habe ich die Sache nie betrachtet. Ich seufze und lasse den Gedanken sacken. Auch ich werde melancholisch, beschließe dann aber, dass ich keine Lust habe, mit Achim darüber zu sprechen.

»Was sagt Ludmilla eigentlich zu euren Hochzeitsplänen?«, frage ich.

Achim lächelt schief. »Dasselbe wie du.«

»Ach!«

»Ja, sie findet es überflüssig.«

»Bestell ihr schöne Grüße«, sage ich lachend. »Und jetzt entschuldige mich bitte. Ich muss mich um meine Gäste kümmern.«

Ich war zwölf Jahre alt, als sich meine Eltern getrennt haben. Ich erinnere mich noch gut an den Tag, an dem ich es erfahren habe.

Zu dem Zeitpunkt bestand die normale Geräuschkulisse, wenn ich einschlief, aus den Streitereien meiner Eltern. Das heißt, zuerst hörte ich meistens das Klirren von Eis in einem Glas und das Klicken eines Feuerzeugs. Achim mixte sich einen Drink, und meine Mutter zündete sich eine Zigarette an. 1978 gehörten Alkoholismus und Kettenrauchen noch zum guten Ton. Dann ging es los.

»Wo warst du letzte Nacht?«, fragte meine Mutter vorwurfsvoll.

»Das geht dich gar nichts an.«

»Ich bin immerhin deine Frau.«

»Dann benimm dich auch so.«

»Das musst *du* gerade sagen.«

Und so weiter und so weiter. Die beiden schrien sich an, machten sich Vorwürfe, meine Mutter weinte, mein Vater sagte ihr, dass sie sich nicht so anstellen solle, nur weil er ein bisschen Spaß hätte mit seiner Kollegin, seiner Sekretärin, seiner Tennispartnerin, seiner Masseurin, seiner Bekannten von früher …

Wenn die beiden Angst hatten, dass ich oder meine Schwester etwas mithören könnten, legten sie eine Platte von Peter Alexander auf. »Die kleine Kneipe in unserer Straße«. Heute sehe ich *Charlys Tante* in der Verfilmung von 1963 und denke an die Scheidung meiner Eltern.

An diesem speziellen Abend wurde ich wach, weil sich meine Eltern ausnahmsweise nicht stritten. Eine unheimliche Stille erfüllte das Haus, und das, obwohl Papa und Mama beide da waren. Ich hatte erst ein gutes Gefühl und dann ein ganz mieses. Ich setzte mich im Pyjama zu meiner Schwester auf die Treppe. Wir hielten uns an der Hand und hörten zu, wie meine Eltern ihre Scheidung besprachen. Noch während wir da auf der Treppe saßen, nässte ich mich ein. Von Hilde gab's dafür einen Kuss, von Achim eine Ohrfeige. Drei Monate später zog er aus.

In den ganzen Jahren danach hatte ich Erinnerungen, die mir vorkamen wie verpixelte Bilder, die erst im Nachhinein freigeschaltet wurden. Achims Sekretärin, die im Negligé bei uns im Bad stand, natürlich an einem Tag, an dem meine Mutter nicht da war. Achim, der braungebrannt in Shorts und Poloshirt nach Hause kam, obwohl er angeblich auf einer Dienstreise in Hannover gewesen war.

Mittlerweile kann ich darüber lachen. Immerhin reden wir über das Jahr 1978, und damals gehörten Seitensprünge noch genauso zum Alltag wie Nylonhemden oder Hosenanzüge. Schließlich wollte man unbedingt die Zeiten hinter sich lassen, in denen man sich noch freiwillig in den lebenslangen Eheknast begeben hatte, so wie es die Eltern unserer Eltern getan hatten. Heute sind wir zum Glück weiter. Wir müssen nicht mehr ausbrechen, weil wir uns nicht eingesperrt fühlen.

7

Sascha besucht mich am späten Nachmittag im Schuster's. Er ist einer meiner besten und ältesten Freunde. Er kommt nicht einfach herein, sondern betritt das Lokal, als wäre er gerade von Stefan Raab angekündigt worden und ließe jetzt seine gut gelaunten 140 Kilo die Stufen zum fahrbaren Schreibtisch herunterwallen.

Er hat eine Figur wie Jabba the Hutt aus *Star Wars*.

Sascha nickt mir zu, wirft einen warmherzigen Blick auf Erik und fährt sich dabei demonstrativ mit der Zunge über die Lippen.

»Vergiss es. Der ist *strictly* hetero«, erkläre ich ihm.

»Vielleicht kennt er die Wahrheit nur noch nicht«, erwidert Sascha mit seiner sonoren Stimme. Ein Organ wie ein Moschusochse. Und wohl auch so einen Schwanz.

»Frag ihn.«

Sascha macht ein Kussgeräusch zu Erik hin, der gerade an einem der hinteren Tische bedient. Erik dreht sich um, lächelt und sagt: »Vergiss es, Sascha. Ich mag dich. Aber nicht so.«

Sascha zuckt mit den Schultern. »Die süßesten Schnitten haben oft die falsche Einstellung. Nun gut, was bleibt mir da anderes übrig, als zu essen.«

»Keine gute Idee. Sieh dich an«, sage ich vorwurfsvoll.

Sascha schlägt sich klatschend auf die Wampe. »Freu dich lieber. Du verdienst an mir.«

Ich umrunde den Tresen, und wir umarmen uns. Sascha lässt sich auf einem der Tresenhocker nieder – zufällig der neben Bernd, der daraufhin ausweicht wie der Insasse eines Unfallwagens, in dem der Airbag aufgegangen ist.

»Du erstickst gerade jemanden«, sage ich zu Sascha.

»Ach, tatsächlich?« Er spreizt affektiert den kleinen Finger ab. Bernd flutscht nach unten durch, nimmt seinen Laptop und verzieht sich beleidigt in den hinteren Raum.

Sascha ist Filmregisseur und verdient gut genug, um höchstens ein oder zwei Projekte im Jahr zu machen. Wir schlürfen beide von unserem Kaffee.

»Wie geht's dir, mein Lieber?« Er lächelt von einem Ohr zum anderen, was in seinem Gesicht eine weite Strecke ist.

»Nächste Woche werde ich dreizehn Jahre verheiratet sein. Und ich bin immer noch glücklich«, antworte ich.

»Unglaublich. Sie muss dir Drogen geben.«

»Sie ist eine Droge.«

»Wenn ich Frauen nicht zufällig unappetitlich fände, könnte ich dich verstehen. Inna ist etwas ganz Besonderes. Sie lässt dich so sein, wie du bist, Alex. Und dazu ist sie noch hübsch und großherzig. Jeder sollte dich um diese Frau beneiden. Ich freue mich übrigens auf euer Fest. Ihr feiert doch wieder, oder?«

»Worauf du einen lassen kannst.«

Worauf Sascha anspielt, ist die Tatsache, dass Inna und ich unseren Hochzeitstag wieder fett feiern werden. Wie jedes

Jahr. Und unsere Geburtstage begehen wir nur in kleinem Rahmen.

Das Ganze hat folgenden Hintergrund. Ganz am Anfang, in den ersten beiden Jahren, war mein Hochzeitstag eine Katastrophe. Der Klassiker. Ich habe nicht dran gedacht, hatte es einfach vergessen. Inna war am Boden. Ein Scheidungsgrund.

Dann habe ich aus der Not eine Tugend gemacht und dafür gesorgt, dass jeder, der uns kennt, uns künftig an diesen Tag erinnern wird. Denn seitdem findet am 4. Juli jedes Jahres ein ganz besonderes Fest statt. Die Amerikaner feiern ihren *Indepence Day* – und ich das Gegenteil. Und zwar mit einem rauschenden Fest, zu dem alle Menschen eingeladen sind, die Inna und ich kennen, Freunde, Verwandte, Eltern, Kollegen, Vorgesetzte, Untergebene, Kunden, Klienten, Exfreunde. Alle eben. Und bisher ganz ohne Eifersucht.

Am Abend stößt Torsten zu Sascha und mir. Wir nennen ihn mit Spitznamen Hamster. Nicht ohne Grund.

Torsten hat ungefähr zur selben Zeit geheiratet wie ich und ist nun ebenfalls zweifacher Vater. Der Unterschied zwischen uns besteht darin, dass meine Frau, Inna, sich noch nie sonderlich für materielle Dinge interessiert hat. Und wenn, dann hat sie zumindest nicht von mir erwartet, dass ich sie mit diesen Dingen ausstatten müsste. Das besorgt sie lieber selbst.

Katarina dagegen, Torstens Frau, hat sich noch nie sonderlich für immaterielle Dinge interessiert. Und sie erwartet von Torsten, dass er sie mit allem ausstattet, was sie sich wünscht. Und deswegen hamstert er Kohle.

Obwohl Katarina eigentlich eine nette, einfühlsame und ungeheuer attraktive Frau ist, verbringt sie ihr Leben damit, ihren Hobbys nachzugehen, also shoppen, einkaufen, Dinge besorgen, Online-Bestellungen abgeben, Schnäppchen machen, Luxusartikel ergattern.

In den ersten Jahren haben Sascha und ich mit Torsten ein sogenanntes *Nein*-Training gemacht. Es war eine Art Rollenspiel, bei dem ich Katarinas Part übernommen habe, während Sascha der Coach war.

Ich habe Torsten mit den gleichen Sprüchen konfrontiert, die auch Katarina immer bringt. Und zwar in der gleichen hohen Tonlage:

»Du, Torsten, ich hab bei Jil Sander dieses unglaublich schicke Kleid gesehen. Schulterfrei. Mit ganz raffinierten Applikationen an den Armen. Und trotzdem ganz schlicht. Wie der Preis. Kostet nur schlappe zweitausend Euro. Was meinst du, soll ich …«

Sascha gab Torsten einen Wink. Der sagt daraufhin: »Nein, Schatz.«

Allerdings nicht laut und deutlich, wie wir es uns gewünscht haben, sondern so leise, als wäre er eine Souffleuse im Theater.

Sascha hielt sich demonstrativ die Hand ans Ohr: »Wie bitte? Geht das auch lauter?«

Torsten nickte und schickte mit immer noch reichlich gedämpfter Stimme hinterher: »Nein, Katarina. Das ist zu teuer.«

Sascha stöhnte auf und sagte: »Also gut, ich mache es dir vor.« Daraufhin holte er Luft und brüllte in einer Lautstärke, mit der man mühelos ein ganzes Fußballstadion beschallen könnte: »Nein, Schatz, vergiss es, du kannst dir nicht für zweitausend Euro ein Kleid kaufen, verstanden?«

Torsten nickte beeindruckt. »Boa! Kannst du nicht mit zu uns kommen und es ihr einfach selbst sagen?«

»Nein, kann ich nicht. Sie ist *deine* Frau. Du musst mit ihr umgehen. Also los, versuch's.«

Torsten zuckte mit den Schultern und legte los: »Nein, Schatz. Bitte, überleg doch mal. Das Kleid würde dir bestimmt super stehen. Aber wahrscheinlich würdest du es doch wieder nur zwei- oder dreimal tragen, und dafür sind zweitausend Euro nun wirklich …«

Sascha, der sowieso nicht viel von Frauen hält, flippte total aus. »Das war kein Nein, Torsten, das war gar nichts! Die zweitausend Euro sind weg. Mit Frauen musst du reden wie mit Hunden: klare Anweisungen. Die verstehen das sonst nicht. Schon gar nicht, wenn's um Geldausgeben geht. Wir versuchen das jetzt noch einmal. Und gib dir bitte etwas mehr Mühe.«

Mein Einsatz. Wieder machte ich Katarina nach: »Du, Torsten, eine Freundin von mir hat sich ja jetzt diesen nachgemachten YSL-Koffer aus Hongkong mitgebracht. Aber weil du ja zu geizig bist, um mit mir nach Hongkong zu fliegen, habe ich mal geguckt, was das gleiche Modell hier im YSL-Shop kostet, und du hast natürlich recht. Es wäre viel billiger, wenn ich mir den Koffer hier kaufen würde, als wenn wir zu zweit fünf Tage nach Fernost fliegen, in einem Luxushotel übernachten und jeden Abend teuer essen gehen, und da dachte ich …«

»Nein«, sagte Torsten – wieder so leise, dass man es kaum hören konnte. Sascha machte wedelnde Bewegungen in der

Luft, um ihn anzustacheln. Torsten nagte an seinen Lippen, atmete tief durch und schob noch ein laues Lüftchen hinterher: »Aber, Schatz, du brauchst keinen Koffer von YSL. Ich meine, du brauchst nicht *noch* einen Koffer von YSL. Du hast doch schon drei. Und dafür musste ich zwei Monate lang Überstunden machen, damit wir das Geld wieder reinbekommen. Und ich finde wirklich ...«

Torsten redete leise und zurückhaltend, als würden wir in einer Kirche stehen. Sascha lief rot an, und dann donnerte er mit seinem Zweitausend-Watt-Open-Air-Organ los: »Verdammt, Torsten, was ist los mit dir? Das war kein Nein. Das war ein Witz! Die viertausend Euro für den Koffer sind weg. Und überhaupt, das bringt doch alles gar nichts. Wenn du deiner Frau keine Grenzen setzen kannst, dann ist das dein Problem. Ich jedenfalls habe keine Lust mehr auf diesen Zirkus.«

Torsten sackte in sich zusammen. »Ist wirklich besser, wenn wir mit dem Quatsch aufhören. Eine *Nein*-Therapie. Das ist doch sowieso Blödsinn! Ihr stellt euch das alles viel zu einfach vor. Ich kann zu Katarina nicht einfach Nein sagen. Ihr wisst ja nicht, was das für Folgen hätte.«

»Wieso? Was für Folgen hätte es denn?«, fragte ich neugierig.

»Stellt euch ein Krokodil ohne Fleisch vor. Einen Junkie ohne Stoff. Eine Nymphomanin ohne Sex. Und eben Katarina ohne Shoppen. Das geht einfach nicht. Sie ist dann nicht sie selbst. Und davon habe ich auch nichts.«

Sascha und ich sahen uns an und zuckten mit den Schultern. Jeder ist seines Unglückes Schmied. Torstens Ansage ließ keine Zweideutigkeiten offen. Er wollte es so.

Und so konnten wir in den letzten zehn Jahren Torsten dabei beobachten, wie er sechzig oder siebzig Stunden in der Woche in seiner Rechtsanwaltskanzlei rackerte, daneben stundenlang sein Online-Aktienportal pflegte und am Wochenende auch noch Werbeprospekte in der Nachbarschaft austrug – alles, um seiner Katarina jeden Wunsch zu erfüllen.

Das Seltsame war, dass Torsten trotzdem glücklich war. Lag vermutlich daran, dass er sozusagen nach oben geheiratet hatte. Zumindest bildete er sich das ein. Sie war eine Superfrau, die ein Durchschnittstyp wie er eigentlich nicht verdient hatte. Also legte er sich unermüdlich ins Zeug.

Ich rufe Inna an, sage ihr dass es später wird. Dann gehe ich mit den Jungs im Olympischen Feuer auf dem Schulterblatt essen, einer Straße im Herzen des Schanzenviertels, die schon so einiges gesehen hat: wilde Straßenschlachten und brennende Autos, den Zuzug von Werbern in ihren Porsches, die Umwandlung eines Szeneviertels in eine Partymeile. Und trotzdem fühlten wir uns hier immer noch pudelwohl.

Wir bestellen Gyros, Calamares und Souflaki. Torsten das eine, ich das andere, Sascha alles zusammen.

Wie immer klingt unser Gespräch zunächst wie eine Arztvisite. Arthrose im Knie, Steine in der Niere, Erbsen in der Prostata. Nachts nicht schlafen, morgens nicht rauskommen. Haarausfall. Männer über vierzig reden nicht nur über Fußball, sondern auch über Krankheiten.

Außer Sascha. Der bestellt sich noch einmal nach und verkündet gut gelaunt: »Ich weiß nicht, was euer Gejammer soll. Mein Arzt sagt mir regelmäßig, dass ich bei meinem

Gewicht eigentlich schon längst tot sein müsste. Aber wie ihr seht, geht's mir bestens. Genießt das Leben, Leute. Wenn euch eines Tages mal nichts mehr wehtut, seid ihr vermutlich tot.«

Nach Grappa und Espresso geht's uns richtig gut. Wir ziehen ins Bedford Café um, sitzen draußen, sind umzingelt von Mädchen, die unsere Töchter sein könnten, es zum Glück aber nicht sind. Wir reden über Politik, Geld, Rente, Frauen, Männer, Liebe, Sex. Und noch einmal von vorne.

Sascha, der noch genug Speisereste zwischen den Zähnen hat, um eine vierköpfige Familie zu ernähren, erzählt von seinem neuen Film. Ein Streifen über Schwule in Russland, wo sie wenig zu lachen haben. Hinter der dicken Oberfläche steckt verdammt viel Mut. Torsten erzählt von Katarina, die gerade mit einer Freundin nach Dubai zum Shoppen gefahren sei. Sie würde zwar nicht anrufen und auch keine Postkarten schreiben, aber er bekäme ja regelmäßig die Kreditkartenabrechnungen und wüsste daher, dass es ihr gut geht. Ich erzähle den beiden von Inna und mir und unserem bevorstehenden Hochzeitstag.

»Und ihr habt keinerlei Probleme, ihr zwei? Sogar nach dreizehn Jahren nicht?«, fragt Torsten, so ungläubig wie neidisch.

»Muss man welche haben?«, frage ich zurück.

»Natürlich nicht. Ist aber die Ausnahme.«

»Vielleicht sind wir das, eine Ausnahme.«

»Klopf auf Holz«, sagt Sascha.

»Unglaublich«, sagt Torsten.

»Das ist es wirklich«, sage ich. Und hämmere wild mit den Knöcheln auf den Tisch.

8

Das von der Bundesregierung beschlossene Elterngeld ist zweifellos eine sinnvolle Einrichtung. Allerdings sollte es meiner Meinung nach so hoch sein, dass sich die Betroffenen nach Brasilien absetzen und dort ein sorgenfreies Leben führen können. Ohne ihre Kinder.

Ich liebe Julian wie meinen eigenen Sohn und Emma wie nur irgendetwas. Aber ich mache mir keine Illusionen. Genau wie alle Kinder vereinigen sie auf sich alle diejenigen Charaktereigenschaften, die man für gewöhnlich Diktatoren, Vorgesetzten oder Gewaltverbrechern zuschreibt.

Julian betrachtet mich als eine Art sprechenden Geldautomaten, den man praktischerweise auch als Chauffeur, Englischlexikon oder Bring-du-es-Inna-bei-Diplomaten einsetzen kann.

Emma ist dagegen pflegeleicht. Sie ist schon zufrieden, wenn sie zweimal in der Woche auf ihren Reiterhof darf und regelmäßig Nachschub an Manga-Büchern bekommt, in denen es um großäugige Supergirls in Matrosenanzügen geht, die gegen blutrünstige Dämonenfürsten kämpfen.

Die Stimmung zwischen Inna und mir bleibt seltsam, ohne dass ich wüsste, woran es liegt. Wir hatten diesen dämlichen Streit, nachdem ich mit Gerrit versackt bin. Aber eine echte Versöhnung ist ausgeblieben. Sex bleibt weiterhin Mangelware, und auch sonst scheint die Wärme zwischen uns reichlich gedrosselt zu sein.

Stattdessen geben wir uns dem Alltag hin. Für Inna heißt das, dass sie mindestens zehn Stunden am Tag in ihrer Redaktion auf Hochtouren läuft. Sie behauptet zwar steif und fest, dass es ihr Spaß macht. Aber es fällt mir schwer, das zu glauben. Habe ich Torsten angelogen? Haben wir doch Probleme?

Die folgenden Tage wickeln wir ungefähr so gesprächig ab wie eine U-Boot-Besatzung auf Schleichfahrt. Aber das ist normal. Wir haben Routine darin, um mit diesem ganz normalen Wahnsinn klarzukommen, wenn man eine Familie durchbringen muss.

Nach fast dreizehn Jahren Ehe kennen wir uns halt so gut, dass wir uns weitgehend mit Handzeichen verständigen können. Innas gestreckter Zeigefinger, mit dem sie vor ihrem offenen Mund Rein-Raus-Bewegungen macht: Du bereitest der Kleinen Frühstück und fährst sie dann in die Schule. Der Daumen und Zeigefinger ihrer rechten Hand, mit der sie ihre Nase zusammenpresst: Ich habe dir schon zehnmal gesagt, dass du den Müll raustragen sollst, Schatz, und wenn du das nicht bald tust, ziehe ich mit den Kindern zu meinen Eltern. Die flache Hand, die eine schneidende Bewegung über den Hals macht: Julian ist gestern schon wieder betrunken nach Hause gekommen, und wenn du jetzt nicht endlich ein ernstes Gespräch von Mann zu Mann mit ihm führst, muss ich einen Erziehungsberater anheuern. Auf seinen leiblichen Vater könne er ja nicht zählen …

Wie gesagt, all das gehört zu den unvermeidbaren Nebenwirkungen einer Ehe, und wer so etwas nicht kennt, ist entweder Single oder nicht mit einer Frau verheiratet, sondern mit einer von diesen aufblasbaren Plastikpuppen.

Kein Grund, sich Sorgen zu machen.

An einem der Nachmittage taucht Inna im Schuster's auf. Das macht sie ab und zu, und meistens sind es gute Momente, die wir dann miteinander haben. Inna kommt rein und die Jungs, Brommi, Bernd, Erik, begrüßen sie mit großem Hallo. Sie mögen Inna, und sie machen ihr Komplimente. Ab und zu lästern sie auch vor ihr über mich ab, aber Inna quittiert es mit einem Lachen. »Wenn er euch auf die Nerven geht, da ist die Tür«, sagt sie.

»Was machst du, wenn er dir auf die Nerven geht?«, fragt Brommi im Spaß.

»Ich zeige ihm auch die Tür«, antwortet Inna lachend.

»Nett von dir«, sage ich.

»Ist nur Theorie«, sagt Inna und versöhnt mich mit einem Kuss. Erik macht ihr einen frisch gepressten O-Saft. Wir setzen uns gemeinsam vor die Tür in die Sonne, eine kleine Auszeit, bevor uns der Alltag einholt und wir doch wieder nur Termine besprechen, die anstehen.

9

Am Wochenende sorge ich daher dafür, dass die Dinge wieder ins Lot kommen. Ich habe eine Überraschung für Inna geplant. Ich wecke sie früh am Samstagmorgen, frühstücke mit ihr, und sie wundert sich darüber, dass die Kinder nicht da sind.

»Julian verbringt das Wochenende bei Rosie. Und Emma ist bei Oma und Opa«, erkläre ich ihr.

»Wieso das denn?«, fragt Inna.

»Weil ihre Eltern nicht da sind, um sich um sie zu kümmern.«

»Das sind wir, ihre Eltern, oder?«

»Genau.«

»Und wo sind wir?«

»Weg.«

Zum ersten Mal seit Tagen sehe ich sie: die Grübchen. Nicht ganz so ausgeprägt wie sonst. Aber unübersehbar. Ihr Lächeln, eine Wohltat. Ich kann wieder atmen.

Sie vibriert vor Neugier, aber ich gebe ihr keine Chance. Nach dem Frühstück bitte ich sie ein paar Sachen für die Nacht zu packen, dann setzen wir uns ins Auto und fahren los.

Auf der Fahrt hören wir CDs von U2 und der Lighthouse Family – weich gespült, aber genau richtig für diesen Tag. Inna fragt nicht mehr, wohin es geht. Ein Blick aus dem Wagenfenster ist Antwort genug. Es geht nach Norden, dorthin, wo das Land vom Meer nicht zu unterscheiden ist. Dorthin, wo es laut Werbung keinen Stress und keine Termine gibt. Dorthin, wo die Möwen am Himmel schreien und die Schafe am Deich stehen und einem der Wind alle krausen Gedanken aus dem Kopf pustet.

Der Norden, das Meer, der Strand, und zwei wie wir.

Es muss 1995 gewesen sein – im Herbst, kurz nachdem wir uns kennengelernt haben. Damals war noch gar nichts klar zwischen uns. Wir mussten miteinander reden wie zwei Alien-Species, die zufällig auf dem Flur der *Enterprise* zusammentreffen. Ich vom Mars, sie von der Venus. Obwohl das fast zu dicht ist. Sie vom Orion, ich vom Kronos. Auch damals hatten wir Julian, der noch keine drei Jahre alt war, bei ihrer Mutter gelassen. Wir hatten uns in den Wagen gesetzt und waren einfach losgefahren. Unendliche Gespräche, schon auf der Fahrt. Wer bist du eigentlich? Was magst du? Und was magst du nicht? Zwischendurch fuhren wir rechts ran und liebten uns auf einer Wiese, bis die Kühe um uns herumstanden und uns aus ihren großen braunen Augen anstarrten. Waren das überhaupt Kühe? Oder Stiere? Inna bekam Angst, und ich konnte nicht sagen, dass ich keine hatte. Mehr oder weniger nackt rannten wir zurück zum Auto. Die Kühe interessierte es nicht. Sie starrten uns nach und kauten weiter ihr Gras. Damals verbrachten wir drei Tage an der Küste, übernachteten in einer kleinen Pension direkt hinterm Deich. Ein winziges Zimmer unter dem Dach, eine

Wirtin, die uns beim Frühstück strafend ansah, weil wir in der Nacht viel zu laut gewesen waren. Wir lachten sie einfach aus. Wir lachten alles aus – das Meer, den Himmel, sogar uns selbst. Die Dinge waren so leicht, dass sie vom Meereswind hochgehoben und zum Schweben gebracht wurden. Barfuß gingen wir durchs Watt, bis das Meer sich wieder blicken ließ und wir rennen mussten. Inna schnitt sich den Fuß an einer Muschelschale auf. Ich trug sie huckepack zurück zur Pension. Dann erst verriet sie mir, dass es gar nicht wirklich wehtat. Sie hätte nur wissen wollen, ob ich bereit wäre, sie auf Händen zu tragen. Ich war's.

Fünfzehn Jahre später bin ich es immer noch.

Auch unsere kleine Pension ist noch da. Dieselbe Wirtin begrüßt uns, und wir staunen, dass sie kaum älter geworden ist. Damals war sie fast siebzig, heute etwas über achtzig. Die Zeit vergeht langsam. Und wir? Damals knapp dreißig, heute über vierzig. Die Zeit vergeht verdammt schnell.

Wir packen unsere Sachen ins Zimmer, und dann rennen wir los: über den Deich zum Meer, das sich natürlich mal wieder beleidigt davongestohlen hat. Bis zum Horizont nichts als Matsche.

»Ach, das kommt wieder«, sagt Inna.

»Gehen wir es suchen«, schlage ich vor.

»Im Watt?«

»Na, klar. Da muss es ja irgendwo stecken, das Meer.«

»Lieber nicht, Alex. Im Ernst, das ist zu gefährlich.«

»Ist es nicht. Die Flut kommt erst in ein paar Stunden.«

»Sagt wer?«

»Ich.«

»Eben.«

»Danke.«

»Bitte.«

Sie lacht, und ich küsse sie, aber es ändert nichts daran, dass wir am Ufer bleiben, so verdammt vernünftig, dass ich kotzen könnte. Aber noch schlimmer ist ja, dass sie recht hat.

Zum Abendessen gibt es Fisch in einer kleinen Klause am Hafen. Keine Gäste außer uns. Eine knorrige Bedienung, aber verflucht gutes Essen. Ich will über damals reden, sie über heute. Sie gewinnt.

»Wenn Julian wieder die Versetzung nicht schafft, weiß ich nicht, ob es noch einen Sinn hat, dass er weiter zur Schule geht«, erklärt Inna mir.

»Ach komm, du siehst das zu negativ.«

»Nein, du machst es dir zu einfach.«

»Julian weiß ziemlich gut, was er will. Er hat nur keine Lust, mit uns darüber zu reden.«

»Und wenn du dich täuschst?«

»Vertrau ihm doch einfach mal. Und jetzt lass uns die Sorgen vergessen, Engel.«

»Bitte, Alex! Das ist wichtig. In zwei Wochen fängt die Schule wieder an, und im nächsten Jahr muss sich etwas bei ihm ändern. Wenn Julian sein Abi nicht schafft, was dann? Heutzutage bekommen die jungen Leute ohne Abi nicht mal mehr einen vernünftigen Ausbildungsplatz.«

»Bitte, Inna. Je mehr du ihn drängst, desto mehr verweigert er sich. Merkst du das nicht? Julian weiß, was er will. Und wenn er etwas nicht will, können wir auch nichts dran ändern.«

»Fällt es dir wirklich so leicht? Ist das das Einzige, was dir dazu einfällt?«

Ich sehe das P in ihren Augen. Das P für Panik. Aber ich sehe auch das S. Vor dem habe ich mehr Angst. Das S für Streit. Verdammt, schon wieder. Dabei weiß ich, dass ich recht habe. Julian packt die Schule. Aber er hasst es, wenn Inna die Aufseherin raushängen lässt. Nur, dass sie auf dem Auge blind ist. So wie alle Mütter.

»Ich werde mit ihm reden, okay? Ich mache ihm klar, was auf dem Spiel steht. Ich bin mir sicher, dass er auf mich hören wird.«

»Das ist nett von dir, Alex. Wirklich. Du kannst über die Themen besser reden als ich. Ach so, und wenn ihr das Gespräch führt … Ich habe wieder ein Tütchen in seinem Zimmer gefunden.«

Damit meint sie die kleinen Plastiktütchen mit dem aufgedrückten grünen Cannabisblatt darauf. Unser Sohn, ein Kiffer. Und wieder das P in ihren Augen. In meinen Augen dagegen das R. Das R wie Relax.

»Bitte, Inna. Mach kein großes Ding aus der Sache. Das ist heute so wie für uns damals ein Bier trinken. Sie tun es halt.«

»Klar, und weißt du auch, warum? Weil Väter wie du so eine verdammt laxe Einstellung haben.«

»Ich bin also schuld?«

»Das habe ich nicht gesagt.«

»Doch, hast du.«

»Stimmt. Weil ich es eigentlich auch denke.«

Wir sehen uns an und rüsten ab. Wir stoßen an, mit Bier aus Tonkrügen. Sie sieht fantastisch aus, denke ich, und wenn sie sich Sorgen macht, fast noch ein wenig mehr. Versöhnungssex. Wieder eine Chance.

Wir reden doch weiter über die Sache mit Julian, und wieder verspreche ich ihr, mit ihm darüber zu reden. Als wenn ich das nicht schon tausendmal getan hätte. Grundsätzlich sind Inna und ich einer Meinung. Kiffen kommt nicht in die Tüte. Wir selbst tun es nicht mehr, das heißt, Inna fand es noch nie gut. Bis auf ein paarmal. Und unsere Kinder sollen es auch nicht tun. Ich weiß von anderen Eltern, dass es ein echtes Problem werden kann. Einer von Julians Schulfreunden hat's übertrieben. Morgens vor dem Unterricht der erste Joint, dann in der Pause, dann am Nachmittag. Er fiel durch alle Maschen. Und das in der zehnten Klasse. Psychiatrie statt Schule. So weit soll's bei Julian nicht kommen. Aber das tut's auch nicht. Inna sollte sich keine Sorgen machen, auch wenn sie dann vielleicht nicht so hübsch aussieht.

Dessert mit Kümmel zum Nachtisch, Espresso zum Nach-Nachtisch. Ich hatte Inna gebeten, nur eine kleine Tasche mitzunehmen, gerade genug für eine Nacht und einen Tag. Ich hab's nicht geschafft, das muss ich einsehen. Sie hat ganze Schrankkoffer eingepackt, wenn auch unsichtbare. Die Probleme mit den Kindern, mit der Schule, mit den anderen Eltern, mit dem Job, mit den Kollegen, mit den Mitarbeitern, mit unserer Putzfrau. Alles hat sie eingepackt, und alles holt sie raus.

Meine Idee war, einfach mal ein Wochenende rauszukommen. Hat nicht funktioniert. Vielleicht weil es gar nicht funktionieren kann. Wir kommen nicht mehr raus. Wir sind so dermaßen verstrickt mit unserem eigenen Leben, dass wir die Knoten einfach nicht mehr aufbekommen.

Um Mitternacht sind wir im Zimmer. Ich bin stolz auf mich. Immer nur grillen am Wochenende? Ich habe Inna heute das Gegenteil bewiesen. Ich habe uns von zu Hause weggelotst. Damit wir endlich mal alleine sind. Sie ist im Bad, ich liege auf dem Bett. Dann Rollentausch. Ich dusche noch einmal. Als ich zurück ins Zimmer komme, ist sie eingeschlafen. Selig. Völlig erledigt. Die Sorgen hat sie vergessen. Aber mich auch.

Ich lege mich vorsichtig neben sie, weil ich sie nicht wecken möchte. Ich bin auch müde, habe aber keine Lust zu schlafen. Lieber einfach daliegen und ihren Atem hören. Meinen Gedanken nachhängen. Perfekt.

Dreizehn Jahre. Mit den zwei Jahren davor sogar fünfzehn Jahre. Das ist mehr als ein Drittel meines Lebens! Und die ganze Zeit mit derselben Frau – und mit keiner anderen. Auch zwischendurch nicht.

Die Zeit fühlt sich wie ein Fingerschnippen an. Ist vergangen wie nichts. Familien sind Zeitfresser, Kinder sind Zeitfresser. Bekomme ich das eigentlich irgendwann mal zurück? Will ich das überhaupt? Viele gute Zeiten, wenig schlechte Zeiten. Kein Grund zur Klage.

Natürlich hätte alles auch ganz anders verlaufen können. Aber wer kann das nicht von sich behaupten?

10

Die nächste Woche vergeht wie Wochen vor großen Ereignissen so vergehen: rasend schnell und quälend langsam zugleich.

Die große Party soll am Wochenende steigen, und ich bin derjenige, der die Dinge in die Hand nimmt. Es gibt die ganze Woche über mehr als genug zu tun.

Ich miete für Unsummen ein riesiges Partyzelt für den Garten, weil die Wettervorhersage sich auf einmal für Regen entscheidet. Dann ordere ich beim Caterer zusätzliche Weinflaschen – es soll kein Mangel herrschen. Ich hake bei all denjenigen nach, die ihr Kommen noch nicht fest zugesagt haben. Und dann mache ich mich erneut nützlich, bringe das Haus auf Vordermann und genauso den Garten. Schließlich erwarten wir an die hundert Gäste, wie damals auf der Hochzeit. Und die sollen unser Zuhause in einwandfreiem Zustand vorfinden. Meint Inna. Und ausnahmsweise habe ich keine Lust zu widersprechen.

Dann habe ich auch noch Streit mit mehreren Lieferanten des Schuster's, weil Erik vergessen hat, die entsprechenden Rechnungen zu bezahlen, woraufhin ich dann mit meinem Angestellten aneinandergerate. Dazwischen: Emma zum

Reiten fahren, mit Julian zum Arzt, mit unserem Programmierer die Änderungen auf der Homepage des Schuster's durchgehen, mit Inna die Ferienpläne der Kinder besprechen und eigene Reisepläne für den Herbst machen, mit dem Steuerberater und mit dem Finanzamt telefonieren, dann mit Julians Lehrer, den Wagen endlich durch den TÜV bringen.

Ausnahmsweise einmal hat Inna unrecht, wenn sie behauptet, dass sie arbeitet wie eine Sklavin im alten Rom, während ich ein Leben führe wie Kaiser Nero im alten Rom. Diesmal sind wir beide Sklaven. Sie rackert in der Redaktion. Und ich überschlage mich im Schuster's und gleichzeitig zu Hause, um die letzten Vorbereitungen für unser Fest am Wochenende zu organisieren.

Die erste und einzige Auszeit in dieser Woche folgt am Mittwoch. Unser Tag. Ich habe etwas Besonderes vor. Inna wird Augen machen!

Sie kommt gegen halb acht nach Hause. Wir essen, bequatschen Orga-Dinge. Dann ziehen wir uns mit einer Flasche Wein ins Wohnzimmer zurück. Obwohl es draußen ein milder Sommerabend ist, bleiben wir drinnen. Ich bestehe drauf und ziehe sogar die Vorhänge vor, um das Licht zu dämmen.

»Was soll das? Hast du seit Neuestem Lichtallergie?«, protestiert Inna.

»Nein, ich will einfach nur besser sehen können.«

»Wir wollen Fernsehen? Das ist nicht dein Ernst, Schatz.«

»Doch. Aber warte es ab. Der Film wird dir gefallen.«

Ich wedele mit einer VHS-Kassette, die mir zufällig vergangene Woche während meiner Schlechtes-Gewissen-Aufräumaktion in die Hände gefallen ist. Im Keller stehen mehrere Kisten mit alten VHS-Tapes, direkt neben den Kisten mit alten LPs und alten Musikkassetten. Alte Datenträger. Alte Lebensträger.

Diese Kassette ist etwas Besonderes, eine Art Flaschenpost, die Inna und ich vor vielen Jahren an uns selbst geschickt haben und von der wir dachten, dass sie längst verloren gegangen ist.

»Bist du so weit?«, frage ich Inna.

»Ich hoffe, es lohnt sich, Süßer.«

»Das wird es. Du wirst dir selbst in die Augen blicken.«

Mit einem Seitenblick auf Inna schiebe ich die Kassette in den Schlitz des alten Rekorders, den ich eigens aus dem Keller geholt habe, wo er darauf wartete, zum Wertstoffhof gebracht zu werden. Er zieht das Tape mit einem mechanischen Sauggeräusch auf, hoffentlich gibt es keinen Bandsalat – ein Wort übrigens, mit dem Julian und Emma nicht das Geringste anfangen können. Ich drücke auf Play. Der Film beginnt.

Erst ein paar verwackelte Bilder, eine Wand, ein paar Beine, eine Hand. Kratzgeräusche, eine unverständliche Stimme, Lachen. Dann wird das Bild stabil. Ich sehe Inna an. Weiß sie, was kommt? Ich unterdrücke ein Lachen, sie schüttelt ungläubig den Kopf. Sie ahnt etwas.

Inna trägt ihr Hochzeitskleid, hat die Haare hochgesteckt, ist geschminkt. Und dreizehn Jahre jünger. Ich sitze neben ihr in meinem giftgrünen Anzug, den ich während unserer Hochzeit anhatte und in dem ich aussehe wie eine Nebenfigur aus der alten *Batman*-Serie der Sechzigerjahre.

Wir sind nervös, gucken uns an, gucken in die Kamera. »Läuft es schon?«, fragt Inna in die Kamera. Ihre Stimme hat sich nicht verändert. Der Rest schon. Ist besser geworden.

»Ich weiß nicht, keine Ahnung«, höre ich mich selbst sagen. Meine Stimme hat sich nicht verändert. Der Rest schon. Besser? Schwer zu sagen. Muss jemand anderes entscheiden.

Man sieht, wie ich mich nach vorne beuge. Meinen Arm, der an der Kamera herumfummelt. Ich schüttle den Kopf, dann brumme ich etwas, die Linse kippt nach unten, ich fluche, Inna lacht im Hintergrund. »Klar, das Ding läuft schon. Wir sind längst auf Aufnahme«, sage ich.

»Los, setz dich neben mich«, sagt sie.

Ich setze mich wieder hin, neben Inna. Wir sitzen auf einem Sofa, wie eines der Paare, die bei *Harry und Sally* auftauchen und erzählen, wie sie sich kennengelernt haben. Wir küssen uns, lang und leidenschaftlich. Das Ganze ist am 4. Juli 1997 aufgenommen, zwei Stunden vor unserer Hochzeit, im Hinterzimmer des Gasthofes, in dem wir unsere Gäste später nach der Trauung bewirten werden. Wir waren am Vormittag angereist, hatten unser Zimmer bezogen, uns umgezogen. Uns von Achim die Videokamera geliehen, ohne ihm zu sagen, wofür wir sie genau brauchen. Es ging niemanden etwas an. Nur sie und mich, unser Geheimprojekt. Nicht für die Öffentlichkeit.

»Wer fängt an?«, höre ich mich selbst sagen.

»Du«, sagt Inna.

»Nein, du.«

»Ich?«

»Genau.«

»Wieso nicht du?«, sagt sie frech.

»Weil ich es zuerst gesagt habe.«

»Blöder Grund.«

»Hast du einen besseren?«

»Nein.«

»Dann los. *Ladies first.*«

»Okay.«

Sie räuspert sich, streicht sich die Locke aus dem Gesicht, die ihr die Friseurin am Morgen absichtlich nicht hochgesteckt hatte. Inna schüttelt leicht verunsichert den Kopf. Dann wird sie ernst und legt los: »Ich heiße Corinna Johannsen. Noch. Gleich heiße ich Corinna Zimmer. Das heißt eigentlich heiße ich jetzt schon so. Auf dem Standesamt waren wir ja schon. Aber das ist etwas anderes. Es ist der 4. Juli 1997, und in ungefähr einer Stunde werde ich diesen Mann heiraten. Den hier, der direkt neben mir sitzt. Alex Zimmer. Genau, der Typ, der darauf bestanden hat, zur Hochzeit diesen abscheulichen Anzug zu tragen, was zweifellos ein Grund wäre, ihn nicht zu heiraten. Ich tu's trotzdem. Weil ich ihn ganz zufällig liebe. Dafür ertrage ich sogar solche Anzüge. Und noch ein paar andere kleinere Macken. Zum Glück sind's nicht so viele. Und wer bitte schön hat schon einen Mann ohne Macken? Eben. Gibt's gar nicht. Aber ich will mich nicht beschweren, im Gegenteil. Ich bin unendlich glücklich. Ich habe das Gefühl, den Richtigen gefunden zu haben. Den, auf den ich immer gewartet habe. Ich habe das Gefühl anzukommen. Endlich da zu sein, wo ich immer sein wollte. Julian wird einen neuen Vater bekommen. Wir werden ein gutes Leben haben. Aber egal, darum soll es in dem Video gar nicht gehen. Wir machen das hier, weil wir uns selbst etwas mit auf den Weg geben wollen. Etwas Wichtiges. Eine Botschaft an uns selbst. Ich an mich. Alex an sich. Wir an uns. Also, ich bin zuerst dran …«

Wieder räuspert Inna sich, streicht sich erneut die Locke aus dem Gesicht, dann fährt sie fort. »Hörst du, Inna? Das hier bist du. Also das hier, das bin ich selbst. Ich bin du, dein Ich in der Vergangenheit. Ich weiß natürlich nicht, wann du das hier jemals hören und sehen wirst. Und ob du es dann überhaupt noch hören und sehen willst. Aber ich finde, du solltest es. Weil ich dir ein paar wichtige Dinge zu sagen habe. Ich bin jetzt 30 Jahre alt. Und ich bin glücklich. Ich bin kurz davor, einen großen Schritt zu gehen. Alex und ich werden heiraten. Ich bin glücklich. Aber ich weiß auch, dass das nicht selbstverständlich ist. Wir werden uns Mühe geben müssen, dass es so bleibt. Darum möchte ich, dass du, wenn du dir das hier ansiehst, dich selbst fragst, ob du es geschafft hast. Bist du glücklich? Wenn ja, warum? Wenn nein, warum nicht? Ach ja, und noch etwas. Alex und ich haben uns etwas versprochen. Es ist sozusagen unser Trauversprechen. Ganz privat, nur unter uns. Wir wollen ehrlich sein zueinander. Auch wenn es wehtut. Das ist wichtig. Wenn du das hier siehst, dann überlege, ob du es geschafft hast. Ob ihr es geschafft habt, ehrlich miteinander zu sein … So, das war's eigentlich. Jetzt ist Alex dran. Schatz, du bist dran.«

Auf dem Video sehen wir, wie Inna sich zurücklehnt und sich mit der Hand Luft zufächelt, so als wenn die wenigen Minuten, die sie gesprochen hat, ungeheuer anstrengend gewesen wären. Ich selbst nehme Haltung an, grinse unsicher, räuspere mich. Mein Auftritt. »Hallo, Alex. Ich bin's,

Alex. Genau wie Inna es gerade zu sich selbst gesagt hat: Ich bin du, du bist ich. Nur dass vermutlich ein paar Jahre dazwischenliegen. Keine Ahnung, vielleicht bist du ja sogar ein alter Sack, wenn du das hier siehst. Das heißt, ich bin ein alter Sack. Kann aber auch sein, dass ich gar nicht mehr lebe. Autounfall, Herzversagen, was weiß ich …«

Inna schiebt sich vor die Linse und schlägt die Hände zusammen. »Cut! Cut!«, ruft sie wie eine Regisseurin. Sie dreht sich zu mir und sagt: »Hör auf, so etwas zu sagen. Verkehrsunfall. Kommt gar nicht in die Tüte. Du wirst keinen Unfall haben. Du wirst mit mir alt werden. Alt, grau und glücklich. Und jetzt versuche es noch einmal. Und los, Alex Zimmer, die Zweite. Und *action*!«

Ich nicke in die Kamera und fahre fort: »Du siehst es schon, Alex. Sie ist der Chef. Aber das wirst du vermutlich noch besser wissen als ich. Egal. Also: Ich bin Alex Zimmer. Ich bin derjenige, der das Wahnsinnsglück hat, diese Frau hier heiraten zu dürfen. Ich kann es selbst kaum glauben. Wenn mir das damals jemand, als ich sie kennengelernt habe, gesagt hätte, ich hätte es nicht geglaubt. Und doch wird es heute wahr. In einer Stunde ist die kirchliche Trauung. Wahnsinn! Wir sind schon eine gute Strecke gemeinsam gegangen in den zurückliegenden zwei Jahren. Es waren verdammt gute zwei Jahre. Eine Zeit, die mich stolz macht. Die mich ausfüllt. Einige Dinge sind anders geworden seitdem. Ich sehe mehr Tageslicht. Ich ernähre mich besser. Ich treibe sogar gelegentlich Sport.

Trotzdem soll das nicht heißen, dass ich mich verändert hätte, ohne es zu wollen. Oder nur für sie. Nein, ich habe einfach ein paar Dinge gelernt, und dafür bin ich verdammt dankbar. Aber gut, das ist die Message, die ich an mich selbst habe. Hörst du, Alex? Das hier bin ich. Ich rede zu dir, dein Ich aus dem Jahr 1997. Ich bin jetzt 31. Nicht mehr ganz jung. Und was diesen Anzug angeht, da hat Inna natürlich keine Ahnung. Das Ding ist scharf. Lass dir da bloß nicht reinquatschen von ihr. Bei anderen Dingen dagegen kannst du ruhig flexibel sein. Du hast eine kluge Frau geheiratet. Eine, von der du etwas lernen kannst. Trotzdem haben wir uns etwas versprochen. Das, was Inna vorhin gesagt hat: Dass wir ehrlich sein wollen. Auch wenn es schmerzt. Und noch etwas: Dass wir wir selbst bleiben wollen. Sonst würde es vermutlich nicht klappen. Sie ist so. Ich bin anders. Wenn du das hier also siehst – keine Ahnung, wann das sein wird und wie alt du dann bist. Dann frage dich, ob du es geschafft hast. Ob du immer noch du selbst bist. Wenn ja, dann überlege, was du richtig gemacht hast. Wenn nein, dann überlege, was du falsch gemacht hast. Aber *don't panic*, hörst du? Egal wie es kommt, es wird schon richtig sein. Denn eines hast du dann, wenn du das hier siehst, hoffentlich nicht vergessen: Dass du die tollste Frau geheiratet hast, die dir je begegnet ist … Okay, das war's von mir. Aus, Ende. Außerdem müssen wir jetzt los, in die Kirche. Es wird ernst.«

Wir sehen uns kurz in die Augen und küssen uns.

Und wieder sieht man mich selbst, wie ich mich nach vorne vor die Kamera beuge und an ihr herumfummele. Dann ist das Video zu Ende, und nur noch graues Flimmern erfüllt den Bildschirm.

Gegenwart. Ich und Inna auf dem Sofa im abgedunkelten Wohnzimmer, drei Tage vor unserem 13. Hochzeitstag. Ich stehe auf und stelle den Videorekorder aus. Inna bleibt sitzen und sieht mich an.

»Wow«, sagt sie. Und dann noch einmal: »Wow. Ich hatte vergessen, dass es das gibt. Wo kommt es auf einmal her?«

»Ich habe es beim Kelleraufräumen gefunden. Von daher hast du natürlich recht. Aufräumen ist doch für etwas gut.«

»Schön, dass du das einsiehst.«

»Geiles Ding, oder? Ich finde, wir sollten uns die Idee patentieren lassen und ein Business draus machen. Wir nennen die Firma … *Message in a bottle*. Wie findest du das?«

Sie lächelt. »Gar nicht schlecht. Bringt vielleicht mehr Geld als eine Espresso-Bar.«

»Ach, komm schon, Inna. Keine Spitzen. Stell es dir doch mal vor: Wir drehen Videos von Hochzeitspaaren, in denen sie ihre Vorsätze verkünden. Dann nehmen wir die Tapes zehn oder zwanzig Jahre unter Verschluss. Und danach zeigen wir sie den Paaren wieder.«

»Gute Idee, wirklich«, sagt Inna. »Aber tust du es auch? Oder bleibt es bei der Idee?«

»Hey, du kennst mich doch.«

»Eeeben«, sagt sie und zieht das Wort in die Länge.

»Hey, sei nicht gemein.«

»Ich bin realistisch.«

»Okay, schon klar. Aber darum geht's doch gerade nicht, oder?«

»Doch, schon«, sagt sie.

Sie steht vom Sofa auf und drückt mir einen Kuss auf die Lippen. »Das war verdammt schön. Ich danke dir dafür.«

Ich höre ihre Schritte auf der Treppe, sie verschwindet nach oben ins Schlafzimmer. Ich bleibe sitzen und spule das

Band zurück. Ich sehe es mir noch einmal an. Bin ich so geblieben, wie ich mal war? Will ich das überhaupt noch? Gibt es Grund zu paniken?

11

Ich mache die Augen auf. Es ist so weit. Samstag. Mein 13. Hochzeitstag. Heute. Inna steht vor dem Bett. Stahlharte Augen, zusammengepresste Lippen. Der General.

»Zimmer! Aufstehen! Aber zack, zack, wenn ich bitten darf.«

Erst jetzt mache ich die Augen wirklich auf. Inna steht da, ist aber keineswegs der General. Sie lächelt milde. Nur eine kleine Spur streng. »Los, Alex. Steh endlich auf. Wir haben unglaublich viel zu tun, bevor die Gäste kommen.«

»Mir fällt spontan nur eines ein …« Ich sehe sie so an, dass sie versteht, was ich meine.

»So siehst du aus!« Sie lächelt, aber wie Magerquark.

Ich richte mich auf, nehme ihre Hand, ziehe sie aufs Bett und drücke ihr einen Kuss auf die Lippen.

Sie dreht den Kopf zur Seite. »Gott, du schmeckst wie eine ganze Kneipe.«

»Ist das gut oder schlecht?«

»Ekelig.« Sie lacht. »Ihr wart gestern lange unterwegs, was?«

»Kann man so sagen.«

»Ich verstehe es nicht. Die Party ist doch erst heute!«

»Es sind zwei Jubiläen. Das weißt du doch.«

So wie ich meine Hochzeit jedes Jahr von Neuem groß feiere, so begehe ich auch meinen Junggesellenabschied jedes Jahr von Neuem. Ich finde, dass sollte jeder verheiratete Mann tun. Einmal feiert man das Ende des alten Lebens, einmal den Beginn des neuen. Beides ist doch eine Erinnerung wert.

Gestern waren es Gerrit und Sascha, mit denen ich unterwegs war. Genau wie damals, vor dreizehn Jahren. Auch gestern musste ich jede Menge Spott einstecken. Aber auch jede Menge Neid. Sascha konnte es sogar zugeben. Er meinte: »Weißt du eigentlich, dass du der einzige glücklich verheiratete Mann bist, den ich kenne, Alex?«

Woraufhin Gerrit meinte: »Unlogische Aussage, denn glücklich und verheiratet kann es gleichzeitig nicht geben.«

»Bei Alex schon.«

»*Dumm sein und Arbeit haben, das ist Glück.* – Ich glaube, das Zitat ist von Gottfried Benn.«

»Oh, so literarisch heute«, erwiderte Sascha.

Ich hörte mir das Geplänkel an. Ging es dabei wirklich um mich? Irgendwann unterbrach ich die beiden und sagte: »Hey, wollen wir nicht einfach etwas trinken gehen?«

»Gute Idee.«

»Fantastische Idee.«

Der Abend wurde zur Nacht, und wir fühlten uns wie die Würmer im Tequila. Alles, was zählte, war das Hier und Jetzt. Morgen würde es dafür Kopfschmerzen geben. Und eine pelzige Zunge. Aber den Preis zahlten wir gerne.

Jetzt ist der Morgen nach dem Abend davor. Und ich habe Kopfschmerzen und eine pelzige Zunge. Aber das gehört nun einmal dazu.

Inna möchte aufstehen, aber ich gebe ihre Hand nicht frei. »Ach, komm schon, Inna. Es ist noch nicht einmal Mittag. Zeit genug. Leg dich zu mir …«

»Du bist verrückt, Alex. Und du machst mich verrückt! In sechs Stunden kommen die Gäste und du denkst an …

»… an das, weswegen wir damals geheiratet haben.«

»Deswegen hast du mich geheiratet?«, fragt sie mit gespieltem Ernst.

»Unter anderem.«

»Das hättest du auch so haben können.«

»Ich weiß. Aber seitdem macht es mehr Spaß.« Nicht gelogen. Der erste Sex nach der Trauung. Unvergesslich. Allein dafür hat es sich gelohnt.

»Es wird ein langer Tag, Alex«, sagt sie. Ernst, nicht gespielt.

Sie dreht sich um, steht auf und verlässt das Zimmer. Kurz darauf höre ich sie unten die Kinder anschnauzen. Sie sollen verdammt noch mal mithelfen und nicht nur rumgammeln wie ihr nichtsnutziger Vater. Das bin wohl ich. Also bin ich doch so geblieben, wie ich schon immer war.

Als ich endlich aufstehe, hat Inna längst das Kommando übernommen. Jetzt ist sie wirklich der General. Sie befiehlt, wir gehorchen. Tische decken, dekorieren, Musik aussuchen, die Caterer anschnauzen, die Lieferanten anschnauzen, die Firma mit dem Partyzelt anschnauzen.

Inna macht jeden wahnsinnig, vor allem mich. Irgendwann wird's mir zu bunt. Wie jedes Jahr. Schließlich möchte ich auch etwas von meiner Party haben. Und das geht nicht, wenn ich mich vorher total verausgabe. Also lasse ich mich aufs Sofa plumpsen und tue gar nichts mehr.

»Das meinst du nicht ernst«, sagt sie, als sie mich so daliegen sieht.

»Und ob ich es ernst meine.«

»Und wer kümmert sich um alles?«

»Du.«

»Danke.«

»Gern geschehen.«

»Das ist unfair.«

»Kann sein.«

Sie der General, ich der Waschlappen. So ist sie, so bin ich. Jedes Jahr dasselbe. Vor der Party gibt es erst einmal Streit.

Aber das ist das Schöne an langen Beziehungen. Irgendwann weiß man, wann es haarig wird. Es kommt nicht unerwartet. Nichts kommt mehr unerwartet.

12

Um 18 Uhr geht es los, die Gäste erobern das Haus. Gerrits Band fängt im Garten schon an zu spielen, Sektkorken knallen, die Grillkohle knistert.

»Hallo, lange nicht gesehen.«

»Boa, schon wieder ein Jahr rum!«

Inna und ich stehen in der Haustür und schütteln Hände. Ich komme mir vor wie Prinz Philip, der an der Seite von Königin Elisabeth die Parade der Horseguards abnimmt. Meine Königin, Inna, sieht hinreißend aus. Sie trägt ein luftiges cremefarbenes Sommerkleid, leichte Schuhe, die mit Bändern an die Waden geschnürt sind, dezentes Make-up, dezentes Parfum.

Und ich? Jeans und mein United-Kingdom-T-Shirt, dass ich 1986 in London gekauft habe, während einer Drei-Tage-England-Fahrt, an die ich mich kaum erinnern kann, weil ich die meiste Zeit in Camden besinnungslos auf dem Fußboden eines Pubs gelegen habe. Mit den Originalflecken von damals.

Alle kommen und gratulieren, und wenn ich nicht wüsste, dass es unser 13. Hochzeitstag ist, würde ich schwören, dass wir mindestens goldene Hochzeit feiern, wenn nicht gar diamantene, eiserne oder gar Kronjuwelenhochzeit, was weiß ich. Zwei wie wir. Gibt's nicht noch mal.

Sascha zum Beispiel. Er rollt mit seinem 140 Kilo heran und leckt Inna zur Begrüßung einmal übers Gesicht. »Wenn ich auf Frauen stehen würde, wärst du es, Inna.«

»Ich bin froh, dass du schwul bist, Sascha.«

Er wendet sich mir zu, legt seine schwarz behaarte Riesenpranke auf meine Schulter und sagt mit einem anerkennenden Kopfnicken: »Du Held!«

Mein Vater kommt in Begleitung von Ludmilla, die mal wieder umwerfend aussieht, zumindest wenn man auf 185 Zentimeter große Russinnen mit riesigen künstlichen Brüsten steht. Aber wer tut das nicht? Ludmilla haucht mir Küsse auf die Wangen, was angesichts der Tatsache, dass sie die Freundin meines Vaters ist, verwirrende Gefühle in mir hervorruft. Achim beobachtet mich, lächelt halbseiden. Er weiß es. Dann entblößt er seine strahlend weißen Dritten, die dank seiner sommerlichen Golferbräune noch glitzernder erscheinen. »Mein Junge, ich bin stolz auf dich. Und natürlich auch auf die Kleine hier an deiner Seite.«

»Danke, Achim, amüsiert euch«, sagt Inna lächelnd.

»Ihr seid ein Traumpaar, mein Junge und du.«

»Ich weiß«, sagt Inna. »Allerdings könnten wir bei Gelegenheit noch einmal über die Erziehung sprechen, die du deinem Jungen hast angedeihen lassen. Er war gestern wieder mit seinen nichtsnutzigen Freunden saufen. Und heute ist er zu nichts zu gebrauchen.«

Achim hebt die Augenbrauen, Inna lächelt sauertöpfisch, ich winke ab.

Kurz darauf kommt meine Schwester Ulrike mit ihrem

Mann rein, wir umarmen uns und sie sagt: »Wir müssen dringend reden.«

»Sehr dringend«, bestätige ich, und wir wissen beide, dass es natürlich um Achim und Ludmilla geht. Aber wir sind einer Meinung, dass es kein Thema für diesen Abend ist. Denn heute soll alles im grünen Bereich bleiben.

Die Party kommt schnell in Gang. Unsere Gäste trinken, tanzen, tratschen. Eine Atmosphäre wie bei einem Klassentreffen. Die meisten kennen sich. Es ist Tradition, dass Inna und ich eben auch unsere Expartner einladen. Inna empfängt zum Beispiel Raffael, ihren ersten Freund aus Teenagertagen. Heute ist er ein gestresster Banker, mit 7er BMW und Herzschrittmacher. Oder Tommy, mit dem sie während des Studiums zusammen war und der immer noch in sie verknallt ist. Er hat danach nie wieder eine Beziehung geführt. Und ein paar weitere, mit denen Inna während ihres Studiums zusammen war. Natürlich ist auch Ronny da, Julians schräger Vater, der unter unseren Gästen die Visitenkarten seines Tattoostudios verteilt und Drogen verkauft. Wir laden ihn jedes Jahr aus Tradition ein, obwohl er sich nie um Julian gekümmert hat. Angesichts eines solchen Vaters ist unser Großer richtig gut geraten! Innas einziger Ausrutscher, von mir mal abgesehen.

Inna bekommt von diesen ganzen Typen sehnsuchtsvolle Wangenküsse. Ich bekomme von ihnen neidische Blicke und ein ins Ohr gehauchtes: »Ich könnte dich umbringen, weil du sie abbekommen hast. Aber wenigstens hast du sie glücklich gemacht.«

Das Defilee meiner Exfreundinnen sieht so aus: Susanne,

mit der ich zwischen 14 und 21 siebenmal zusammen und wieder getrennt war. Seltsamerweise – oder auch nicht – regt sich heute gar nichts mehr, wenn ich sie sehe. Ist vielleicht einfach zu lange her. Lara dagegen finde ich immer noch heiß. Merit, die meinen alten Freund Karsten geheiratet hat, erzählt mir bei der Begrüßung, dass Karsten nicht mitgekommen sei, weil er das Wochenende lieber mit seiner Geliebten verbringe – was der Grund dafür ist, dass Sabine, ebenfalls eine meiner Ex', auch nicht da ist, weil sie die Geliebte von Karsten ist. Bei Birgit kann ich mich nur noch daran erinnern, dass sie beim Sex immer beschimpft werden wollte, und ich frage mich, ob ihr Mann Volker, der bei der Volksbank arbeitet, dazu in der Lage ist. Drei andere, mit denen ich mit 22, 25 und 27 zusammen war. Bis zum letzten Kapitel, Inna. Dann war Schluss. Ich meine, dann fing es an.

Eigentlich dachte ich, dass alle schon da sind. Aber dann klingelt es doch noch einmal an der Tür. Ich öffne, und eine attraktive, mittelgroße Anfangvierzigerin mit wilden Locken steht vor mir.

»Hey, Alex. Überrascht? Erinnerst du dich noch an mich?«, sagt sie mit einem Gaunerlächeln.

Mein Hirn lädt etwas zögernd Bilddateien von früher hoch. Sandra Paulsen. Tresenschlampe, Mercedesstern-Abrecherin, Im-Bett-Oben-Liegerin. Und ob ich mich erinnere.

»Sandra! Wow!«

»Guck nicht so, Alex. Ich habe keinen Revolver in der Hand, oder so. Und ja, verdammt, ich weiß auch, dass ich nicht jünger geworden bin.«

»Gott, nein, das meine ich nicht. Ich bin einfach nur … ja, überrascht.«

»Weil du mich nicht eingeladen hast? Du kennst mich doch, auf so etwas habe ich schon immer gepfiffen.«

Stimmt. »Ist super, dass du da bist.«

»Ich habe zufällig nach langen Jahren Gerrit wiedergetroffen, und der hat mir gesagt, dass ihr feiert. Ist es schlimm, dass ich einfach aufgekreuzt bin?«

Für mich nicht, denke ich. »Komm rein. Jeder ist willkommen. Du wirst einige Leute kennen.«

In diesem Moment kommt Inna durch die Terrassentür ins Haus, um nach mir zu suchen. Sandra deutet mit dem Kinn in ihre Richtung. »Ist das deine Frau?«

»Wieso?«, frage ich Sandra erstaunt. »Du kennst Inna doch. Von damals, du weißt schon.«

»Was denn? *Die* Inna? Ist deine Frau geworden? Du und sie? Ist ja Wahnsinn«, sagt Sandra.

Sie lächelt Inna zu, die lächelt zurück. Männer würden mit den gleichen Gefühlen aufeinander schießen. Oder wenigstens mit Fäusten aufeinander losgehen. Was besser ist? Muss wohl jeder selbst entscheiden. Ich bin froh, dass die Frauen es bei einem Lächeln belassen. Wenn auch einem frostigen.

»Hallo, Sandra. Schön, dass du da bist. Warum gehst du nicht raus in den Garten und nimmst dir was zu trinken? Ein paar unserer Gäste dürftest du ja kennen. Ich hoffe, sie reden noch mit dir«, sagt Inna, immer noch mit ihrem perfekten Lächeln. Nur, dass auf ihren Worten eben eine nicht zu übersehende Eisschicht schimmert.

»Tun sie, verlass dich drauf. Na, dann …«, antwortet Sandra unbeeindruckt. Das konnte sie schon immer. Sich nicht beeindrucken lassen. Was mich mal ziemlich beeindruckt hat. Ist aber schon eine ganze Weile her. Fünfzehn Jahre. Inna hat Sandra quasi damals abgelöst – das hatte ich vorhin vergessen zu erwähnen.

Sandra verschwindet durch die Terrassentür nach draußen. Inna sieht mich an, auch nicht gerade warm.

»Ich schwöre, dass ich sie nicht eingeladen habe«, sage ich und hebe die Hände in einer Geste der Unschuld. »Wenn ich es richtig verstanden habe, hat Gerrit sie angeschleppt. Du kennst ihn ja.«

»Am liebsten würde ich einen Kammerjäger holen, der sie wieder nach draußen befördert. Und Gerrit gleich dazu. Also echt.«

»Ach, komm schon, Inna. Übertreib nicht. Es ist Ewigkeiten her.« Ich klinge souverän, bin es aber nicht. Sandra Paulsen. Sex auf dem Küchentisch, Sex im Auto, mitten auf der Köhlbrandbrücke, R. E. M.-Konzert 1994, die Nacht durchmachen und dann ins Auto und ab nach irgendwo, lieben, streiten, schreien, kratzen …

Ich sehe Sandra hinterher, die sich gerade den Weg durch den Garten bahnt. Ich bin nicht der Einzige. Genau wie früher. Sie zieht die Blicke an wie Honig einen Wespenschwarm.

Inna lächelt und sieht mich an wie ein Röntgengerät. Sie kann mich komplett durchleuchten. Weiß alles. Sieht alles. Sie kennt mich.

Die Fortuna-Bar, die ich Mitte der Neunzigerjahre mit Gerrit betrieb, ging ab wie eine Facebook-Party, lange bevor es

Facebook gab. Damals nannten wir das Mundpropaganda. Oder einfach Glück. Einer sagt es dem anderen, und dann kommen alle. Gerrit und ich machten meistens die Bar, eine oder zwei Studentinnen machten die Tische. Sandra war eine von ihnen. Gegen drei oder vier Uhr morgens war Feierabend. Ein letzter Drink, eine letzte Zigarette, dann Getränke für den nächsten Tag kalt stellen, Aschenbecher leeren, abschließen. Die anderen waren schon weg. Nur noch Sandra und ich waren da. In den Sommermonaten wurde es um diese Uhrzeit schon hell. Nur nicht nach Hause. Wohin also? Elbe? Alster? Mittelmeer? Irgendwohin fuhren wir immer. Dann blieben wir so lange wach, bis wir nicht mehr konnten. Mit Augenringen und zu viel Nikotin den neuen Tag begrüßen. Nicht einschlafen, sondern irgendwann umkippen.

Das war natürlich alles ziemlich übertrieben. Eine Show. So, als würden wir irgendeinen Film nachspielen. Mir hat's gefallen, auch wenn ich immer wieder grinsen musste, weil ich uns albern fand. Aber ob wir nun wirklich so waren oder nur so taten als ob, das machte keinen Unterschied.

Sandra studierte Fotografie, arbeitete nebenbei noch als Verkäuferin in einer Galerie. Sie hatte eine Bombenfigur, Locken wie Unkraut, ein Lachen, das klirrte wie Silberschmuck. Wir waren nicht zusammen. Oder doch? Sie war eine von den Frauen, von denen man nicht die Finger lassen kann, obwohl man es besser täte. Eine, bei der man schon in der Nacht weiß, dass man es am nächsten Morgen bereut. Und trotzdem bleibt. Das war nicht nett, von mir nicht, von ihr auch nicht. Ich habe ihr nichts versprochen.

Und dann lernte ich Inna kennen. Die ernste, erwachsene

Inna, die morgens früh aufstand und über meine Abenteuergeschichten von den wilden Nächten lachte, und zwar nicht laut und klirrend, sondern leise und ehrlich. Sie war so gar nicht beeindruckt von den Abenteuergeschichten, und damit beeindruckte sie mich umso mehr. Inna machte es mir schwer. Sie war misstrauisch. Sie misstraute mir. Sie wollte mich, aber nur, wenn ich wollte. Eine, bei der man schon in der Nacht weiß, dass auch der Morgen danach gut wird.

Sandra merkte, was passierte. Sie hatte mich verloren, schneller, als sie es für möglich gehalten hatte. Schneller, als ich selbst es geglaubt hatte. Sie war verletzt, aber sie tarnte es als Verachtung. Verbrenn dir ruhig die Finger, wenn du es brauchst, Alex. Diese Frau ist sowieso nichts für dich. Du und eine Frau mit Kind? Du und Verantwortung? Du und sie? Sandra täuschte sich. Sie zog sich zurück, wofür ich dankbar war. Wir verloren uns aus den Augen. Und jetzt ist sie auf einmal wieder da.

Mitternacht, es riecht nach schal gewordener Bowle und Aioli, Julian bedient die Anlage und spielt Hip-Hop, was nicht wenigen Gästen auf die Nerven geht. Gerrit kümmert sich drum, und kurz darauf bringt Siebzigerjahre-Funk unsere Gäste zum Tanzen. Eis klirrt in Gläsern, das helle Lachen von Frauen, das Gegröle übermütiger Männer. Einer davon bin ich. Ich stoße mit jedem an, den ich kenne. Und da ich alle kenne, stoße ich oft an. Inna rollt mit den Augen, ich mit der Zunge.

Ich stehe mit Sandra ganz am Rand des Gartens, kann es immer noch nicht fassen, dass sie hier ist. Wir quatschen. Ihr

Leben im Zeitraffer, mein Leben im Zeitraffer. Das hast du wirklich getan? Nein! Doch! Ist ja Wahnsinn! Ein Gespräch wie ein Pingpong-Match. Ich, du, wir. Damals, heute, morgen. Unglaublich! Sandra lacht, erzählt mir von ihren zurückliegenden Jahren, von Reisen, Männern, Projekten, Foto-Ausstellungen. Von ihrer Mutter hier in Hamburg, um die sie sich jetzt kümmern möchte. Sie ist noch genauso überdreht wie damals. Irgendwie lächerlich, trotzdem faszinierend. Eine Fassade, hinter der es anders aussehen dürfte. Aber eben eine beeindruckende Fassade.

»Und du? Ich meine, Inna und du? Gut?«, fragt sie dann.

»Sehr gut«, sage ich. Inna, Julian, Emma, das Haus, die Urlaube, die letzten Jahre. Ich gebe ihr einen Überblick. Sie beugt sich zurück, als wenn sie mich dadurch besser sehen könnte.

»Gratuliere«, sagt sie dann, aber mit der spöttischen Betonung, mit der man das Wort zu jemandem sagt, der über eine Bananenschale gerutscht und ganz knapp nicht hingefallen ist.

»Es läuft echt super. Ich meine, nach so vielen Jahren«, sage ich.

»Muss man das dazusagen? *Nach so vielen Jahren*?«

So billig kriegt sie mich nicht. »Muss man nicht, kann man aber. Du weißt doch, was ich meine.«

»Eben. Und ich kann's nicht glauben, dass du das bist, Alex«, sagt sie.

Sie will kämpfen, ich nicht. Ich zucke gelassen mit den Schultern. »So kann man sich täuschen.«

»Fragt sich nur, wer von uns.«

Ich muss lachen, dann sehe ich sie kopfschüttelnd an.

Sie ist für einen Moment verunsichert. »Findest du das witzig?«, fragt sie.

»Allerdings«, sage ich. Ich meine gar nicht sie, sondern mich selbst. Die Nummer, die sie durchzieht, ist so durchschaubar, dass es kracht. Und trotzdem kriegt sie mich. Sie weiß, dass ich es weiß. Sie schießt mir zwischen die Füße, und ich tanze für sie. Obwohl sie keine Ahnung hat, worum es eigentlich geht. Ich denke an die zurückliegenden Wochen, an unser Wochenende am Meer, den Streit mit Inna wegen der durchzechten Nacht mit Gerrit, an den Videoabend, als Inna einfach aufgestanden und nach oben gegangen ist. Und jetzt taucht zufällig Sandra auf.

Ich glaube übrigens an Zufälle. Inna nicht.

Als Sandra kurz verschwindet, um sich etwas zu trinken zu holen, kommt Inna auf mich zu. »Wie wäre es, wenn du dich auch einmal wieder um die anderen Gäste kümmerst?«, fragt sie.

»Das tue ich, Schatz.«

»Ach ja?«

»Klar. Ich habe zum Beispiel mit … na ja, mit anderen geredet, angestoßen Und Getränke aufgefüllt.«

»Vor zwei Stunden.«

»Echt?«

»Sie gefällt dir immer noch, was?«, fragt sie, so beiläufig wie ein Weltkrieg.

»Wer?«

»*Wer?*«, äfft sie mich nach.

»Na ja. Geht so. Sie ist genau wie früher. Irgendwie nervig.«

»Aber sexy.«

Ich weiß, dass ich jetzt nichts sagen sollte. Aber warum eigentlich nicht. Es gibt doch nichts zu verbergen, nicht zwischen uns. Also: »Ja, schon. Sie hat sich gut gehalten, das kann man nicht abstreiten.«

»Findest du wirklich? Solche Ringe unter den Augen habe ich schon lange nicht mehr gesehen. Jedenfalls bei keiner Unter-Siebzigjährigen.«

»Ist mir gar nicht aufgefallen.«

Innas Lippen werden um den entscheidenden Millimeter schmaler. Dann sagt sie mit federleichter Stimme: »Ohne Kinder bleibt der Bauch halt flach. Aber oben rum war sie das doch schon immer.«

Inna zieht davon. Ich bleibe stehen und sortiere meine Gedanken, die so durcheinander sind wie Emmas Zimmer, nachdem ihre Spielkameradinnen da waren.

Inna hat recht. Höchste Zeit, dass ich mich um die anderen Gäste kümmere. Immerhin ist es mein Hochzeitstags-Fest. Inna und ich feiern uns selbst. Zwei wie wir.

Ich rede mit Achim, mit Sascha, mit Gerrit (das heißt, mit dem streite ich mich, weil er Sandra angeschleppt hat), mit Bernd, mit Erik, mit Rosie, mit Rosies Eltern, mit Merit, Sanya, Marianne. Ich tanze mit Katarina, Christine, Lara. Trinke mit Tommy, Carlos, Sascha. Ziehe mit Ronny einen durch, ausgerechnet. Abschied vom Hirn. Das Fest aller Feste.

Ich halte Ausschau nach ihr. Sandra. Verschwunden. Ich frage ein paar Leute, ob sie sie gesehen haben. Ganz beiläufig natürlich. Niemand weiß was. Ist sie gegangen?

Ich mache mich auf die Suche und finde Sandra alleine im Wohnzimmer auf der Couch. Hier ist es ruhig. Alle anderen sind im Garten. Sie trinkt Wein, blättert in einem Kunstband.

»Hattest du Streit mit deiner Frau?«, fragt sie. Dieses Lächeln. Süß wie eine reife Feige und giftig wie eine Tollkirsche.

»Nein, alles in Ordnung.«

»Bist du glücklich, Alex?«

»Was soll das denn jetzt?«

»Ist doch nur eine Frage. Früher haben wir darüber ständig geredet.«

»Früher war früher.«

»Warum so sauer?«

»Ich bin nicht sauer.«

Sie schlägt knallend den Kunstband zu. Ich muss an Innas Bemerkung denken. Eigentlich Quatsch. So flach ist Sandra gar nicht.

»Warum zeigst du mir nicht mal das Haus?«, fragt sie.

»Okay, klar, wenn du möchtest.«

»Entspann dich, Alex.«

»Ich bin entspannt.«

Und an die Kammerjägerbemerkung, die Inna gemacht hat und über die ich jetzt noch einmal laut lachen muss.

»Was ist?«, fragt Sandra.

»Ach, nichts«, sage ich.

Ich führe sie durchs Haus. Dann ist ihre Hand auf meinem Hintern. War irgendwie klar. Weniger klar ist, dass ich nichts dagegen unternehme. Das Wohnzimmer, die Küche, der Flur, sogar der Keller. Dann zeige ich mit dem Kinn zur Treppe. »Oben sind die Schlafzimmer, aber die musst du nicht sehen, oder?«

»Du bist süß.«

»Ach, komm schon.«

»Du hast Angst, Alex.«

»Nein, habe ich nicht.«

Sie zuckt mit den Schultern, sieht mir in die Augen. »Bist du es noch, Alex?«

Sandra nervt mich, aber gerade das reizt mich auch. Liegt vermutlich am Alkohol. Und an den letzten Monaten. Ich denke, dass ich seit Ewigkeiten mit keiner Frau geschlafen habe. Mit Inna, klar. Das meine ich nicht. Aber mit keiner anderen. Seit fünfzehn Jahren nicht. Verdammt, was soll das? Es gibt keinen Grund für das hier. Ich habe nicht einmal wirklich Lust dazu. Aber irgendetwas schmort in meinem Hirn durch. Ich habe doch Lust dazu. »Okay, gehen wir hoch«, sage ich.

»Na, siehst du. Geht doch«, sagt sie. Selbstbewusst, aber das kaufe ich ihr nicht ab. Ist mir aber egal.

13

Bei Flüchtlingen, Straftätern und Prominenten wird oft mit viel Aufwand versucht herauszufinden, wie alt sie eigentlich in Wirklichkeit sind. Dabei ist es doch ganz einfach. Gebt ihnen Unmengen an Alkohol und guckt, wie es ihnen am nächsten Tag geht. Wenn sie mit püriertem Hirn und einem Atem wie ein Komodo-Waran aufwachen, sind sie auf jeden Fall über vierzig.

Es ist Sonntag, der Tag nach unserer Party. Jedenfalls vermute ich das. Kann aber auch sein, dass eine Woche oder ein Monat vergangen ist. Offenbar habe ich mir genau die Gehirnzellen weggesoffen, die für das Zeitgefühl zuständig sind. Das Schmerzzentrum ist dagegen nicht betroffen. Dumm gelaufen.

Erst am frühen Nachmittag bin ich wieder ein intelligentes Lebewesen, das auf zwei Beinen laufen und *Aaaah* sagen kann. Ich dusche, ziehe mich an und versuche, mich an letzte Nacht zu erinnern. Irgendetwas war da. Aber was?

Ich trete hinaus auf die Terrasse, wo Julian, Emma und Inna beim Mittagessen sitzen. Der Garten ist schon wieder halbwegs aufgeräumt. Die drei sehen mich an wie der Wohlfahrtsausschuss der Französischen Revolution einen adligen Delinquenten. Vermutlich ist es ganz egal, was ich vorbringe, am Ende wartet die Guillotine auf mich.

Ausgerechnet Emma macht den Robespierre. Das kann sie, meine entzückende Tochter. Prinzipiell sind neunjährige Mädchen zwar das Niedlichste, was die menschliche Spezies hervorbringen kann, aber nicht, wenn sie sich für die Erziehungsberechtigten ihrer eigenen Eltern halten.

Emma zieht die Nase kraus und sagt: »Du siehst schlimm aus, Papa. Und du stinkst.«

»Ich habe gerade geduscht, Schatz.«

»Von *innen*.«

Julian lacht laut auf und sagt: »Ich finde Alex cool. So einen Dad wollte ich schon immer haben: Säuft die ganze Nacht und schläft dann in seiner eigenen Kotze. Wenn ich das an der Schule erzähle, beneiden mich alle.«

»Das tust du nicht!«, fahre ich ihn an.

Julian zuckt mit den Schultern. »Ich habe ein Video von dir gemacht, wie du nackt in der Lache liegst, Alex. Ich sage dir, das wird ein Hit auf *Youtube*. Ungefähr wie David Hasselhof. Nur gut, dass Mom und du nicht geschieden seid, sonst dürften wir dich bestimmt nicht mehr sehen.«

»Und das wäre verdammt schade«, sage ich und werfe einen Seitenblick auf Inna. Sie hat bisher nichts gesagt. Stattdessen hat sie mich mit Blicken angesehen, mit denen man junge Katzen töten könnte.

»Wäre es doch, oder?«, fasse ich nach.

Keine Antwort.

»Inna? Alles okay?«

Schweigen.

»Schlechte Laune? Aber wieso denn?«

Stille.

Inna räuspert sich. Immerhin. Dann redet sie. Leider. »Weißt du, was mich interessieren würde, Alex?«

»Ja. Nein. Sag mal.«

»Mich würde interessieren, woher du den Mut nimmst, hier einfach aufzutauchen, dich an den Tisch zu setzen und so zu tun, als wäre nichts passiert.«

»Ich habe keine Ahnung, wovon du redest, Inna. Ich …«

In diesem Augenblick fahren die letzten neuronalen Netze in meinem Kopf wieder hoch, und ich erhalte erste leicht verwackelte Bilder der letzten Nacht.

Stimmt. Woher nehme ich den Mut?

Ich war mit Sandra im Schlafzimmer. Alleine. Weil sie es halt sehen wollte. Eine Führung durchs Haus. Ganz harmlos. Na ja, fast ganz harmlos. Durch das gekippte Fenster hörten wir den Partylärm aus dem Garten. Alles wie früher. Der ultimative Kick. Gefährlich war gut. Verboten war besser.

Sandra sah mich an. Ziemlich eindeutig. Wir waren alleine. Aber meinte sie das ernst? Wir hatten uns seit Ewigkeiten nicht gesehen. Und heute war mein Hochzeitstag. Außerdem nervte sie mich, und ich gab mir wenig Mühe, es zu verbergen. Na ja, zugegeben, sie zog mich gleichzeitig ziemlich an. Das hätte ich kaum verbergen können, selbst wenn ich mir Mühe gegeben hätte.

In meinem Kopf ging es zu wie im Bundestag. Regierung und Opposition. Die einen dafür, die anderen dagegen. Hin und her, und alle quatschen dazwischen. Soll ich es tun? Soll ich es lassen? Gott! Ich bin 44 Jahre alt und kann nicht mal mehr einfach mit einer Frau rummachen, ohne dass mein Hirn durchschmort?

Sandra hat noch nie lange gefackelt. Also auch jetzt nicht. Sie stellt sich vor mich hin, lacht frech, und dann sind ihre Lippen auf meinen. So als wäre die Fortuna-Bar, all das, gerade erst gestern gewesen. Gar nicht übel, denke ich. Und es geht weiter. Hoppla! Sie streift mir mein Union-Jack-Shirt über den Kopf, wirft es auf den Fußboden. Ihre Bluse landet daneben. Meine Lippen an ihrem Hals. Verdammt salzig. Ihre Lippen auf meiner Brust. Verdammt heiß. Wir fallen aufs Bett. Der Geruch ihrer Haut. Wie weit geht das hier? Tun wir es? Wirklich? Hör doch auf mit dem Mist, sagt eine Stimme in meinem Kopf. Wieso denn?, fragt eine andere.

»Alex, alles klar mit dir?« Sandra liegt fast auf mir. Sie sieht mich fragend an.

»Ja, alles klar. Glaube ich. Na ja, nicht wirklich.«

Die Achterbahn wird langsamer. Die Promille weniger. Sie küsst mich. Ich sie nicht.

»Hey? Was soll das? Zu besoffen? Oder doch keinen Bock?«

Ich werde schlagartig nüchtern. Was passiert hier gerade? Es ist mein Hochzeitstag. Wir liegen in meinem Bett. In meinem Ehebett. Kurz davor, es zu tun. Bin ich bescheuert? Bin ich.

»Ach komm, Sandra. Hören wir auf damit. Bringt nichts. Lass uns einfach wieder runtergehen, okay?«

Ja, ich habe Stress mit Inna. Irgendwie. Und es ist nicht mehr so wie früher. Aber das hier ist nun wirklich keine Lösung.

»Nicht mal ein bisschen Spaß haben? Ich kenne dich anders, Alex«, fragt sie.

»Du kennst mich einfach nicht besonders gut.«

»Du hast *doch* Angst«, sagt sie. Und lacht.

»Selbst wenn. Ich bin verheiratet. Und ich liebe meine Frau.«

»Und?«

»Es ist mein verdammter Hochzeitstag.«

»Und?«

»Inna versteht keinen Spaß in der Richtung.«

Bevor wieder ein »*Und?*« kommt, sage ich: »Cut.«

»Ganz wie du willst«, sagt sie und zuckt mit den Schultern.

Sandra war nicht mal sauer, was mich überraschte. Ihr Lächeln wurde milder und auch wieder sympathisch. Ich setzte mich im Bett auf. Noch ein Abschiedskuss. Dann wollen wir wieder runter. Eine kleine Entschädigung für das, was wir nicht tun würden. Unsere Lippen finden sich.

Und in diesem Moment geht die Schlafzimmertür auf, und Inna kommt herein.

»Nein!«, ist alles, was sie sagt.

»Inna! Das hier ist nicht, wonach es aussieht«, sage ich.

Autsch. Der schlechteste Satz, den ein Mann sagen kann. Endlich weiß ich, wie es sich anfühlt, wenn er ausgesprochen ist.

»Sondern?«, fragt Inna.

»Es ist nichts passiert«, sage ich.

»Wirklich nicht«, sagt Sandra.

»Ausgerechnet heute«, sagt Inna und schüttelt fassungslos den Kopf.

Zurück in der Gegenwart. Unsere Terrasse. Die Kids sitzen am Tisch. Mittagessen. Ich sehe Inna an. Blick in einen brodelnden Vulkankrater. Ich mache eine Allerweltsgeste. Noch ist er nicht ausgebrochen. »Da war nichts, gestern Nacht. Bitte glaub mir das, Schatz.«

Inna sieht mich an. Ausdruckslos, lieblos, gnadenlos. »Nicht vor den Kindern.«

»Du hast angefangen.«

»Stimmt, aber ich habe jeden Grund dafür.«

»Bitte, Inna. Ich schwöre, dass da nichts war.«

»Und das soll ich dir glauben?«

»Ich hoffe schon.«

»So habe ich mir meinen Hochzeitstag nicht vorgestellt.«

»Bitte! Es ist nichts passiert. Weil ich es nicht wollte. Es hatte nichts zu bedeuten.«

»Für mich schon.«

Ich will etwas sagen, aber sie hebt nur die Hand und schüttelt den Kopf. Sie verschwindet im Haus, und kurz darauf höre ich die Haustür knallen.

Ein paar Minuten der Stille vergehen. Dann sage ich zu Julian: »Wenn du weiter so grinst, gebe ich dich zur Adoption frei.«

»Kannst du gar nicht, weil du nicht mein Vater bist.«

»Aber dein Erziehungsberechtigter. Ich könnte dir auch einfach ein halbes Jahr Stubenarrest aufbrummen.«

»Nur weil ich grinse?«

»Genau.«

Julian rollte mit den Augen. »Mann, Alex, chill, okay? Bevor du aufgetaucht bist, hat Inna schon angekündigt, dass der Tag nicht lustig wird.«

»Hat sie?«

»Allerdings. Was ist eigentlich los?«

»Hast du doch gehört. Ich habe Mist gebaut.«

»Und jetzt?«

»Muss ich zusehen, dass ich es wieder in Ordnung bringe.«

Emma, die gerade noch gekichert hat, ist ernst geworden. »Hast du Streit mit Mama?«, will sie wissen.

»Ja, Schätzchen. Aber mach dir keine Sorgen. Wir bringen das wieder in Ordnung.«

Emma macht ein übertrieben ernstes Gesicht. »Mama ist sehr, sehr sauer, Papa.«

»Danke, dass du es mir auch noch einmal sagst, Schätzchen.«

»Gerne, Papa«, erwidert sie staubtrocken.

Ich lasse mich seufzend zurück in den Gartenstuhl fallen. »Ich liebe euch.«

14

Ich habe Inna in den ganzen fünfzehn Jahren nicht einmal betrogen. Keine Ahnung, ob das etwas Besonderes ist. Vermutlich. Es mangelte nicht an Gelegenheiten, es mangelte an Lust. Ich wollte nicht. Unser Sex war okay, oder sogar mehr als das. Aber das meine ich gar nicht. Inna war und ist einfach die Richtige. Ich mag sie. Ich hatte nie das Bedürfnis nach etwas anderem. Nicht ein einziges Mal in den ganzen fünfzehn Jahren. Sicher, es gab Situationen. Ein paar Bier, und es juckte in den Fingern, und nicht nur da. Und zugegeben, ich war nicht nur anständig, sondern ich habe auch das Risiko gescheut. Also feige. Aber es ist doch das Ergebnis, das zählt, oder?

Inna hat übrigens nie einen Zweifel daran gelassen, dass sie mir einen Seitensprung nicht verzeihen würde. Vielleicht hat es sich in der Zwischenzeit geändert? Ich habe keine Ahnung. Dinge verändern sich.

Tatsache ist, dass ich es immer noch nicht getan habe. Aber ihre Frage ist berechtigt. Wie soll sie mir das glauben?

Am gleichen Abend läuten Inna und ich die nächste Runde ein. Diesmal will ich mir wirklich Mühe geben. Ich warte, bis sie sich setzt und mir eine Chance gibt, ihr die Dinge zu erklären. Ich fühle mich alles andere als gut. Ich hoffe, das weiß sie.

»Hör zu, Inna. Ich war betrunken, bekifft und irgendwie neben der Spur. Es tut mir leid.«

»Immerhin.«

Verzeihst du mir?«

»Ich weiß nicht. Ihr Typen seid immer betrunken oder bekifft oder sonst was. Und darum sollen wir euch alles durchgehen lassen?«

»Ihr Typen?«

»Genau. Männer wie du. Also echt, Alex!«

»Gott, Inna. Sag das nicht so.«

»Und ob ich das so sage.«

»Ich gebe es doch zu. Sandra hat mich scharfgemacht. Sie hat mich provoziert. Du weißt, wie sie ist.«

»Allerdings«, sagt Inna. Vermutlich denkt sie an das Gleiche wie ich. Damals, nachdem ich Inna kennengelernt hatte, war Sandra nicht bereit, einfach aufzugeben. Natürlich nicht. Wir sahen uns beim Job, und sie schoss Kommentare über Inna ab wie kleine, giftige Pfeile. Immer wieder sorgte sie dafür, dass wir am Abend oder in der Nacht nach Feierabend alleine waren. Sie sprach es nie aus, aber es war klar, was sie wollte. Ein paarmal wurde es brenzelig, aber passiert ist nichts. Ich wusste, was ich wollte.

Ich wische die Erinnerung aus meinen Gedanken und sage: »Aber nachdem wir ein klein wenig rumgemacht haben, wurde mir klar, dass ich es gar nicht will. Das mit Sandra ist lange vorbei. Kalter Kaffee, und der lässt sich nicht aufwärmen. Ich wollte es nicht, und mir war auch klar, dass es das nicht wert ist. Und dass ich mich wie ein Vollidiot benehme.«

»Darauf können wir uns jedenfalls einigen.«

Sie lächelt! Wow! Am liebsten würde ich aufspringen und eine Flasche Sekt aus dem Kühlschrank holen. »Mir ist klar geworden, dass ich nur dich will. Dich und mich. Uns. Nichts anderes«, sage ich.

»Und um das zu kapieren, musstest du an unserem Hochzeitstag mit einer anderen Frau rummachen?«

»Nein. Ja. Ich weiß auch nicht.«

»Und nicht nur das, Alex. Außerdem hast du mich ganz zufällig vor den Augen aller unserer Freunde gedemütigt. Ist dir das eigentlich klar?«

Ich sehe sie blass an. Nein, ist mir nicht klar. Obwohl es das sein sollte. Inna hat schließlich recht. Irgendwie. Nachdem sie in der Nacht aus dem Schlafzimmer gestürmt war, war die Sache keineswegs zu Ende. Sie tobte und schrie herum, ich rannte hinter ihr her und versuchte, sie zu beruhigen. Mit nacktem Oberkörper und meinem T-Shirt in der Hand. Unsere Gäste sahen uns kopfschüttelnd zu. Zwei wie wir. Das kannten sie aus den Jahren davor aber anders. Sonst waren wir das strahlende Paar. Diesmal schrien wir uns an. Dann begann der Exodus. Die Ersten gingen, dann wurde es ein ganzer Pilgerzug, der das Haus verließ. Die Party war vorbei.

Inna verzog sich ins Arbeitszimmer und schloss die Tür ab – wobei sie mir vorher noch erklärte, dass sie nie wieder einen Fuß in unser Schlafzimmer setzen würde. Ich flehte sie an, die Sache nicht überzubewerten. Sie flehte mich an, sie endlich in Ruhe zu lassen. Das war ihr letztes Wort. Ich ging raus in den inzwischen verlassenen Garten, sammelte alles an übrig gebliebenem Alkohol ein, was ich finden konnte, und goss ihn in mich hinein. Was die Sache auch nicht gerade besser machte.

»Es tut mir wirklich leid«, sage ich noch einmal zu Inna. Ich sehe sie an und hoffe, dass sie merkt, wie ernst es mir ist. Leider sieht sie mich nicht an.

»Verdammt, Alex. Irgendwie … Es tut mehr weh, als es sollte.«

»Was meinst du damit?«

»Das weiß ich selbst noch nicht so genau.«

»Bitte, Engel. Mach kein zu großes Ding draus. Es war beschissen von mir, das gebe ich zu. Aber lass es uns nicht überbewerten.«

»Ich habe nicht das Gefühl, dass ich das tue.«

»Doch, irgendwie schon«, sage ich.

Es ist der entscheidende Zentimeter zu viel, den ich mich aus der Deckung wage. Innas Augen werden schmal, und sie sagt mit einer Stimme wie ein frisch geschliffenes Küchenmesser: »Sag mir bloß nicht, was ich tun oder nicht tun soll. Was ich empfinden oder nicht empfinden soll. Tu das nicht, Alex.«

15

Ich kenne Inna. Sie hat einen Charakter wie der Eyjafjallajökull auf Island. Gelegentlich explodiert sie. Und dann liegt jeder Verkehr lahm. Aber irgendwann sinkt die Asche ihrer Wut zu Boden. Und dann ist der Himmel wieder so blau und strahlend wie zuvor.

So war es bisher immer. Zum Beispiel als wir vor drei Jahren den Streit hatten, nachdem ich sie aus Las Vegas angerufen hatte. Sie wusste nicht, dass ich dort bin, weil ich es am Tag zuvor selbst noch nicht gewusst hatte. Gerrit, Sascha und ich hatten *Hangover* gesehen, und danach war uns klar gewesen, dass wir etwas Verrücktes unternehmen mussten. Spontan gebucht, spontan geflogen – und danach spontan mit vier Wochen Ehekrach bestraft worden.

Oder als ich Inna nach einem Streit auf der Autobahnraststätte in Garbsen vergessen habe. Ich dachte, sie sitzt hinten im Wagen und schmollt. Als ich viele Kilometer weiter den Kopf umdrehte, stellte ich fest, dass ich alleine im Wagen saß. Die Folge: Drei Wochen redete sie kein Wort mit mir.

Oder unser bisher heftigster Streit, während unseres Urlaubs auf Korsika. Ich weiß nicht mehr, warum wir uns in die Haare bekamen. Es gab meiner Meinung nach keinen Grund. Aber die Tatsache, dass ich keinen Grund für einen Streit sah, war für sie der Grund für einen Streit. Wir redeten erst wieder miteinander, als wir zurück in Hamburg waren und am Gepäckband feststellen mussten, dass unsere Koffer nicht da waren.

Es gab noch eine ganze Reihe weiterer heftigster Streitereien zwischen uns. Kein Wunder. Wenn man zusammenlebt und sich eigentlich liebt, dann gibt es nun einmal gelegentlich auch Streit. Das gehört dazu. Es ist nichts, über das man sich wirklich beschweren sollte. Im Gegenteil. Denn da ist ja immer noch die Sache mit dem Versöhnungssex. Darauf war bisher immer Verlass. Und jetzt? Ich mache Inna gegenüber eine entsprechende Bemerkung. Ich versuche, ihr die Hand auf die Schulter zu legen. Ich hätte auch in eine Steckdose fassen können. Aua.

Drei Tage später. Der Himmel ist immer noch nicht wieder blau. Der Luftraum unserer Ehe immer noch gesperrt.

Wie soll sie mir auch glauben, nachdem, was sie gesehen hat? Obwohl ja nichts weiter zwischen uns passiert ist? Oder schlimmer noch, vielleicht macht es gar keinen Unterschied, dass nichts passiert ist? Weil in ihrer Sicht eben doch etwas passiert ist?

Aber als ich noch einmal versuche, Inna meine Sicht der Dinge darzulegen, flippt sie erst recht aus.

»Du gemeiner, verlogener Mistkerl. Es war unser Hochzeitstag. Und du lagst nackt mit ihr im Bett.«

»Auf dem Bett. Und halb nackt.«

»Ja, sei nur kleinlich.«

»Es ist etwas anderes, verdammt.«

»Alle unsere Gäste haben es mitbekommen. Alle! Das ist das Widerlichste, was man mir jemals angetan hat.«

Ich lasse den Kopf hängen. »Bitte, Inna. Lass es mich noch einmal erklären.«

»Es gibt nichts zu erklären.«

»Das ist nicht fair.«

»Red du nicht über Fairness. Nicht du.«

Ich sehe sie an und muss mir eingestehen, dass ich ein echtes Problem habe. Und keine Ahnung, wie ich es lösen könnte.

Inna blickt mich unverwandt an. Dann sagt sie leise: »Alex, wenn ich nicht wüsste, dass du es bist, würde ich sagen, du bist es nicht!«

»Das habe ich jetzt nicht verstanden.«

»Du verstehst so einiges nicht. Und jetzt lass mich in Ruhe.«

Wer Koseworte benutzt, macht auch vor Schimpfwörtern nicht halt. Kein Kuschelhase und kein Schmusebär, ohne eine Zicke und einen Scheißkerl. Das war zwischen Inna und mir schon immer so. Wir konnten uns lieben, und wir konnten uns streiten. Beides über dem Durchschnitt. Kein Grund, sich zu beschweren. Nur, dass es diesmal eben anders ist. Dem Scheißkerl folgt kein Schmusebär. Keine Ruhe nach dem Sturm. Ein Tag vergeht. Noch einer. Und noch einer. Immer wieder starte ich Anläufe, die Stimmung aufzuhellen. Und immer wieder lässt sie mich auflaufen. Ich denke sogar allmählich, dass ich ihre Reaktion übertrieben finde. Ich bin sauer. Ich telefoniere mit Sascha, mit Torsten, sogar mit meinem Vater. Sie sagen alle dasselbe. Nein, ihre Reaktion ist nicht übertrieben. Okay, danke, ich hab's kapiert.

Weitere zwei Tage später. Verdammt. Diesmal ist es ernst. Inna verwandelt unser Zuhause in ein Drei-Sterne-Tiefkühlfach. Frostige Worte, unterkühlte Blicke, eisiges Beisammensein. Sie redet nicht mit mir. Mehr als das, sie übersieht und überhört mich vollständig. Sie deckt nicht den Tisch für mich mit, schmeißt alles weg, was ich irgendwo stehen oder liegen lasse, hört nicht zu, wenn ich mit ihr spreche, missachtet die Zettel, die ich ihr hinlege.

»Das ist einfach unfair, Inna«, beschwere ich mich.

Keine Antwort.

»Hörst du, Schatz? *Sie* wollte es. Sandra. Ich nicht. Warum auch? Ich bin glücklich mit dir.«

Keine Antwort.

»Glaub mir, Inna. Auch wenn es sich seltsam anhören mag: Kurz bevor du reinkamst, ist mir klar geworden, was für einen Mist ich da gerade baue. Und dass ich das eigentlich gar nicht will.«

Ihre Augen werden zu schmalen Bunkerschlitzen. »Verstehe ich das richtig, dass ich mich sogar noch darüber freuen soll, was passiert ist? Weil du dir irgendwie über deine Gefühle klar geworden bist, als du mit dieser Schlampe rumgemacht hast?«

»Sie ist keine Schlampe.«

»Du verteidigst sie auch noch?!«

»Okay, sie ist eine Schlampe.«

Inna schüttelt nur den Kopf.

Sie hat recht. Mein Auftritt ist unterirdisch.

Ich muss einsehen, dass es um mehr geht, als darum, dass ich an meinem Hochzeitstag mit Sandra rumgemacht habe. Auch wenn das schon schlimm genug wäre.

Es geht auch um die zurückliegenden Wochen und Monate. Es geht darum, dass irgendetwas zwischen Inna und mir anders geworden ist. Etwas, für das wir noch keine Worte haben. Sie nicht, ich nicht. Etwas, das uns bedroht, wie das Monster in einem Horrorfilm. Man kann es nicht sehen, man weiß nicht einmal genau, was es ist oder wie es aussieht. Aber man weiß, dass es da ist.

Trotzdem finde ich Innas Verhalten übertrieben. Gut, natürlich sah die Situation für mich verfänglich aus. Aber sie muss mir doch Glauben schenken! Und wenn es doch um etwas ganz anderes geht? Dann soll sie eben nicht so tun, als ginge es um das, was mit Sandra geschehen ist. Aber das ist das Problem. Es geht eben doch darum. Nicht nur, aber auch.

Ich muss einsehen, dass manchmal Dinge, die man sonst kaum wahrnehmen würde, auf einmal große Wirkung haben können. Es kommt ganz auf den Moment an.

Und dieses war ganz eindeutig der falsche Moment.

16

»Wie soll sie dir glauben, Alex?«, fragt mich Torsten, bei dem ich mich ausheule. Torsten, der Frauenversteher. Er kennt Sandra. Er kennt Inna. Er kennt mich. »Ihr habt mehr oder weniger nackt im Bett gelegen, als sie reinkam.«

»Ach, Blödsinn. Sandra hat Spielchen gespielt. Keine Ahnung, was das sollte. Und warum ich überhaupt drauf eingegangen bin. Ich wollte es doch gar nicht. Und das habe ich ihr auch gesagt. Es war nichts weiter. Eine belanglose Knutscherei, das ist alles. Wir wollten gerade wieder nach unten gehen. Dann kam Inna rein.«

»Blabla. Es ist so, als wenn ein Typ mit einer rauchenden Knarre vor einer Leiche steht. Und trotzdem behauptet er, nicht geschossen zu haben.«

»Schönes Bild.«

»Du weißt, was ich meine.«

»Ich habe nicht geschossen.«

»Sag's doch noch ein paarmal. Nützt bestimmt etwas.«

»Was soll ich denn tun? Etwas zugeben, was gar nicht passiert ist? So wie ein Angeklagter vor einem amerikanischen Gericht? Ein gefälschtes Geständnis, um einen Deal mit der Staatsanwaltschaft einzugehen? Das sehe ich nicht ein.«

»Hör vielleicht einfach mal auf zu reden. Und fang an zuzuhören. Ich denke, es gibt da etwas, was die ganze Sache dir sagen sollte.«

»Was soll das denn heißen?«

»Ach, komm schon, Alex. So etwas passiert nicht zufällig.«

»Komisch, das sagt Inna auch.«

»Eben.«

»Du klingst wie ein trotziger Junge. Das macht es nicht besser.«

»Dann sag mir, was ich tun soll.«

Torsten zuckt mit den Schultern. »Vertrauen haben, die Hoffnung nicht aufgeben, durchhalten.«

»Danke. Hitler hat den Jungs in Stalingrad dasselbe gesagt.«

Torsten lacht, und ich steige mit ein. Tut verdammt gut. Ein Lichtblick in der Nacht, ein Regenguss in der Wüste. Hält bloß nicht lange vor.

Kein Wort, kein Blick, keine Berührung. Seit einer Woche. Emma schleicht blass durchs Haus. Sie spürt die Arktis-Stimmung zwischen ihren Eltern und ist fertig. Sie heult.

»Bitte, bitte, vertragt euch wieder«, fleht sie uns an.

»Sag das deiner Mutter, ich bin bereit dazu«, sage ich zu Emma.

Inna schickt die Kinder raus, und als wir alleine sind, sagt sie: »Komm nicht auf die Idee, die Kinder da mit reinzuziehen, Alex. Tu das bloß nicht.«

Ich zucke mit den Schultern. »Du redest nicht mit mir. Was soll ich sonst tun?«

»Es wäre schön, wenn du etwas reparierst. So aber machst du immer mehr kaputt.«

»Findest du nicht langsam, dass du übertreibst?«

»Findest du es denn?«

»Na ja, also irgendwie …«

Sie schüttelt nur den Kopf. Und stellt das Reden wieder ein.

Der Einzige, der an der Situation Spaß hat, ist Julian. Zumindest tut er so als ob. »Hey, ich freue mich, dass ihr nicht miteinander redet. Ist schön still dadurch. Echt. Ich mag diese harmonische Familienatmosphäre.«

»Ich finde, eure Mutter übertreibt«, sage ich.

»Ich finde, euer Vater kapiert gar nichts«, sagt Inna.

»Ich finde, ihr seid beide bescheuert«, sagt Julian.

17

Ich muss raus. Ich brauche Luft. Ich muss atmen! Sonst ersticke ich. Also greife ich zum Telefonhörer. »Hallo, Gerrit. Hier ist Alex.«

In der Leitung entsteht ein kurzes Schweigen, dann höre ich Gerrits in die Länge gezogene Stimme: »Alex! Du lebst noch? Schön, deine Stimme zu hören. Was gibt's?«

»Hast du Zeit?«

Gerrit lacht, und zwar so, dass mein Handy in meiner Hand zu vibrieren beginnt.

»Immer noch Ärger mit Inna?«, fragt er dann.

»Kann man so sagen.«

»Armer Kerl.«

»Mach dich nicht lustig, Gerrit. Immerhin hast du Sandra angeschleppt.«

»Bin ich jetzt schuld, oder was?«

»Das habe ich nicht gesagt.«

»Egal, vergiss es. Zurück zum Thema. Plan B also. Alles klar, machen wir. Wo treffen wir uns?«

Gerrits Hirn produziert mehr natürliches Amphetamin als alle polnischen und russischen Geheimlabore in einem Jahr. So war er schon immer. Ein Typ auf der Überholspur, und das seit zwanzig Jahren. Trotzdem sind wir immer noch befreundet. Auch wenn Inna davon alles andere als begeistert ist. Aber darauf kommt es jetzt nun wirklich nicht an.

Zwei Stunden später fahren wir in Gerrits Mustang über die A7 in Richtung Süden. Nicht, dass wir ein Ziel hätten. Aber wir fahren einfach mal los. Gerrit eben.

Über die Anlage läuft etwas von Mötley Crüe, wovon ich zum Glück nicht viel hören kann, weil der Motor mehr Lärm macht als eine startende Boeing.

Unterwegs erzähle ich Gerrit von meinem Streit mit Inna. Die Vorwürfe, das Schweigen, die Kälte.

Als ich mit meinem Bericht fertig bin, sieht Gerrit mich an. Lange. Zu lange dafür, dass er 170 Stundenkilometer fährt.

»Sieh nach vorne, Gerrit. Bitte.«

»Angst?«

»Allerdings.«

»Haha.«

»Hör auf mit dem Mist.«

Gerrit kaut eine Weile auf seiner Unterlippe und fragt dann: »Worüber wunderst du dich, Alex? Du hast mit Sandra rumgemacht, Inna hat dich dabei erwischt. Und jetzt ist dicke Luft. Jammern bringt nun wirklich nichts.«

»So sieht es aus.«

»Und? Was hast du jetzt vor?«

»Keine Ahnung. Das ist ja das Problem. Sie macht meiner Meinung nach ein zu großes Ding draus.«

Gerrit wedelt mit der Hand, als hätte er mich bei etwas Schlimmen erwischt. »Was für ein Scheiß, Alex. Du gehst das ganz falsch an. Lass Gras über die Sache wachsen. Und mach Männchen. Müll rausbringen und so. Mach ich mit Conny immer so.«

»Conny?«

»Mit der habe ich gerade was. Seit letzter Woche, oder so. Könnte was Festes werden.«

Ich will noch etwas sagen, aber das geht in Gerrits schepperndem Lachen unter. Dann drückt er das Gaspedal durch, und ich werde mit mindestens 3G in den Sitz gepresst. Ist zwar ein alter Wagen, aber offenbar ein neuer Motor.

Abende mit Gerrit enden immer an unvorhergesehenen Orten. Diesmal landen wir nach ein paar Stunden sinnlosem Rumgegurke auf einem Autohof in der Nähe von Salzgitter. Wir stellen den Wagen zwischen geparkten LKW ab und verbringen die nächsten Stunden in einem American Diner, wo wir mit frustrierten, langbärtigen Truckern zu viel Bier trinken. Wir reden mit ihnen über Frauen, Männer und alles, was zwischen ihnen schiefgehen kann.

Immerhin lassen die Trucker über eines keinen Zweifel aufkommen: Es geht schief. Und zwar immer. Egal, wie viel Mühe man sich gibt. Deswegen solle ich mir auch nicht allzu sehr den Kopf über die Sache mit meiner Frau zerbrechen. Es käme wieder in Ordnung. Oder auch nicht. So ist das Leben.

Na, vielen Dank auch für den Trost.

Der Morgen graut schon, als Gerrit und ich das Restaurant verlassen. Die Trucker steigen in die Kabinen ihrer Zugmaschinen und machen sich lang. Wir stolpern über den Parkplatz zurück zum Mustang.

»Du willst dich in dem Zustand doch wohl nicht hinters Steuer setzen, Gerrit?«, frage ich ihn.

»Warum denn nicht?«

»Weil ich morgen früh noch leben möchte!«

»Es ist morgen früh.«

»Du weißt, was ich meine.«

»Mach keinen Stress, Alex. Ich wollte gar nicht mehr fahren. Ich habe nämlich eine viel bessere Idee. Vor allem für dich. Wird dich auf andere Gedanken bringen.«

Er zerrt mich an den parkenden LKW vorbei in die hinterste Ecke des Parkplatzes, wo ein paar Wohnmobile stehen. Über den Türen glimmen bunte Weihnachtslämpchen, in den Fenstern rote Kerzenimitate.

»Hör auf, Gerrit. Vergiss es.«

»Wird dir guttun, Alex. Glaub mir.«

»Gott, das war früher nicht Plan B.«

»Stimmt, das war Plan C. Spaß gemacht hat's aber schon immer.«

Das ist wahr. Gerrit ist der einzige Typ, den ich kenne, der schon immer zu Frauen gegangen ist. Auch früher schon. Und es scheint sich nichts daran geändert zu haben.

Er geht ein paar Schritte vor und klopft gegen die Tür eines der Wohnmobile. Kurz darauf begrüßt uns lächelnd eine Frau im C&A-Negligee und gibt uns einen Überblick über Leistungen und Preise.

»Super. Nehme ich alles«, sagt Gerrit.

»Gib mir den Wagenschlüssel«, sage ich.

»Komm schon, Alex.«

»Vergiss es.«

»Spaßbremse.«

»Und wenn schon.«

Ich sitze im Mustang, während es draußen hell wird und

trinke aus einer Flasche Ballantines, die ich im Handschuhfach finde – neben einer geladenen Knarre und ein paar Porno-DVDs. Ich fühle mich gar nicht schlecht, mal davon abgesehen, dass ich morgen eine Leiche sein werde. Erstens wegen dem Alkohol. Zweitens wegen Inna. Sie wird stinksauer sein. Obwohl – das ist sie ja sowieso schon. Haha.

Ich muss wohl eingeschlafen sein. Ich werde jedenfalls davon wach, dass jemand gegen die Wagentür klopft. Ich weiß zuerst nicht, wo ich bin. Dann erkenne ich Gerrit, der vor dem Wagen steht und nichts anhat außer einer getigerten Unterhose.

»Kannst du mir Geld leihen? Ich muss noch mal ran. Die Frau ist unglaublich.«

»Wie viel?«

»Zweihundert.«

»Gott, was macht sie dafür?«

»Wir sind zu dritt. Du kannst auch dazukommen.«

»Vergiss es.« Ich reiche ihm zwei Fünfziger raus.

»Nicht mehr?«

»Ich hab sonst nichts.«

»Hast du keine Karte? EC? Kreditkarte?«

»No way.«

»Is' ja gut.«

Er schlurft zurück zum Wohnwagen und winkt mit den Scheinen. Die Frauen klatschen begeistert in die Hände. Ich schüttle den Kopf und schlafe wieder ein. Als ich das nächste Mal aufwache, ist schon vormittags. Der Verkehr rauscht über die nahe Autobahn. Mein Schädel pocht. Die Wohnmobile sind weg. Gerrit auch. Keine Spur von ihm, obwohl ich ihn eine halbe Stunde lang suche. Ich starte den Wagen und fahre zurück nach Hamburg. Das ist nicht nett, aber Gerrit wird schon zurechtkommen. Ich wünsche mir, dass alle Probleme so vergehen werden wie die Kopfschmerzen, die ich im Augenblick habe.

18

»Warte mal, Alex. Ich will das nur richtig verstehen«, sagt Inna am Abend zu mir. »Wir haben Probleme miteinander – und du hast nichts Besseres zu tun, als dich mit deinem Proletenfreund Gerrit zu treffen, dich zu betrinken und eine ganze Nacht nicht nach Hause zu kommen?«

»So sieht's aus.«

»Und kannst du mir vielleicht irgendwie erklären, was dich geritten hat?«

»Ich … ich habe das gebraucht.«

»*Du – hast – das – gebraucht?*«

»Ja, nein, ach verdammt. Ich komme einfach nicht an dich ran, Inna. Ich bettle darum, dass du mir vergibst. Und du? Redest nicht mit mir. Machst mich fertig. Du gibst mir einfach keine Chance.«

»Hörst du dich eigentlich selbst reden, Alex? Merkst du, dass es dir immer und die ganze Zeit nur um dich geht? Ist dir klar, dass du nach allem, was geschehen ist, die ganze Zeit *mir* Vorwürfe machst? Ich würde dir nicht zuhören, würde dir nicht verzeihen, würde deine angebliche Heldentat nicht anerkennen, dass du Sandra hast abblitzen lassen? Weil du ja so toll warst und eigentlich gar nicht mit ihr rummachen wolltest? Denn das wollte ja nur sie? Und am Ende hast du dabei an mich gedacht?«

Inna steht auf und lässt mich einfach sitzen. Natürlich hat sie jedes Recht, das zu tun. Ich verhalte mich einfach idiotisch. Es ist wie ein Fluch, der über mir liegt. Ich weiß es und kann es doch nicht ändern.

19

Ganze zwei Wochen vergehen, bis Inna und ich es endlich schaffen, wieder normal miteinander zu reden. Ich bin erleichtert, fast euphorisch. Auch wenn das hier garantiert nicht einfach wird. Wir sitzen am Küchentisch, die Kids sind nicht da. Aussprache.

»Erklär's mir, Alex. Erklär mir, wie es dazu gekommen ist.«

Ich lasse ihre Worte erst einmal sacken. Ich will's nicht wieder versauen. Könnte meine letzte Chance sein. »Ich war durch den Wind. Total benebelt. Sandra und ich haben über früher geredet. Ich war in Fahrt, meine Sicherungen waren draußen. Aber du warst doch von Anfang an eifersüchtig.«

»War ich das?«

»Ach, komm schon, Inna. Du warst auf Hundertachtzig, als du sie zur Haustür hast reinkommen sehen.«

»Mit gutem Grund, wie sich rausgestellt hat.«

»Ja, nein, nicht wirklich. Natürlich war da etwas zwischen Sandra und mir. Du weißt doch, wie es sein kann, wenn man jemanden von früher trifft.«

»Nein, weiß ich nicht. Die Geschichten mit meinen Exfreunden sind abgeschlossen. Ich würde gar nicht auf die Idee kommen, mit jemandem von früher rumzumachen.

In unserem eigenen Haus! An dem Abend, an dem unsere Freunde da sind.«

»Ich habe einen Fehler gemacht. Das ist mir klar. Aber können wir das Thema nicht allmählich abhaken?«

»Hey, das was du getan hast, hakt man nicht einfach so ab.«

»Dass du aber auch ausgerechnet in dem Augenblick reinkommen musstest!«

»Ist das tatsächlich dein größtes Problem? Ich glaub's nicht!«

»Nein, ich meine doch nur …«

Sie macht eine lange Pause. Dann sagt sie leise: »Schon mal auf die Idee gekommen, dass wir wirklich Probleme haben?«

»Allerdings.«

»Es geht nicht nur um die Nacht, nicht nur um Sandra.«

Ich sehe sie erwartungsvoll an. »Worum geht's denn deiner Meinung nach?«

Wieder eine Pause. Wieder diese leise Stimme. »Wann haben wir das letzte Mal zusammen geschlafen, Alex?«

»Wie bitte?«

»Wann, Alex? Sag es mir.«

»Ich weiß es nicht. Ich mache kein Kreuz in den Kalender, wenn wir es miteinander treiben.«

»Miteinander treiben?«, wiederholt sie höhnisch. »Davon träume ich schon gar nicht mehr. Ehelicher Beischlaf, das würde mir schon völlig genügen. Übrigens, nur zur Erinnerung: Es war im Mai. An dem Samstag nach der Einladung bei Torsten und Katarina.«

»Okay«, sage ich. Hier ist es also, das Filmmonster. Allerdings verliert es durch die Tatsache, dass es nun sichtbar ist, nicht seinen Schrecken. Im Gegenteil.

»Nein, nicht okay, Alex. Gar nicht okay. Das ist sieben Wochen her. Sieben Wochen. Und dann passiert das. Was glaubst du, wie es mir dabei geht?«

Ihre Frage wiederholt sich in meinen Gedanken wie ein Echo in einer Bergschlucht. Noch mal und noch mal und noch mal. Das hier ist überraschend. Aber vielleicht gar nicht verkehrt. Höchste Zeit. Sie weiß es, ich weiß es. Also gut, dann reden wir drüber. Haben wir viel zu lange nicht getan.

»Du bist doch diejenige, die nie Lust hat«, sage ich. »An dem Morgen vor der Party nicht. Am Abend nicht. Als wir am Meer waren nicht. Nie. Unter der Woche bist du zu müde, und am Wochenende musst du dich erholen. Wie lange geht das schon so? Lange. Viel länger als Mai. Mach mir also keine Vorwürfe.«

Sie stößt ein schnaubendes Lachen aus. »Und fragst du dich vielleicht auch mal, warum ich so müde bin? Wer verdient denn das Geld in diesem Haus? Wer rackert sich denn sechzig Stunden in der Woche ab, während der andere sich ein schönes Leben im Schanzenviertel macht?«

»Bitte, Inna. Was soll das jetzt auf einmal?«

»Ich hab's dir gesagt. Wir haben Probleme.«

Ich zucke mit den Schultern. »Wir haben beide die Augen zugemacht. Viel zu lange.«

»Endlich sagst du mal etwas Vernünftiges, Alex.«

Wie jeder normale Mensch habe ich mir als Teenager vorgestellt, wie ich einmal leben möchte. Mit wem ich mal leben möchte. Wie es sein soll, mit jemandem zusammenzuleben. Wie jeder normale Mensch weiß ich, dass niemand seine Ideale zu hundert Prozent verwirklicht.

Aber dass ich so weit danebenlanden würde, hätte ich nicht gedacht.

Zwei wie wir – das funktioniert auf einmal nicht mehr. Der Beweis dafür sind die Blicke, mit denen sie mich ansieht. Die spanische Inquisition war im Vergleich dazu ein Ponyhof.

20

Wut ist vermutlich das dämlichste Motiv, das es gibt, um Sex zu haben. Andererseits: Es treibt dich wirklich voran.

Ich sitze seit drei Stunden im geparkten Auto und starre vor mich hin.

Ich bin stinksauer. Auf mich. Auf sie. Auf alles.

Natürlich habe ich mich mal wieder nicht gerade geschickt verhalten. Inna war eifersüchtig. Inna war verletzt. Aber anstatt sie zu versöhnen, war ich trotzig und habe sie immer mehr auf die Palme getrieben.

So wurde aus einer harmlosen Mücke eine ferngesteuerte Drohne.

Niemand will zunehmen, ohne vorher nicht wenigstens ordentlich geschlemmt zu haben. Niemand will von der Polizei einen Strafzettel bekommen, ohne vorher nicht ordentlich schnell gefahren zu sein.

Und niemand will Stress mit seiner Frau haben wegen einer anderen Frau, mit der eigentlich nicht groß was gelaufen ist.

Na, dann sollte doch mal was laufen mit dieser anderen Frau.

Ich starre auf mein Handy. Ja? Nein? Doch? Vielleicht?

Ich bin ein Vorbild an Entschlossenheit. Ach, verdammt. Was soll's.

Ich wähle. »Hey, ich bin's.«

»Alex?«

»Hast du heute Abend Zeit?«

»Es ist heute Abend.«

»Genau, das meine ich.«

Am anderen Ende der Leitung höre ich ein Lachen. »Ich habe mir schon gedacht, dass du dich melden würdest.«

»Tatsächlich?«

»Ich kenne dich, Alex. Besser als du glaubst.«

Besser als ich selbst, denke ich.

Mehr müssen wir nicht sagen. Sandra hat Zeit. Wir vereinbaren einen Treffpunkt. Kein Streit, keine Missverständnisse. Das ist sexy.

Ab und zu tust du etwas, obwohl du es gar nicht willst. Das heißt, nein, falsche Formulierung. Natürlich willst du es. Aber dein Wille ist nicht unbedingt entscheidend. Es passiert einfach.

Es ist so wie in unzähligen Science-Fiction-Spielfilmen, wenn die Raumschiffe der Guten vom Traktorstrahl ihrer Gegner eingefangen werden. Die Navigatoren hämmern wie verrückt auf ihre Steuerkonsole ein, aber es bringt nichts. Irgendwann geben sie auf, wenden sich an den Chef auf der Brücke und sagen: »Die Instrumente reagieren nicht, Captain. Die Klingonen haben die Steuerung übernommen.«

Okay, Sandra ist nicht unbedingt eine Klingonin, schon

allein, weil sie alles andere als eine wulstige Stirn hat. Tatsache aber bleibt, dass es nicht die geringste Rolle spielt, was ich will oder nicht will. Etwas anderes hat die Steuerung übernommen. Eine höhere Macht. Ich kann nur hoffen, dass diese Macht es gut mit mir meint. Und dass sie mich nicht in ein interstellares Trümmerfeld hineinmanövriert, wo dann kleine, messerscharfe Meteoriten die Außenhülle meines Schiffs durchschlagen und ich in der Stille und Dunkelheit des leeren Universums verloren gehe.

Sandra sieht einfach fantastisch aus, sie hat sich die Haare hochgesteckt und trägt eine enge Jeans und ein schlichtes T-Shirt. Beides zeigt, dass die Zeit zwar an ihr nagt, aber das Beste drangelassen hat. Das Einzige, was mich stören könnte, ist ihr etwas zu selbstbewusstes Lächeln. Aber so ist sie. Wir treffen uns vor einem BeachKlub im Schanzenviertel, gleich um die Ecke vom Schuster's. Für einen Psychiater müsste ich zurzeit ein interessantes Studienobjekt sein. Geil wie ein Pavian, frustriert wie ein Witwer, durcheinander wie ein Kinderzimmer. Ein hochprozentiger Hormoncocktail schwirrt durch meine Adern. Kaum zurechnungsfähig. Ein Mann von Mitte vierzig halt.

Als wir das von einem hohen Strohzaun umgebene Gelände betreten, zucken ein paar Teenagerköpfe reflexartig in unsere Richtung. Wir sind in der Altersgruppe ihrer Eltern, und sie wollen abchecken, ob wir zu der Sorte Mami und Papi gehören, die hier nach ihren Kindern fahndet, um sie nach Hause zu den Schularbeiten zu schleifen.

Dann aber wird den Kids klar, dass wir zur anderen Sorte gehören. Wir schleifen niemanden irgendwohin, und wir haben früher selbst keine Schularbeiten gemacht.

Wir schnappen uns jeder ein Corona an der Bar und machen es uns in einer Ecke auf zwei Strandliegen bequem. Ich muss an Inna denken, als wir am Anfang unserer Beziehung ähnlich entspannt die Sommerabende in der Schanze verbracht haben. BeachKlubs gab's zwar noch nicht, aber genug andere Locations. Damals. Sie und ich. Und dann eben nicht mehr. Irgendwann hat Inna mir erklärt, dass sie es für Zeitverschwendung halte, in die Stadt zu fahren, um dann einfach nichts zu tun. Theater, Kino, Konzert, das wäre okay. Aber einfach abhängen? Schade um die Zeit. Dabei kann man doch gar nichts Besseres mit seiner Zeit anfangen. Sie so, ich so. Stimmt schon. Wir haben Probleme.

Hätte jemand Sandras und mein Gespräch belauscht, hätte er vermutlich gedacht, dass wir beide am selben traurigen Gendefekt leiden – eine namenlose Krankheit, die dazu führt, dass man Gegenwart und Vergangenheit nicht auseinanderhalten kann. Wir reden nahtlos über ein Simple-Minds-Konzert, auf dem wir beide 1986 waren, ohne uns gekannt zu haben. Dann reden wir über unser Beziehungsleben in der Gegenwart, über Inna, über einen Mann in Sandras Leben, der aber keine Rolle mehr spielt, über die frühen und die späten Alben von Sting, über meine Tochter, ihre Mutter, über die Liedtexte von The Cure, Madonna versus Lady Gaga, über die Veränderung des Schanzenviertels, über Sandras Fotografie.

Irgendwann hoppen wir vom Beach rüber aufs Schulterblatt. Da wir mexikanisch begonnen haben, machen wir genauso weiter: mehr Corona, und dazu jetzt auch noch Tequila. Dann krümelt sie Dope in eine Zigarette und hält sie mir hin.

Ich ziehe kräftig dran und schicke mein Hirn auf Urlaub. Guter Abend. Geht's mir zu schnell? Blödsinn.

»Also, was sagst du? Zu dir oder zu mir?«, frage ich sie.

Sandra lacht laut auf. »Zu dir können wir ja wohl schlecht.«

»Stimmt auch wieder«, sage ich.

21

Sex wird überbewertet, macht aber trotzdem Spaß. Sandra und ich reißen uns die Klamotten vom Leib, und dann kippen wir auf ihr Bett, obwohl mir noch die Jeans um die Knöchel schlackern. Das ist albern wie in einem *Dick-und-Doof*-Film und trotzdem super.

Danach liegen wir nebeneinander, sie raucht Zigaretten und bläst den Rauch an die Decke, wir quatschen so lange, bis wir frisch genug sind, um es noch einmal zu machen.

Nicht schlecht, aber auch nicht wirklich gut, denke ich. Sex halt. Und deshalb der ganze Stress? Bescheuert. Und dann wird mir klar, dass Inna gesagt hat, dass es gar nicht um Sandra geht. Oder nicht nur. Sie muss recht haben. Sie *muss*. Weil es nicht nur um das gehen kann, was Sandra und ich in dieser Nacht tun. Das, was wir in der ersten Nacht eben nicht getan haben. Ändert sich jetzt alles? Oder ändert sich nichts?

Ich muss an früher denken, an damals, als ich mein erstes Mal erlebt habe. Ich war sechzehn, und wie alle Jungs in dem Alter, die noch nie mit einem Mädchen geschlafen hatten, hatte ich das Gefühl, der letzte Mensch auf der Welt zu sein, dem diese Erfahrung fehlte. Es war erniedrigend. Die anderen Jungs standen auf dem Schulhof, und egal, worüber sie sich unterhielten – *Denver, Dallas, Die Profis* – es kam mir so vor, als ginge es in Wahrheit immer nur um das eine. Ich konnte es in ihren Blicken erkennen, in ihren Gesten, in den kleinen Andeutungen, die jeder zu verstehen schien. Nur ich nicht.

Das Problem war, dass ich damals zwar mit einem Mädchen zusammen war, das ich wirklich mochte, Bea. Aber sie beharrte darauf, dass sie noch nicht so weit wäre. Küssen, fummeln, sogar nackt in einem Bett übernachten, das war alles drin. Aber mehr nicht. Kein Sex. Als ich sie fragte, wie lange es denn noch so gehen solle, zuckte sie mit den Schultern und sagte: »So lange, bis ich so weit bin.«

»Und wann ist das?«

»Ich weiß nicht. Ich denke mal, ich werd's spüren.«

»Vielleicht bist du schon so weit, merkst es aber nicht?«

»Versuchst du mich zu überreden, Alex?«

»Na ja … Ja.«

»Das ist so mies von dir. Aber mach dir keine Hoffnungen. Ich lasse mich auf nichts ein.«

»Aber wieso nicht? Alle tun es.«

»Ich bin nicht alle.«

»Wir könnten es doch wenigstens mal versuchen.«

»Hör auf. Lass mich in Ruhe.«

Zugegeben, ich habe damals keine gute Figur gemacht. Aber ich hatte nun einmal das Gefühl, dass mir die Zeit zwischen den Fingern zerrinnt. Wenn nicht bald etwas passierte, würde ich alt und immer noch Jungfrau sein. Unsere Beziehung war nach dem Gespräch angeknackst. Bea war fest davon überzeugt, dass ich gar nicht mehr mit ihr zusammen sein wollte. Und das Schlimme war, dass sie recht damit hatte.

Auf einer Party kam ich dann mit einem Mädchen zusammen, von dem ich wusste, dass sie es schon einmal getan hatte. Kati. Der Weg schien frei zu sein. Und tatsächlich passierte es ein paar Wochen später.

An die Nacht selbst kann ich mich kaum noch erinnern. Aber an den ersten Schultag danach. Ich hatte mir fest vorgenommen, es gar nicht direkt zu erzählen. Die anderen Jungs sollten es an meinem Blick und meinen Gesten erkennen. Ich war jetzt der Soldat, der aus dem Krieg zurückkam. Der Abenteurer, der den Amazonas durchwandert hatte. Der Bergsteiger, der den Everest bezwungen hatte.

In der großen Pause standen wir in der Raucherecke. Moritz, das Großmaul, grinste mich an und sagte: »Warum guckst du so bescheuert, Zimmer? Jeder weiß, dass du am Wochenende bei Kati warst. Und jeder weiß auch, dass sie jeden ranlässt. Sogar dich.«

Die anderen Jungs lachten und unterhielten sich weiter über die Fernsehsendungen vom Wochenende.

Moritz hatte natürlich Quatsch geredet. Er hatte mir nur die Erfahrung versauen wollen. Das merkte ich, als mich die anderen Jungs noch einmal darauf ansprachen, nachdem Moritz weg war. Sie wollten jedes Detail genau geschildert bekommen. Und da wurde mir klar, dass sie keine Ahnung hatten. Sie hatten noch nichts erlebt. Sie hatten nur so getan als ob.

Ein paar Tage später stand Bea vor mir. Natürlich hatte sie es auch gehört. Sie stellte sich vor mich, sah mich aus verheulten Augen an und sagte gar nichts. Kein Wort. Ich sollte sehen, dass sie es schade fand. Sie hätte das erste Mal gerne mit mir erlebt. Doch dazu war es jetzt zu spät.

Irgendwann in der Nacht tun Sandra und ich es zum dritten Mal. Sie stöhnt übertrieben laut, was mich nervt. Aus dem Alter sollten wir raus sein. Aber vielleicht auch nicht. Ich will nicht kleinlich sein.

Ich bin tatsächlich ein wenig stolz darauf, dass wir es in einer Nacht gleich dreimal tun. Weil ich's lange nicht erlebt habe. Wenn Inna und ich ins Bett gehen, gehen wir ins Bett, weil wir müde sind. Erst ins Bad, dann ausziehen, dann mitunter Sex, dann einschlafen.

Das hier ist etwas anderes. Es gibt keine Reihenfolge oder so. Wir sind neugierig, wir sind gierig. Ziemlich gut. Sie beißt mir ein paarmal in den Hals, was mich auch nervt, weil es Spuren hinterlassen wird. Aber eigentlich ist mir sogar das egal. Das ist der Unterschied. Die Uhren hören auf zu ticken. Das habe ich vermisst, wird mir klar.

Ich wache im Morgengrauen auf. Kopfschmerzen, mieser Geschmack im Mund, Erinnerungslücken. Das volle Programm. Dennoch fühle ich mich um zwanzig Jahre verjüngt. Ein Blick in den Spiegel sagt mir zwar das Gegenteil, denn was mir da entgegensieht, ist faltig und hat ein paar silbergraue Stoppeln im Bart. Aber das meine ich nicht.

Nach einem kurzen Besuch im Bad gehe ich zurück in Sandras Zimmer. Sie wohnt in einer WG, hat keine feste Beziehung, genau wie früher. Wir liegen auf einer Matratze auf dem Fußboden, inmitten eines ziemlichen Chaos. Aufräumen wäre nicht verkehrt. Und wenn *ich* das schon sage ... Ich schlafe wieder ein.

Als ich das nächste Mal aufwache, geht's mir besser. Wo bin ich? Nicht zu Hause jedenfalls. Neben mir liegt eine Frau, mit der ich nicht zusammen bin und mit der ich dennoch Sex hatte. Und die raucht noch vor dem Aufstehen die erste Zigarette. Über die Anlage dudelt Prince, als er schon Symbol hieß.

Jemand klopft an der Tür.

»Was?«, brüllt Sandra.

»Ich bin's.« Ein blassgesichtiger Knilch mit Dreadlocks steckt seinen Kopf zur Tür rein und fragt mit leiernder Stimme: »Hey, Sandra, willst du Frühstück? Ich mache Milchkaffee. Wer ist'n der Typ? Will der auch was?«

»Komm rein, Mike«, sagt Sandra.

»Ich will nicht stören«, sagt er, betritt aber trotzdem das Zimmer.

»Quatsch. Das ist übrigens Alex. Alex, Mike. Mike ist eigentlich kein Mitbewohner, sondern nur der Freund von Angela. Aber eigentlich ist er doch ein Mitbewohner, weil er immer hier ist.«

»Hi, Mike«, sage ich.

»Hi, Alex. Ich habe dich schon mal irgendwo gesehen. Glaube ich jedenfalls. Oder doch nicht?«

»Vielleicht im Schuster's. Ist mein Laden.«

»Ja, klar. Cool. Ich kenne Erik.«

Dann kneift Mike seine verkifften Augen zusammen und legt den Kopf schief. »Wartet mal eben. Ich wollte an irgendetwas denken. Habe ich aber vergessen. Was war das noch mal?«

In diesem Moment hören wir aus der Küche eine hysterische Frauenstimme: »Mike, du blödes Arschloch. Kannst du eigentlich ein einziges Mal Milch kochen, ohne dass sie überläuft und anbrennt? Verdammte Kacke.«

»Das ist Angela, Mikes Freundin. Ist jeden Morgen dasselbe«, erklärt mir Sandra.

Mike, den ich auf etwa dreißig schätze und der vermutlich im zwanzigsten Semester Sinologie oder Politikwissenschaften studiert, zuckt nur träge mit den Schultern. »Ach ja, jetzt fällt mir auch wieder ein, woran ich denken wollte. Die Milch. Auf dem Herd.«

»Und meinst du nicht, du solltest jetzt mal in die Küche gehen und dich drum kümmern?«, fragt Sandra.

»Ja, klar. Hast du recht, Sandra. Sollte ich.«

Er bleibt noch für etwa dreißig Sekunden bewegungslos im Zimmer stehen. Dann erst dreht er sich um, trottet zur Tür, bleibt dort aber noch mal stehen. »War nett, dich kennenzulernen, Alex.«

»Ja, ebenso«, sage ich.

Nachdem Mike die Tür zugemacht hat, sieht Sandra mich lächelnd an. »Ist ein netter Kerl. Nur ein bisschen langsam.«

»Echt? Merkt man gar nicht«, sage ich.

Die ganze Situation kommt mir vor wie die sprichwörtliche Urzeit-Mücke, die im Bernstein eingeschlossen ist. Nur dass das hier offenbar die Achtzigerjahre sind, die aus einem mystischen Grund in dieser WG überlebt haben. Die Matratze auf dem Fußboden, rauchen vor dem Aufstehen, Kiffer, die die Milch anbrennen lassen. Alles ganz witzig. Aber eigentlich ist mir das schon vor zwanzig Jahren auf die Nerven gegangen.

Sandra und ich stehen auf und frühstücken mit Angela und Mike in der Küche. Baguette, Seranoschinken und

Milchkaffee aus einem Kaffeevollautomaten mit Kegelmahlwerk von Jura. Okay, die Zeit ist doch nicht ganz stehen geblieben. Heutzutage ist mehr Geld da.

Wir diskutieren die Frage, ob Popstars immer noch unsterblich werden können, wenn sie in ihren Zwanzigern an Drogen sterben. Oder ob man sie nicht einfach für bescheuert hält. Mike erzählt Partygeschichten, die er mit Erik erlebt hat, die ich ihm aber nicht abkaufe. Ich weiß, was Erik über Typen wie Mike denkt. Kann sein, dass es gewisse äußerliche Ähnlichkeiten gibt – der Musikgeschmack, die Dreadlocks und Converse-Turnschuhe. Aber sonst ist Erik auf Draht. Mike dagegen sieht eher so aus, als bräuchte er wirklich ständig eine Angela, die ihn anschreit, weil er sonst gar nichts hinbekommt.

Danach legen Sandra und ich uns wieder ins Bett. Wir hören Musik, irgendwann rauche ich auch eine Zigarette, von der mir kotzübel wird. Ich frage mich, wie lange es her ist, dass ich mitten in der Woche einfach im Bett liegen geblieben bin und mich nicht um meinen Sohn, meine Tochter, meine Frau, das Frühstück, den Laden oder sonst irgendetwas gekümmert habe.

Ich kann mich nicht dran erinnern, weil es zu lange her ist. Fühlt sich ganz gut an. Kein Stress, kein Streit, keine bösen Blicke.

Aber jetzt mal ehrlich? All das hier würde mich schneller nerven, als ich Milchkaffee sagen kann. Einfach nicht mehr zeitgemäß.

Sehen wir uns wieder?«, frage ich Sandra zum Abschied.

»Willst du denn?«

Ich zucke mit den Schultern. Sie schiebt die Unterlippe vor. »Ich habe keinen Bock auf Stress, Alex. Du hast schon recht. Es ist nicht mehr wie früher.«

»Was meinst du?«

»Das weißt du genau.«

»Hey, bist du sauer?«

»Nein. Oder ja, vielleicht doch. Keine Ahnung.«

»Wir können ja abwarten. Sehen, wie sich die Dinge entwickeln.«

Sie schüttelt den Kopf. »Tu mir einen Gefallen, Alex. Bring deine Ehe in Ordnung, ja? Ich hasse Typen, die was sein wollen, was sie nicht sind. Tut mir leid.«

»Keine Ahnung, was du meinst.«

»Doch, du weißt genau, was ich meine.«

Wir umarmen uns zum Abschied und wissen beide, dass wir uns so schnell nicht wiedersehen werden.

22

Erst als ich auf der Straße bin, riskiere ich einen Blick auf mein Handy. Vier unbeantwortete Anrufe. Einer von Erik, drei von Inna. Stecke ich in Schwierigkeiten? Vermutlich schon. Wieder eine Nacht weg ohne anzurufen.

Ich melde mich zuerst bei Erik, der wieder halbwegs pünktlich im Schuster's aufgeschlagen ist und den Laden schmeißt. Gut so. Dann kann ich mir den Tag ja freinehmen. Arbeiten kommt nicht infrage. Der Hormoncocktail in meinem Blut enthält inzwischen zwar deutlich weniger Adrenalin. Aber klar denken kann ich immer noch nicht.

Ich lasse mich durch die Straßen treiben und hänge meinen Gedanken nach. Die Nacht mit Sandra. Der Morgen in der WG. Ein Ausritt in die Vergangenheit. Genau wie vorher schon die Nacht mit Gerrit. Hat gutgetan. Beides. Aber jetzt bin ich wieder zurück in der Gegenwart.

Ich fühle mich erstaunlich ruhig und zufrieden. Es ist so, als hätte ich Schulden beglichen, die ich bei mir selbst hatte.

Es ist schon seltsam, dass man die Dinge ab und zu riskieren muss, um ihren wahren Wert wieder zu erkennen. Das soll jetzt natürlich kein Plädoyer dafür sein, ins Spielkasino zu gehen und seine Ersparnisse auf den Roulettetisch zu legen. Ich meine, dass das Leben eine trickreiche Angelegenheit ist. Und nicht alle dieser Tricks sind sauber. Der Alltag zum Beispiel. Er legt sich wie eine Schicht aus Schimmelpilzen über die Dinge, bis man sie nicht mehr erkennen kann. Natürlich wäre es klug, es gar nicht so weit kommen zu lassen. Aber wem gelingt das schon?

Inna und mir ist es nicht gelungen. Unsere Ehe hat Schimmel angesetzt. Darüber wollte sie mit mir die ganze Zeit reden. Aber meine Ohren waren zugemauert. Das ist jetzt vorbei.

Ich brauchte Luftveränderung, musste mich durchpusten lassen, musste auf neue Gedanken kommen. Mir war das selbst nicht klar. Ein anderes Leben. Einmal reinschnuppern. Das genügt.

Ich möchte mein altes Leben. Ich möchte Inna, das Haus, die Kinder. So wie es vorher war.

Wir müssen darüber reden, was schiefgelaufen ist. Und was wir besser machen können.

Ich möchte mich bei ihr entschuldigen, für den Mist, den ich gebaut habe.

Sie wird sich wundern. Sie wird wissen wollen, was passiert ist. Was mir die Augen geöffnet hat. Ich werde mit ihr nie darüber reden können, weil sie es nicht erfahren darf. Ehrlichkeit hin oder her.

Auf dem Nachhauseweg mache ich am frühen Abend einen Abstecher in Torstens Kanzlei, um mich mit einem Alibi zu versorgen.

Eine schicke Sekretärin, die locker auch als Model arbeiten könnte, lässt mich in die gediegenen Räume von Galbert & Friends ein. Der Name klingt wie eine Werbeagentur, ist aber eine international tätige Rechtsanwaltskanzlei mit Niederlassungen in Shanghai, New York und Johannesburg. Büros in Vaduz, Monaco und auf den Caymans gibt es zwar auch, aber die bleiben unerwähnt. Das Finanzamt lässt grüßen. Ich weiß es, seit Torsten und ich vor einigen Jahren gemeinsam die tausendste Ausstrahlung von *Die Firma* mit Tom Cruise gesehen haben. Etwa in der Mitte des Films, als Tom zum ersten Mal zusammen mit Gene Hackmann in der Karibik ist, erklärte Torsten: »Endlich verstehe ich den Film. Unsere Appartements auf den Caymans sehen genauso aus. Und im Kabuff stehen bei uns auch Kisten mit Ordnern, in denen genug brisantes Material zu finden ist, um viele Menschen viele Jahre in den Knast zu bringen.«

Das sagte derselbe Mann, der es nicht schafft, seiner eigenen Frau ein einfaches Nein entgegenzuhalten, wenn sie mal wieder mit Einkaufstüten bepackt vom Shoppen kommt und aus lauter Langeweile mal eben ein mittleres Monatseinkommen verprasst hat. Torstens Geheimnis besteht vermutlich darin, dass er das eine nicht ohne das andere könnte. Denn ursprünglich, als er noch an der Uni war, hat er uns immer erzählt, dass er als Anwalt mal Greenpeace oder irgendwelche abgelehnten Asylbewerber vertreten wollte. Jetzt vertritt er internationale Konzerne, die ihre Konkurrenten in den Ruin klagen und hat nicht das geringste Problem damit. Er tut es ja nicht für sich. Er tut es für seine Katarina.

Frau Nitzer, die Model-Sekretärin, geht vor mir den langen Flur hinunter, um mich zu Torstens Büro zu geleiten.

Alle drei Schritte dreht sie sich zu mir um und wirft mir ein charmantes Lächeln zu. Tatsächlich will sie sich nur überzeugen, dass ich auch wirklich noch hinter ihr bin. Ich habe diese Erfahrung schon früher gemacht. Kein Besucher darf in den Räumen der Kanzlei auch nur drei Meter ohne Beaufsichtigung eines Mitarbeiters zurücklegen. Sogar wenn du aufs Klo gehst, bringt dich jemand dorthin und wartet dann vor der Tür, bis du fertig bist. Als mir das einmal passiert ist, kam ich aus der Toilette hinaus, hob meine Hände und sagte: »Habe ich gewaschen. Überzeugen Sie sich selbst.«

Es gab nicht einmal ein Lächeln als Antwort.

Frau Nitzer klopft an Torstens Bürotür, öffnet und sagt: »Ihr Besuch ist da, Herr Dr. Mengen-Overath.« Torsten hat natürlich einen Doppelnamen, denn Katarina wollte zwar schon immer sein Geld, aber nicht unbedingt seinen Nachnamen.

Frau Nitzer tritt zur Seite und lässt mich in das Büro, das mit einer Fläche von fast vierzig Quadratmeter recht beeindruckend ist. Torsten sitzt an seinem riesigen antiken Mahagonischreibtisch, der von Unterlagen übersät ist, und sagt ohne aufzublicken: »Bin gleich bei Ihnen. Eine Sekunde noch. Worum geht es denn?«

»Ich habe da aus einem nicht ganz lupenreinen Aktiengeschäft einen höheren siebenstelligen Betrag, der dringend ein neues Zuhause sucht, in dem er von den hiesigen Finanzbehörden nicht belästigt werden kann.«

Torsten, der immer noch in seine Unterlagen vertieft ist, nickt gedankenverloren und sagt: »Da sind Sie bei uns genau richtig, Herr …«

Erst jetzt sieht er mich an, wird erst blass, dann rot. »Alex! Was soll denn das mit dem siebenstelligen Betrag?«

»Wollte dich nur testen, du Mafiosi. Du bist durchgefallen. Ich weiß nicht, ob ich wirklich noch mit dir befreundet sein möchte.«

Torsten schmunzelt. »Vielleicht überlegst du es dir noch einmal, wenn ich dich mit einem zwanzig Jahre alten Hennessy verköstige. Was meinst du?«

»Gemacht. Dafür bin ich allemal zu kaufen.«

Torsten steht auf, und wir umarmen uns. Dann weist er mir einen der englischen Ledersessel in der Fensterecke vor den Bücherregalen zu, die mit ledergebundenen Urteilssammlungen des Bundesgerichtshofs und des Verfassungsgerichts bestückt sind. Torsten füllt aus einer Kristallkaraffe zwei Gläser und reicht mir eines. Das Aroma, das mir in die Nase steigt, ist ausgesprochen gediegen. Ich kann auf einmal verstehen, warum jemand so einen Job macht.

Torsten lässt sich in den Sessel mir gegenüber sinken. Er sieht, wie üblich, müde aus. Die achtzig Arbeitsstunden, die er pro Woche ableistet, bleiben nun einmal nicht ohne Spuren. Er mustert mich, dann umspielt ein süßsaures Lächeln seinen Mund. »Du hast gute Laune?«

»Ist das verboten?«

»Nein, aber überraschend. Nach allem, was in letzter Zeit los war.«

»Tja. Ab jetzt geht's aufwärts.«

Er sieht mich immer noch durchdringend an und sagt dann: »Du warst bei *ihr*.«

»Was?«

»Mach mir nichts vor. Bei Sandra.«

»Okay, stimmt. Ich war bei ihr.«

»Du Volltrottel.«

Ich zucke mit den Schultern. »Hat verdammt gutgetan.«

»Na, das ist ja die Hauptsache. Erzähl.«

Ich gebe Torsten einen knappen Überblick über die Geschehnisse der zurückliegenden Tage. Und der letzten Nacht. Ich rechne daraufhin nicht mit einer Antwort, sondern mit einer Abreibung. Schließlich ist Torsten der Biedermann in meinem Freundeskreis. Zu meiner Überraschung aber bleibt er völlig gelassen und sagt: »Ist doch super. Vor allem, dass du Sandra nicht wiedersehen willst. Dann hast du deinen Spaß gehabt und kannst jetzt die Sache mit Inna wieder in Ordnung bringen.«

»Hey, freut mich, dass du es so gelassen siehst.«

»Ich bitte dich, Alex. Wer wüsste besser als ich, dass man eine Ehe nur durchsteht, wenn man gelegentlich mal einen Abzweig in ein anderes Bett macht. Wahlweise auf einen anderen Wohnzimmerteppich, Küchentisch, Aktenschrank.«

»Torsten? Bist du das?«, frage ich.

Er grinst süffisant. »Überrascht?«

»Kann man so sagen. Ich dachte immer, du hältst einen Seitensprung für eine Todsünde, für die man mit ewiger Verdammnis bestraft wird.«

»Liegt vermutlich daran, dass ich nicht darüber rede. Im Gegensatz zu dir.«

Ich trinke von dem Hennessy, der so weich, sanft und rund ist, als würde man ein Gemisch aus Perwoll und Balsamico trinken. Natürlich mit besserem Aroma. Eine Streicheleinheit für Zunge und Gaumen.

»Kannst du mich mal aufklären«, fordere ich ihn auf.

»Wieso? Du hast Frau Nitzer doch kennengelernt. Was soll ich da noch aufklären?«

»Du und sie? Das gibt es ja wohl nicht!«

Torsten winkt ab. »Ist was rein Berufliches, verstehst du? Wir verbringen mindestens drei Abende in der Woche gemeinsam bis zehn oder elf Uhr hier im Büro. Da kommt so etwas schon mal vor.«

»Und Katarina?«

»Die stört das nicht. Oder sagen wir so: Es interessiert sie nicht. Außerdem ist sie meistens viel zu müde vom Shoppen, als dass sie noch groß Lust auf mich hätte. Falls sie nicht auch etwas nebenbei am Laufen hat. Ich würde es jedenfalls nicht ausschließen.«

Torsten hätte mir auch erzählen können, dass er in Wahrheit von einem Exo-Planeten aus der Andromeda-Galaxis stammt, um dann zum Beweis aus seiner künstlichen Menschenhülle hinauszutreten und als kleines, zotteliges Alien vor mir zu stehen.

»Warte mal, Torsten. Ich muss das erst mal auf die Reihe bekommen. Du leidest seit Jahren unter Katarina, wegen ihrem Shopping-Tick. Jetzt erzählst du mir auch noch, dass im Bett zwischen euch nicht mehr viel läuft und dass du ein Verhältnis mit deiner Sekretärin hast …«

»Gut zusammengefasst.«

»Warum tust du dir das alles an? Ich meine, warum trennst du dich nicht einfach von Katarina?«

Torsten sieht mich verständnislos an. »Mich trennen? Von Katarina? Warum sollte ich das tun? Ich liebe sie!«

Ich konzentriere mich wieder auf den Cognac und versuche das Wirrwarr in meinem Kopf ein wenig zu klären.

Dann sage ich: »Sieht so aus, als wäre in Wahrheit *ich* der Biedermann in meinem Freundeskreis.«

»Stimmt. Allerdings könnte man es auch anders ausdrücken, Alex. Man könnte nämlich auch sagen, dass du der Glückspilz unter deinen Freunden bist. Weil du mit Inna nun einmal die Richtige gefunden hast. Passiert nicht jedem.«

»Und was ist mit Katarina?«

Torsten schnalzt mit der Zunge. »Ich liebe sie. Aber ob sie die Richtige ist? Ich weiß nicht. Dafür haben wir nun wirklich zu viele Probleme. Aber egal, heute geht's ja um dich. Darum kann ich nur hoffen, dass du die Sache mit Inna wieder in Ordnung bringst. Es wäre wirklich schade drum.«

»Um ehrlich zu sein – genau darum bin ich hier.« Ich bringe meine Bitte mit dem Alibi vor.

Torsten macht kein Ding draus. »Klar, kein Problem. Allerdings solltest du trotzdem aufhören, so blöd zu grinsen. Jedenfalls wenn du später nach Hause kommst. Sonst kannst du Inna nämlich auch gleich erzählen, was passiert ist.«

23

Als ich am Abend nach Hause komme, fühle ich mich ziemlich durchgemixt. Diesmal habe ich schließlich wirklich einen rauchenden Revolver in der Hand, und jemand ist tot. Ich drücke Inna einen Kuss auf die Lippen und bin fest davon überzeugt, dass wir die Dinge wieder ins Lot bringen.

Wir essen zu viert zu Abend. Ich bin schweigsam, Inna genauso. Noch einmal schießt mir die Erinnerung an die vergangene Nacht durch den Kopf. Irgendwann hatte Sandra zu mir gesagt: »Wenn ich ehrlich bin, hätte ich nicht gedacht, noch mal von dir zu hören.«

Aber als ich sie angerufen hatte, hatte sie das Gegenteil gesagt. »Und wieso nicht?«, fragte ich sie.

»Keine Ahnung, einfach so. Wegen dem Stress mit Inna. Oder weil du einfach nicht so bist. Tja, aber du konntest mir ja wohl doch nicht widerstehen. Selbst schuld.«

Ich fand ihre Bemerkung bizarr. War sie selbstbewusst oder das Gegenteil davon? Ich sah sie an, aber sie drehte den Kopf zur Seite und verhinderte, dass ich ihr ins Gesicht sah. Woher wollte sie wissen, wie ich bin oder nicht? Zugegeben, in der Nacht war ich mir selbst nicht ganz sicher. Aber dann folgte der Morgen in der WG. Es war nett. Aber mehr auch nicht. Das Kapitel ist einfach vorbei für mich. Ich habe keine Lust, in einer Zeitblase zu leben. Die Dinge sind vorangeschritten, und das ist gut so. Es gibt kein Zurück.

Als die Kinder im Bett sind, sitzen Inna und ich in der Küche. Die erste Hürde nehme ich noch mit Bravour. Die Wo-warst-du-eigentlich-letzte-Nacht-Frage.

»Bei Torsten«, antworte ich. »Wir waren was trinken. Es ist spät geworden. Er hat mir sein Sofa geliehen.«

»Nett von ihm.«

»Wir haben viel miteinander geredet. Auch über uns.«

»Und du hattest wieder einmal keine Zeit anzurufen?«

»Tut mir leid. Ich hab's vergessen. Wir waren so vertieft in das Gespräch. Es hat mir geholfen. Ich sehe jetzt so einige Dinge klarer. Ich war ein ziemlicher Idiot. Ich möchte mich bei dir entschuldigen.«

Sie lächelt, erschöpft, aber auch friedlich. »Ich kann dir nicht sagen, wie gut es tut, das zu hören.«

»Torsten hat mir die Augen geöffnet. Ich habe eingesehen, dass ich mich echt danebenbenommen habe.«

Wir sehen uns in die Augen und fühlen uns dabei wie die Bauarbeiter der Union Pacific und der Central Pacific, die nach ewiger Schufterei endlich ihre Schienen irgendwo in den Rocky Mountains zusammenschließen. Es war eine verdammt harte Arbeit, aber es hat sich gelohnt. Ab sofort können die Züge zwischen beiden Küsten rollen. Wir gehören zusammen.

»Ganz schön albern, oder?«, sagt Inna dann mit leiser Stimme.

»Was genau meinst du?«

»Uns. Die letzten Wochen, alles.«

»Allerdings. Ziemlich albern.«

»Na ja, was passiert ist, war vielleicht nötig, damit wir etwas merken, oder? Wir haben uns etwas vorgemacht in der zurückliegenden Zeit, Alex. Also eigentlich … Ich bin richtig froh, dass es passiert ist.«

»Was jetzt?«, frage ich erstaunt.

»Das mit dir und Sandra. Okay, es hätte nicht unbedingt an unserem Hochzeitstag sein müssen, aber … Alex?«

»Ja, was denn?«

»Warum guckst du so komisch?«

»Tue ich doch gar nicht.«

»Und ob du das tust.«

Das Lächeln verschwindet aus Innas Gesicht. Sie kneift die Augen zusammen und mustert mich. Wie Columbo, wenn er einen Verdächtigen ins Visier nimmt. Während die ganzen anderen Police-Officers noch im Dunklen stochern, weiß Columbo längst Bescheid. Gut möglich, dass es bei ihr jetzt genauso ist.

»Lass uns noch einmal kurz zum Anfang zurückkommen, Alex«, sagt sie gedehnt.

»Was meinst du genau?«

»Ich frage dich einfach noch einmal: Wo warst du letzte Nacht?«

»Habe ich doch gesagt. Bei Torsten.«

»Lüg mich bitte nicht an, Alex.«

»Tue ich nicht.« Ein Tonfall wie ein Zehnjähriger.

»Du weißt, was wir uns einmal vor langer Zeit geschworen haben?«

»Die Treue?«

»Ja, die auch. Und dass wir immer ehrlich zueinander sein wollen, auch wenn es wehtut. Erinnere dich, das Video.«

»Ja, klar.«

»Und wenn dich meine Meinung interessiert: Ehrlichkeit ist wichtiger als Treue.«

Ich weiß nicht, was ich davon halten soll. Treu sein oder ehrlich? Eins von beidem wird jetzt auf der Strecke bleiben. Wobei ich finde, dass es für beides gute Argumente gibt. Und gute Gegenargumente. Torsten ist das beste Beispiel. Ehrlich ist er nicht. Aber ohne das, was er tut, wären er und Katarina schon längst nicht mehr zusammen. Ich könnte doch irgendwie dasselbe behaupten, oder?

»Warst du bei ihr?«, fragt Inna.

»Bei wem?«

»Komm schon. Tu mir das nicht an.«

»Wirklich, ich habe keine Ahnung, was du meinst!«

Inna hat Sendepause. Sie schließt die Augen. Vielleicht ist es auch wie bei *Kommissar Rex*. Sie kann es riechen.

»Du hast sie getroffen«, stellt sie dann fest. Keine Frage. Eine Antwort. Leugnen ist zwecklos. Obwohl ich es vielleicht trotzdem tun sollte. Sollte ich? Blödsinn. Darüber sind wir hinaus.

Ich räuspere mich und sage leise: »Ja, ich habe sie getroffen. Ich war bei ihr. Über Nacht.«

Ehrlich ist wichtiger als treu. Hat sie selbst gesagt.

»Nach allem was passiert ist, Alex? Nach allem, was wir in den letzten Wochen durchgemacht haben? Nach diesem Abend, der mich glauben ließ, dass es aufwärts geht? Das ist deine Antwort darauf?«

»Bitte, Inna. Es hat nichts zu bedeuten. Im Gegenteil.«
»Und ob es etwas zu bedeuten hat!«
»Wirklich? Was denn?«

24

Gibt es einen Bildschirmschoner fürs Gehirn? Wenn nicht, wird es höchste Zeit, dass so etwas erfunden wird. Bei Computern dienen diese Programme bekanntlich dazu, dass sich ein Bild nicht in den Screen einbrennt. Ich befürchte, dass zurzeit dasselbe mit meiner Netzhaut passiert.

Denn seit einer Woche sehe ich immer nur dasselbe Bild vor mir, sobald ich die Augen schließe.

Es ist der Abend nach der Nacht bei Sandra. Inna und ich sitzen in der Küche, und sie erklärt mir, was das alles zu bedeuten hätte. In dem Vortrag, den sie mir hält, kommen die Worte Vertrauen, Betrug, Midlife-Crisis und Enttäuschung vor. Das Ganze ist eher überraschend für mich. Immerhin war ich mit dem festen Vorsatz nach Hause gekommen, die Dinge zwischen uns wieder in Ordnung zu bringen.

Schließlich hört sie auf zu reden und sieht mich erwartungsvoll an. »Hast du mich verstanden, Alex?«, fragt sie.

»Ja, klar.«

»Und? Worauf wartest du?«

»Vielleicht habe ich dich doch nicht verstanden.«

»Na, dann helfe ich dir auf die Sprünge.«

Sie geht nach oben ins Schlafzimmer und kommt kurz

darauf mit einem gepackten Koffer zurück, den sie mir vor die Füße stellt. »Das dürfte für die ersten Tage reichen. Und wenn du doch noch etwas brauchen solltest, kannst du es dir ja kaufen.«

Erst jetzt kapiere ich so richtig, was hier gerade abgeht. »Du wirfst mich raus?«, frage ich.

»Hörst du mir eigentlich überhaupt zu? Ich habe es dir doch gerade ausführlich erklärt.«

Vertrauen, Betrug, Midlife-Crisis, Enttäuschung. Das hat sie gesagt. Aber was sie meint, ist das hier: Ich soll gehen.

»Das kannst du nicht machen«, sage ich.

»Und ob ich kann.«

»Ist das dein letztes Wort?«

Wir sehen uns in die Augen. Dann sagt sie: »Du kannst mich nicht einfach in die emotionale Tiefkühltruhe legen, während du dich da draußen austobst, Alex. Und dann, wenn es dir passt, kannst du mich wieder rausnehmen, auftauen – und alles ist wie zuvor. Das funktioniert nicht. Nicht mit mir.«

»Du schmeißt mich also wirklich raus?«

»Nein, nicht direkt. Lieber wäre es mir, wenn du freiwillig gehst. Weil du einsiehst, dass es das Beste ist. Wenigstens für eine Weile. So lange, bis du dir wieder klar bist, was das alles zu bedeuten hat. Bis du weißt, was du willst. Aber vorher, vorher möchte ich dich nicht mehr sehen. Du hast mir wehgetan. Sehr weh. Dafür brauche ich Zeit.«

Es ist Sonntag. Eine Woche ist seit diesem Abend vergangen. Ich stelle den Wagen in der Nähe der Außenalster ab und gehe ein paar Schritte zu Fuß.

Ich bleibe auf der Krugkoppelbrücke stehen, die das nördliche Ende der Alster überspannt. Ich stoße ein tiefes Seufzen aus und lasse meinen Blick über das Gewässer schweifen, das sich hier von einem schmalen Fluss zu einem richtigen See erweitert. Die grünschwarze Oberfläche ist bedeckt von den weißen Dreiecken der Segelboote und den bunten Farbtupfern der aufgeblähten Spinnaker. Gelegentlich höre ich das dumpfe Tuten eines Alsterdampfers oder das Getrommel eines Drachenbootes, das seine Bahn übers Wasser zieht. Die Szenerie hebt sich pittoresk von den Türmen und Giebeln der Hansestadt im Hintergrund ab.

Inna hat recht. Ich muss herausfinden, was ich will. Die Frage ist nur, wie man das tut. Wenn ich es wüsste, hätte ich es vermutlich längst getan. Immer wieder muss ich an den Abend denken, an dem wir miteinander gesprochen haben und ich von zu Hause ausgezogen bin. Ich kann nicht sagen, dass die zurückliegenden Tage nur mies waren. Waren sie nicht. Eher durchwachsen. Es kommt mir vor, als hätte ich ganz plötzlich die Chance bekommen zu wählen. Möchte ich mein bisheriges Leben fortsetzen? Oder möchte ich etwas ganz Neues anfangen? Was spricht für das eine, was für das andere? An dem Morgen nach der Nacht nach Sandra, dachte ich, es wäre total klar. Ich will Inna und die Kinder. Ich will, dass alles so bleibt, wie es war. Aber stimmt das? Will ich es wirklich? Ich muss mir über mich selbst klar werden.

Ich gehe die Stufen hinab zu Bobby Reich, einem Bootsvermieter mit angeschlossener Gastronomie, gleich neben der Brücke. Obwohl an Tagen wie diesen die halbe norddeutsche Bevölkerung und dazu noch eine Million Touristen aus Skandinavien, Japan und den USA hier herumdrängeln, finde ich nach kurzer Suche einen freien Platz in der Sonne.

Zugegeben, ich muss mich dafür zu drei Frauen an den Tisch setzen, die zusammen vermutlich ein Vierteljahrtausend alt sind und sich angeregt über dritte Zähne, künstliche Gelenke und Rollatoren mit ABS und ESP unterhalten.

Aber im Moment bin ich nicht kleinlich. Mich rührt nicht einmal die Tatsache, dass eine der drei Ladys ihren Erdbeerkuchen mit einem mitgebrachten Taschen-Pürierstab zerkleinert und dann lautstark durch einen Strohhalm in den Mund saugt.

Dann allerdings beginnen die drei über Beziehungen zu reden. Es wird haarig.

»Mein Mann, der ist ja nicht mehr derselbe wie früher. Wenn ich ihn morgens wecke, sieht er mich aus großen Augen an und fragt mich, wer ich eigentlich wäre und was ich von ihm wolle«, sagt die erste.

»Und was sagst du ihm dann?«, fragt die zweite.

»Na, die Wahrheit. Ich wäre seine Ehefrau, und ich wolle sein Geld.«

»Das sagst du ihm?«

»Klar, du Dummerchen. Hat er nach zwei Minuten doch sowieso wieder vergessen.«

»Also, meiner ist immer noch genauso wie früher«, erklärt die dritte der Frauen.

»Dein Mann ist seit fünf Jahren tot, Lisbeth«, sagt die erste.

»Ach, wirklich? Und ich dachte, er sitzt in der Bibliothek und ordnet seine Briefmarken.«

Die zweite stößt die dritte an und sagt leise: »Vielleicht sollten wir deinen Mann mal mit Lisbeth zusammenbringen. Wäre bestimmt ein Spaß.«

»Und wir könnten uns in der Zeit amüsieren.«

»Was flüstert ihr denn da, ihr zwei?«, fragt Lisbeth empört.

»Gar nichts, Liebes. Wir überlegen nur, wie wir es schön haben können.«

Endlich taucht die Kellnerin am Tisch auf. Ich überlege kurz und bestelle dann einen Kaffee und ein Bier. Ich bin mir einfach noch nicht sicher, worauf ich wirklich Appetit habe. Aber da an Tagen wie diesen die Bedienung maximal alle zwei Stunden auftaucht, bestelle ich vorsorglich einfach beides.

Kurz darauf weiß ich, dass meine Wahl richtig war. Ich trinke abwechselnd einen Schluck Bier, um mich zu entspannen, und einen Schluck Kaffee, um mich anzuregen. Es geht mir gut dabei. Ungefähr wie auf der Achterbahn.

Dann rücke ich meinen Stuhl in die Sonne und schließe die Augen. Zum ersten Mal seit Stunden werde ich innerlich ruhig. Sogar das Bild vor meinem inneren Auge – Inna und ich in der Küche – verblasst.

25

Am nächsten Morgen bin ich tot. Wie jede normale Leiche liege ich auf dem Rücken und habe die Hände fein säuberlich auf der Brust gefaltet. Erstaunlich finde ich nur die Tatsache, dass ich durch meine geschlossenen Augenlider sehen kann. Wusste gar nicht, dass das geht. Aber gut, war ja auch noch nie tot. Vermutlich ist das die Phase, kurz bevor sich die Seele aus dem toten Körper löst und gen Himmel schwebt. Oder sich eine neue Inkarnation sucht.

Inna glaubt an Wiedergeburt. Ich glaube an gar nichts. Bald werde ich wissen, wer von uns recht hat.

Um mich herum steht eine bunt gemischte Trauergemeinde und blickt auf mich herab. Es wird getuschelt. Manche der Umstehenden stoßen sich an und deuten mit dem Kinn auf mich und machen komische Bemerkungen. Andere kichern sogar. Brommi, der Anarchist, zuckt mit den Schultern und murmelt etwas davon, dass es der normale Lauf der Dinge wäre. Niemand scheint wirklich traurig oder betroffen zu sein.

Woran bin ich eigentlich gestorben? Kann mich an gar nichts erinnern. Frust? Schock? Alkohol?

Dann steigt mir der Geruch von frischem Kaffee in die Nase. Können Tote riechen?

Eher nicht.

Schlussfolgerung? Ich lebe doch noch. Jedenfalls mehr oder weniger.

Schließlich berührt Bernd mich vorsichtig mit der Hand und sagt: »Jetzt setz dich gefälligst hin und trink das. Du bist kein schöner Anblick, Alex.«

Er stellt den Kaffee neben mich auf den Boden. Ich realisiere endlich, wo ich bin. Ich liege im Büro des Schuster's auf dem Fußboden. Die Menschen um mich herum sind Stammkunden, die sich das hier nicht entgehen lassen wollen. Alex Zimmer, der mit Mundgeruch und morgendlicher Erektion auf einer Isomatte auf dem Fußboden liegt und ganz offenbar eine schlimme Nacht hinter sich hat.

»Und was machst du hier, Bernd?«

»Na ja, also, du warst heute Morgen nicht da. Aber die Tür war offen. Da bin ich halt reingegangen. Und dann lagst du hier. Und ich … ich habe mich um alles gekümmert.«

»Oh Gott.«

»Bist du böse?«

»Weiß noch nicht.«

Als ich eine Viertelstunde später nach vorne in den Verkaufsraum komme, sehe ich Bernd, der hinter dem Tresen arbeitet. Der Mann, der normalerweise so langsam geht, als würde er versuchen, einen Bewegungssensor zu überlisten, und Selbstmordgedanken hegt, kocht Kaffee, presst Orangen aus, serviert Bagels und Wraps, nimmt Bestellungen auf und macht sogar hin und wieder witzige Bemerkungen zu den Gästen.

»Wow, Bernd. Das ist … beeindruckend«, sage ich.

»Na ja, du warst immer nett zu mir, Alex. Ich dachte, ich revanchiere mich.«

»Und das machst du verflucht gut. Schon mal überlegt, die Branche zu wechseln?«

»Was?«

»Na ja, ich könnte einen Angestellten brauchen.«

»Aber du hast doch Erik.«

»Siehst du ihn irgendwo?«

»Nein, aber …«

»War ein Witz, Bernd. Aber danke.«

Tatsächlich bleibt Bernd die nächsten zwei Stunden am Ball, und zu zweit bewältigen wir den ersten Kundenansturm spielend.

Ich setze mich mit einem Kaffee vor die Tür und versuche, die vergangene Nacht zu rekonstruieren. Angesichts meines Zustandes spricht viel dafür, dass Gerrit eine Rolle gespielt hat. Stimmt, jetzt fällt es mir wieder ein. Ich hatte mich mit Gerrit auf dem Kiez verabredet. Zunächst waren wir wie amerikanische Jugendliche in Gerrits Mustang die Reeperbahn auf- und abgefahren, haben dazu Dosenbier getrunken und uns über die Mädchen unterhalten, die wir sahen. Ganz nebenbei haben wir uns auch über mein Leben unterhalten.

»Inna hat dich also rausgeworfen?«, stellte Gerrit noch einmal fest.

»So kann man es ausdrücken.«

»Und?«

»Was, und?«

»Wie findest du es? Ich meine, freust du dich?«

»Geht so.«

»Solltest du, dich freuen.«

»Ach ja?«

»Klar, Alter. Ist eine Auszeit. Die beruhigt sich schon wieder. Und bis es so weit ist, solltest du die Zeit genießen.«

»Sie hat mir so etwas wie eine Aufgabe gegeben, Gerrit. Sie will, dass ich rausfinde, was ich wirklich will.«

»Und was willst du wirklich?«

»Weiß ich nicht.«

Gerrit blickte mich an, grinste halbseiden und sagte mit seiner seltsam hohen Stimme: »Kein Problem, mein Freund. Ich werde dir helfen, deinen wahren Willen zu ergründen.«

Die Hilfe bestand aus Drogen, Alkohol und Frauen – mit denen ich allerdings nicht geschlafen habe. Teils, weil ich nicht wollte, teils, weil ich nicht konnte. Natürlich war Gerrit enttäuscht. Man müsse die Dinge ausprobieren, um herauszufinden, ob man sie will oder nicht.

»Und das gilt auch für Frauen?«, fragte ich ihn.

»Logo.«

»Ich glaube, Inna hat's anders gemeint. Und ich auch.«

Er zuckte mit den Schultern, tätschelte das Mädchen, das er im Arm hielt, an der Wange, warf ein paar Scheine auf den Tisch, und wir verließen das Bordell. Immerhin. Den Rest der Nacht saßen wir in einer Bar auf dem Kiez und unterhielten uns über den großen Widerspruch, den das Leben für einen Mann bereithält: Dass man sich in den Phasen der Freiheit nach einer Beziehung sehnt. Und in den Phasen einer Beziehung nach der Freiheit. Man will beides, kann aber nur das eine haben. Heißt das also, dass man es auf jeden Fall falsch macht? Oder ist es falsch, wenn man es nicht schafft, sich zu entscheiden?

Irgendwann beschlossen wir, auf eine Antwort zu verzichten. Und einfach nur zu trinken. Ich hatte zwar ein schlechtes Gewissen, aber es war auch klar, dass ich in dieser Nacht bei meiner Aufgabe nicht weiterkommen würde.

Ich war sechzehn und aus Rumknutschen war Sex geworden, aus *miteinander gehen* wurden Beziehungen. Es gefiel mir. Ich hatte das Gefühl, dass ich jetzt zu den Großen gehörte. Das richtige Leben hatte angefangen.

Ich machte allerdings schnell die Erfahrung, dass die Sache ziemlich kompliziert war. Es gab keinen Spaß, ohne dass du dir im gleichen Atemzug einen Haufen Probleme einhandelst. Kein Sex ohne Diskussionen (jedenfalls hinterher), keine Beziehung ohne Ärger. Selbst Kleinigkeiten wie Kinobesuche, Eis essen, Musik hören konnten sich ohne erkennbaren Grund zu gewaltigen Krisen entwickeln. Das Leben mit Frauen.

Damals hatte ich die Hoffnung, dass es Übergangsprobleme wären. Schließlich war ich Anfänger auf dem Terrain, noch ungeübt. Ich stellte mich bestimmt ungeschickt an, war viel zu ehrlich und direkt. Das würde sich schon noch legen. In meinen Zwanzigern hatte ich mein Verhalten angepasst, schließlich wusste ich, was mir blühte. Ich war charmant, verbindlich, machte Komplimente und log, wo es angebracht war. Half es etwas? Nein.

Ich tröstete mich mit dem Gedanken, dass ich ja immer noch jung war und vor allem immer noch auf der Suche. Mädchen spüren so etwas. Sie fahren Geschütze auf, bringen ihre Truppen in Stellung, rechnen mit dem Schlimmsten und verhalten sich auch so.

Heute? Mit Mitte vierzig? Ich habe mich entschieden, jedenfalls bis vor Kurzem, und die Frau an meiner Seite weiß das auch. Oder sie sollte es zumindest wissen. Ich bin – weitestgehend – ehrlich, weil es nicht wirklich etwas gibt, das ich verbergen müsste. Hat es etwas genützt? Fehlanzeige.

26

Am nächsten Tag kommt Erik ins Schuster's, wie immer abgekämpft, wie immer mit tiefen Ringen unter den Augen.

»Guten Morgen, Alex.«

»Um ein Uhr mittags sagt man nicht mehr Guten Morgen.«

»Wieso nicht?«

»Kein Kommentar.«

Er will hinter den Tresen gehen, als er Bernd dort entdeckt, der heute auch wieder hier arbeitet. Erik fängt sofort an, Ärger zu machen. »Ey, was macht der Typ da?«

»Deine Arbeit, Erik.«

»Das geht nicht.«

»Wie du siehst, geht es hervorragend.«

»Willst du mich feuern?«

»Ich habe darüber nachgedacht.«

Brommi, der an der Theke sitzt und seinen dritten Filterkaffee schlürft, mischt sich ein und sagt: »Lass dir das nicht gefallen, Erik. Keine Macht den Kapitalisten.«

»Meinst du damit mich, Brommi?!«

»Klar, du bist hier der Chef.«

»Gott, ja. Nur dass Kapitalisten Geld für ihre Waren verlangen. Während du deinen Kaffee nicht selten umsonst bekommst.«

»Stimmt auch wieder. Also gut, schmeiß ihn raus.«

Bernd, der uns mit offenem Mund zuhört, schießen die Tränen in die Augen. »Aber nein, hört auf damit, Leute. Bitte Erik, so ist es nicht gemeint. Ich wollte wirklich nicht …«

»Ach, halt die Klappe, Bernd.«

»Red nicht so mit ihm«, fauche ich Erik an.

»Dann soll er sich dahin verziehen, wo er hingehört. Auf die andere Seite des Tresens.«

»Dann komm gefälligst das nächste Mal pünktlich.«

»Ist ja gut.«

Nichts wird sich ändern. Aber gut, dass wir darüber gesprochen haben. Ich fühle mich zu Hause.

Ich setze mich nach draußen in die Sonne, wo ich behaglich die Augen schließe. Keine drei Minuten später reißt mich eine Stimme aus den Gedanken.

»Hallo, Junge.«

Ich beschatte meine Augen mit der Hand und blicke nach oben. Es ist Achim. »Hallo, Papa«, sage ich.

»Nenn mich nicht so.«

»Du meinst, weil die Leute sonst merken, dass du über siebzig bist?«

»Schschtt! Schluss jetzt.«

Ich grinse, und schließlich entdecke ich auch in Achims wettergegerbtem Gesicht ein Lächeln. Dennoch ist nicht zu übersehen, dass er fertig aussieht. Unter seiner Golferbräune wirkt er geradezu blass.

»Du weißt es also auch schon«, sage ich, weil ich vermute, dass seine Formschwäche an mir liegt.

»Ich weiß was schon?«

»Das mit Inna.«

»Was ist mit ihr?«

»Ach, vergiss es.« Habe mich wohl getäuscht.

»Ich habe keine Ahnung, was du meinst, Junge. Ich bin jedenfalls hier wegen Ludmilla.«

»Geht's immer noch um die Hochzeit?«

Er nickt niedergeschlagen. »Allerdings. Sie will einfach nicht. Sie will nicht mal darüber reden.«

»Ist doch super.«

»Wieso das denn? Ich bin fertig mit den Nerven.«

»Sei nicht albern, Papa. Es wäre deine vierte Hochzeit. Und das sollte dir doch eigentlich beweisen, dass eine Ehe alles andere als ein Garant dafür ist, dass eine Beziehung funktioniert.« Achim sieht mich überrascht an. »Hm, so habe ich die Sache noch nie gesehen.«

»Solltest du aber. Schließlich kann Ludmilla dir kein größeres Geschenk machen. Sie will bei dir bleiben. Und zwar ganz ohne Vertrag. Das ist ein Kompliment. So solltest du es verstehen.«

Achim kaut auf dem Gedanken herum, zuckt dann mit den Schultern. »Okay, vielleicht hast du recht. Ich werde es sacken lassen ... Und jetzt zu dir. Was ist mit Inna?«

»Nichts.«

»Das heißt?«

Ich gebe ihm einen groben Überblick über die Ereignisse. Achim hört mir zu und schüttelt dabei den Kopf, als wäre er ein Headbanger auf einem Heavy-Metal-Konzert.

»Gott, Alex«, sagt er schließlich. »Warum hast du das getan?«

»Du meinst, sie zu betrügen?«

»Was sonst?«

»Keine Ahnung. War es ein Fehler?«

»Das fragst du mich?«

»Du kennst dich aus.«

Wir müssen beide grinsen. Erstaunlich, dass wir das können.

»Du solltest ihr zeigen, dass es dir leidtut.«

»Hast du das damals getan? Bei Mama?«

»Ja, aber es hat nichts genützt.«

»Ich bin mir ehrlich gesagt nicht einmal sicher, ob es mir leidtut. Ich meine, klar, ich habe mich danebenbenommen. Aber Inna sagte auch, dass es nicht ohne Grund passiert wäre. Sie hat recht. Ich denke, bevor ich mir nicht eindeutig klar darüber geworden bin, was ich eigentlich will, brauche ich bei ihr nicht anzukommen.«

Achim nickt. »Immerhin bist du ehrlich. Auch zu dir selbst. Das war ich damals nicht. Als ich mich bei deiner Mutter für meinen Seitensprung entschuldigt habe, wusste ich im gleichen Moment, dass ich es wieder tun würde. Und sie wusste es auch. Was ist mit dir?«

Ich zucke mit den Schultern. Er wartet geduldig auf eine Antwort, aber als ich längere Zeit nichts sage, legt er mir die Hand auf die Schulter und sagt: »Ich drücke dir die Daumen, Alex. Aber lass dir was Besseres einfallen, als dich nachts mit deinen Freunden herumzutreiben und zu viel zu trinken. Das bringt dich nicht weiter.«

»Ich weiß. Ist mir auch schon aufgefallen.«

27

Es gibt Zeiten, in denen braucht ein Mann seine Freunde: beim Fußballgucken, beim Komasaufen und wenn er von seiner Frau vor die Tür gesetzt wird.

Das Blöde ist, dass die meisten meiner Freunde ihrerseits in Beziehungen stecken. Und dass ihre Freundinnen Ehestreit für eine Art ansteckende Krankheit halten, vor der sie ihre Männer möglichst beschützen müssen.

Sascha ist anders. Er hat erstens mit Frauen nichts am Hut, und außerdem hält er Eifersucht für ein überkommenes Gefühl aus längst vergangenen Tagen und Ehebruch für eine moralische Pflicht.

Wir telefonieren, und ich frage ihn, ob er nicht eine Idee hätte, was mich auf andere Gedanken bringen könnte.

Hat er. Auf die Sascha-Art.

Noch am selben Abend sitzen wir an Bord einer Air Berlin-Maschine und fliegen nach Palma de Mallorca. Flug und drei Übernachtungen zum Last-Minute-Preis von 175,– Euro. Halbpension. Da bleibt noch genug Geld übrig, um uns schon auf dem Hinflug mit Dosenbier in Malle-Stimmung zu versetzen.

Sascha ist auf Mallorca so fehl am Platz wie ein Krokodil

im Ententeich. Aber das stört ihn nicht. Und vor allem hält es ihn nicht davon ab, im Bierkönig Hof zu halten, den Go-go-Girls auf den Hintern zu hauen und mich im Übrigen so konsequent mit Bier abzufüllen, dass ich an alles denke, aber bestimmt nicht an meinen Streit mit Inna.

Wir unterhalten uns mit Versicherungsvertretern aus dem Ruhrgebiet, Monteuren aus Bayern und Kapitänen aus Hamburg. Wenn ich ihnen von meiner Ehekrise erzähle, rollen sie mit den Augen und geben mir etwas zu trinken aus. Nein, dazu sagen wollen sie nichts, weil es dazu nichts zu sagen gäbe.

Am dritten Abend lerne ich eine Frau aus Köln kennen, die mir gefällt. Sie ist Single, reist mit einer Freundin, die aber an diesem Abend schon Jagderfolg hatte. Ihr Ausdruck. Wir kommen ins Gespräch, wir kommen uns näher, sie sagt, dass ihr Hotel ganz in der Nähe wäre.

»Also? Was ist? Kommst du mit?«, fragt sie mich.

Ich rudere zurück, und wir einigen uns erst einmal auf den Strand. Auf dem Weg besorgen wir uns etwas zu trinken und setzen uns in den warmen Sand. Auf dem schwarzen Wasser spiegelt sich der Mond, von weit hinter uns hören wir die gedämpfte Musik der Kneipen und Klubs. Dass ich verheiratet bin, interessiert sie nicht, schließlich hätte sie Urlaub. Nett. So könnte ich meine Situation auch beschreiben. Wir küssen uns. Worüber mache ich mir eigentlich Gedanken?

Wir machen noch eine Weile rum, und dann will sie wirklich ins Hotel. Ich auch. Ich nicht. Jagderfolg? Inna würde sich über die Formulierung totlachen. Das konnte sie. Das konnten wir zusammen. Lachen. Sogar im Bett. Aus allen möglichen Gründen. Weil komische Geräusche entstehen, weil ich zu früh oder sie zu spät kommt, weil ich mir bei einer gewagten Stellung fast das Bein verrenke oder sie sich den Hals, weil Emma ins Schlafzimmer reinstolpert und wissen möchte, ob Inna verletzt wäre und darum so laut stöhne, oder weil Julian gegen die Tür hämmert und uns mitteilt, dass er Besuch hätte und es peinlich fände, seinen Freunden erklären zu müssen, dass seine Eltern mal wieder so rollig wie Straßenkatzen wären. Das konnte ich vorher mit keiner anderen Frau. Und hinterher vermutlich auch nicht.

»Was ist denn jetzt?«, fragt die Kölnerin.

»Gar nichts. Siehst du doch.«

»Schade.«

»Nichts zu machen.«

Sie zieht davon, ich lasse mich in den Sand fallen und sehe hoch in den Nachthimmel. Ich habe Inna seit drei Wochen nicht gesehen, länger als jemals zuvor in den zurückliegenden fünfzehn Jahren. Wenn ich die Augen schließe, höre ich ihre Stimme, rieche ihre Haut, spüre fast ihre Haut. Phantomschmerz. Unglaublich.

28

Ich wohne im Büro im Schuster's. Mir haben zwar ein paar Leute angeboten, bei ihnen unterzukommen, aber ich ziehe es vor, alleine zu sein. Inzwischen habe ich mir ein aufklappbares Feldbett gekauft, weil die Isomatte auf Dauer zu unbequem wurde. Auch sonst habe ich ein paar Dinge angeschafft, die mir den Alltag erleichtern. Duschen kann ich bei Marie, einer Kundin, die im selben Haus wohnt.

Auf einmal bin ich wieder Single, zumindest auf Zeit, und trage für niemand anderes Verantwortung als für mich selbst. Nicht mal für meine Kinder. Keine Ahnung, wie lange ich das durchhalte. Natürlich vermisse ich sie. Julian und Emma. Aber mir ist auch klar, dass ich sie nicht in die Sache mit reinziehen darf.

Inna hat recht. Ich muss herausfinden, was ich will. Und darum war es richtig von ihr, dass sie mich bat zu gehen. Ich musste raus, um noch einmal zu spüren, wie es ist, allein zu sein. Es ist so, als hätte ich die Uhr noch einmal auf null gestellt. Als wäre das Blatt wieder weiß. Der Tag noch einmal jungfräulich.

Ich dachte immer, dass alle wichtigen Entscheidungen in meinem Leben vor vielen Jahren gefallen wären. Dass ich mich festgelegt hätte. Mit ihr, mit den Kindern, dem Haus, unseren Jobs, mit allem.

Aber das stimmt gar nicht. Alles ist offen. Ich bin frei. Inna hat mir etwas geschenkt, was ich ihr nie vergessen werde. Die Freiheit, mich noch einmal zu entscheiden. Für sie. Oder gegen sie. Für mein bisheriges Leben. Oder für ein neues. Es liegt ganz bei mir. Vorausgesetzt, sie will mich dann noch. Das Risiko besteht natürlich. Ich kenne Inna. Ich darf mir nicht ewig Zeit lassen.

Es vergehen ein paar weitere Tage. Ich schlafe im Büro, dusche bei Marie, flirte sogar mit ihr, verbringe die Vormittage im Schuster's und die Nachmittage in der Sonne, ziehe abends mit Sascha oder anderen Leuten los, denke über mein Leben nach, lasse mich treiben, in der Hoffnung, so etwas wie eine Antwort zu finden.

29

Hallo Papa, hier ist Emma.« Meine Tochter ist am Telefon. Ich habe sie seit fast vier Wochen nicht gesehen.

»Hallo Emma, das ist aber schön, dass du anrufst.«

»Papa! Papa, wo bist du?«

»Ich bin unterwegs. Hat Mama dir das nicht gesagt?«

»Sie meinte, du warst böse, und darum bist du weg, um dich zu schämen.«

»Ja, das stimmt.«

»Was hast du Böses gemacht?«

»Hat sie dir das nicht gesagt?«

»Doch.« Emma druckst herum.

»Ach, darüber musst du dir auch gar nicht den Kopf zerbrechen, Schätzchen. Jedenfalls machen wir jetzt Urlaub, die Mama und ich.«

»Urlaub? Wo?«

»Voneinander. Weißt du, große Leute müssen das ab und zu.«

»Machst du auch Urlaub von mir?«

»Nein, von dir mache ich keinen Urlaub.«

»Dann musst du jetzt nach Hause kommen.«

»Das geht nicht. Noch nicht. Aber bald komme ich wieder.«

»Versprochen?«
»Ja, versprochen.«

Inna und ich telefonieren gelegentlich, aber immer nur wegen der Kinder. Kein persönliches Wort, wenn wir mal kurz so tun, als wenn Kinder nichts Persönliches wären. Sie will nichts hören. Der Ball liegt auf meiner Seite des Spielfelds.

Das Problem ist, dass ich jeden Tag mit einem neuen Gefühl aufwache. Diese Woche ist das beste Beispiel.

Montag: Von zu Hause auszuziehen war die beste Entscheidung, die ich seit Jahren getroffen habe. So ging es nicht weiter.

Dienstag: Ich vermisse Inna, und wenn ich diese Sache nicht bald wieder in Ordnung bringe, ramme ich mir die japanischen Küchenmesser in den Bauch, die Bernd für das Schuster's besorgt hat.

Mittwoch: Es gibt geschätzte vier Milliarden Frauen auf diesem Planeten. Die fünfzehn Jahre, die ich mit einer einzigen verbracht habe, waren schon viel zu viel.

Donnerstag: Ich suche stundenlang nach den japanischen Messern. Bernd legt mir eine Hand auf die Schulter, blickt mich fürsorglich an und sagt: »Du kannst mit mir über alles reden.« – »Danke, Bernd. Es geht mir schon viel besser.«

Freitag: Ich habe die ganze Nacht damit verbracht zu überlegen, wie viele Freundinnen ich in meinem Leben hatte. Dann wird mir klar, dass Inna nicht einfach Freundin Nr. 18 ist. Sie ist mehr. Meine Frau. *Die* Frau.

Samstag: Seit fünfzehn Jahren kann ich zum ersten Mal wieder losziehen mit dem Gedanken, dass diese Nacht mein Leben verändern könnte. Alles ist möglich. Ich bin frei.

Sonntag: Ich habe Kopfschmerzen. Ich will auf der Stelle noch einmal heiraten und noch einmal Kinder bekommen, damit ich nicht noch einmal mit Gerrit losziehe und das hier nicht noch einmal durchmachen muss. Na ja, Aspirin geht vielleicht auch.

30

Inna wartet auf ein Signal von dir«, sagt Marianne.

»Tut sie das?«

»Natürlich, du Idiot. Allerdings solltest du dir nicht ewig damit Zeit lassen.«

»Klingt wie ein Ultimatum.«

»Du bist so bescheuert, Alex.«

Marianne ist eine von Innas ältesten Freundinnen und eine derjenigen, die mich am Anfang nicht unbedingt gemocht haben. Weil sie Inna geliebt hat. Zwei wie wir. Das ging ihrer Meinung nach gar nicht.

Marianne hat kurze blonde Haare, inzwischen gefärbt, ein spitzes, hageres Gesicht, eine etwas übertrieben aufrechte Körperhaltung und einen mageren, sehnigen Oberkörper, an dem kaum etwas dran ist. Eine von den Frauen, bei denen man sich nie sicher ist, ob sie eigentlich hübsch sind oder wie ein Drill-Sergeant der US-Armee aussehen.

Ich war überrascht, als Marianne sich gestern am Telefon meldete und ein Treffen vorschlug. Warum will sie mich sehen? Um auch noch einmal draufzuhauen?

Wir sitzen in einem ruhigen Café in der Nähe ihrer Wohnung. Sie sieht mich skeptisch, aber nicht unfreundlich an.

»Also, Alex. Willst du mir deine Sicht der Dinge darstellen?«

»Hat Inna dich gebeten, dass wir uns treffen?«, frage ich zurück.

»Zumindest hat sie es mir nicht ausgeredet.«

»Also war es *deine* Idee? Wieso? Willst du deinen Triumph genießen?«

»Ich wüsste nicht, worin der bestehen sollte. Oder meinst du, ich finde es toll, dass meine beste Freundin seit Wochen ein nervliches Wrack ist?«

»Das bin ich auch.«

»Halt die Klappe.«

»Sie hat mich rausgeschmissen.«

»Einfach so, stimmt's? Falls du es vergessen haben solltest, du bist mit einer anderen ins Bett gegangen.«

»Ich sage nicht, dass das fein war.«

»Eigentlich sollte dich mal jemand zusammenschlagen, mein Lieber.«

»Ach Gott, ja. Und ich bin der erste Mann in der Weltgeschichte, der fremdgegangen ist. Aber gut, es geht eigentlich um etwas anderes.«

»Stimmt. Und darüber möchte ich mit dir reden.«

Ich nicke und zeige ihr, dass es mir ernst ist. Es überrascht Marianne, und ihr Gesichtsausdruck entspannt sich, wird sogar fast freundlich.

»Alex, ich werde Inna nicht sagen, worüber wir sprechen. Jedenfalls keine Einzelheiten. Aber es gibt ein paar Dinge, über die ich gerne Klarheit hätte.«

»Okay. Und die wären?«

»Gibst du euch noch eine Chance?«

»Ist die Frage ernst gemeint? Natürlich tue ich das.«

»*Natürlich* ist überhaupt nichts. Das solltest du als Allererstes akzeptieren. Du glaubst anscheinend, dass du tun und lassen kannst, was du willst, ohne dass es Folgen hat. Aber lass dir gesagt sein, dass du dich in dem Punkt täuschst. Inna geht von Tag zu Tag mehr auf Abstand.«

»Ja, klar. Und du bestärkst sie darin bestimmt noch. Nicht, dass sie am Ende noch weich wird.«

Marianne gibt ein verächtliches Lachen von sich. »Du liegst so meilenweit daneben, Alex, du ahnst es nicht einmal.«

»Ach, komm schon, Marianne. Wir wissen doch beide, was wir voneinander halten!«

Sie lächelt fein, und zwar zu Recht. Sie ist souverän, ich albern. »Ich fand dich damals, als du mit Inna zusammenkamst, eher seltsam, das stimmt. Inna hat mit dir sozusagen ihr Schema durchbrochen. Statt Sicherheit endlich mal so etwas wie ein Abenteuer. Du warst kein Langweiler, so wie die Typen, die sie vor dir hatte, wenn man mal von Ronny absieht … Es war riskant, aber ich fand's gut.«

»Im Ernst?«

»Du hast dir damals, ganz am Anfang, ziemlich viel Mühe gegeben mit ihr. Das hat mich beeindruckt. Aber leider hast du irgendwann nachgelassen.«

»Man merkt, dass du Single bist, Marianne. Kein Mensch gibt sich nach fünfzehn Jahren noch so viel Mühe wie am Anfang.«

»Aber man sollte auch nicht ganz damit aufhören.«

»Amen.«

»Denk lieber mal drüber nach.«

Ich weiß, dass sie recht hat. Aber das macht es nicht einfacher.

»Was soll ich deiner Meinung nach denn tun?«, frage ich.

»Jedenfalls damit aufhören, dich wie ein trotziger Fünfzehnjähriger aufzuführen. Und damit aufhören, die Zeit, die sie dir eingeräumt hat, zu verschwenden. Das kannst du natürlich tun, bitte sehr. Aber glaub nicht, dass Inna dir das ewig durchgehen lässt. Das wird sie nicht tun. Es ist ausnahmsweise an dir, aktiv zu werden. Oder, um es mit anderen Worten zu sagen: erwachsen zu werden. Denk darüber nach.«

»Mache ich. Falls ich Zeit dafür habe.«

»Genau das meine ich.«

»Ich weiß.«

31

Na los, Alex, rechte Hand nach oben, ja, genau, und jetzt zieh dich hoch. Gut so. Den linken Fuß auf den Absatz, pudern, mit links umgreifen. Sehr gut. Jetzt wird's hart. Du musst über Kreuz greifen und rüberschwingen. Doch, du schaffst das. Bestimmt. Hab Selbstvertrauen.«

Mein Freund Carlos gibt mir Anweisungen, während ich am Boulder klebe wie ein Kaugummi an der Wand. Nicht wie ein Wrigleys, eher wie ein Hubba Bubba. Bin halt nicht mehr so in Form wie früher, wie könnte ich auch, als Gastronom, als Ehemann, als Familienvater. Trotzdem bin ich hier, an der Kletterwand.

Carlos hat im Gegensatz zu mir nie mit dem Training aufgehört. Und so sieht er auch aus. Ein Körper wie etwas, das der Metzger beim Steak rausschneiden und wegwerfen würde. Sehnig. Was Frauen auf dem Teller verachten, lieben sie im Bett. Ich dagegen war seit Jahren nicht mehr hier. Ich merke es gerade in jeder Faser meines Körpers.

»Es wird dir guttun. Du wirst dich selbst spüren, versprochen.«

Mit diesem Text hat Carlos mich hergelockt. Und ich habe mich leichtsinnigerweise darauf eingelassen. Ich hatte ihn nach dem Gespräch mit Marianne angerufen, weil mir klar geworden war, dass ich in den zurückliegenden Tagen nicht wirklich weitergekommen bin. Marianne hat nämlich recht. Ich kann mir nicht ewig Zeit lassen, um Antworten zu finden. Und irgendwann will Inna meine Antwort nicht mehr hören.

Jetzt hänge ich also an der Außenmauer eines Bunkers aus dem Zweiten Weltkrieg, der über und über mit farbigen Plastikstückchen verziert ist. Ob die Nazis das geahnt haben, als sie den Bunker damals gebaut haben? Dass hier eines Tages Männer und Frauen in grellbunter Funktionskleidung hochkraxeln und dabei nicht mal im Traum an Bomben oder das Großdeutsche Reich denken?

Wenn ich nach unten blicke, wird mir schlecht. Nicht weil's so tief ist. Sondern weil ich in fünfzehn Minuten gerade mal anderthalb Meter geschafft habe und schon jetzt am ganzen Körper zittere wie ein Handy mit Vibrationsalarm. Carlos steht unter mir und sichert mich mit Seilen, das heißt, eigentlich steht er neben mir, weil ich, wie gesagt, noch nicht weiter hochgekommen bin. Unsere Köpfe sind auf gleicher Höhe. Er gibt mir Kommandos. Rechts links, hoch, runter. Und verkneift sich ein Grinsen.

Ich gebe mir einen Ruck und arbeite mich nach oben, drei Meter, vier Meter. Noch ein paar Handgriffe, und ich erreiche einen Drahtverhau, der breit genug ist, um darauf zu sitzen. Geschafft. Ich bin oben. Ausatmen. Ach nee, lieber erst mal einatmen.

Carlos folgt mir. Flink wie Spiderman. Angeber.

Wir sitzen nebeneinander auf dem Drahtgestell und trinken isotonische Getränke mit Mangogeschmack. Ich fühle mich wie Reinhold Messner. In zehn Meter Höhe ohne Sauerstoffgerät.

»Also, was ist los, Alex?«, fragt Carlos.

»Ich weiß einfach nicht, was ich tun soll. Inna hat mir eine Auszeit gegeben, damit ich mir klar über mich selbst werde. Aber genau das schaffe ich nicht.«

»Was sind die Optionen?«

Ich zucke mit den Schultern. »Gehen oder bleiben.«

»Das ist alles?«

»Ich weiß es einfach nicht. Klar, vermutlich gäbe es auch Zwischenlösungen. Aber darum geht's nicht. Es ist seltsam. Wir waren nicht unglücklich oder so, bis wir in diese Krise reingerutscht sind. Aber nicht unglücklich zu sein, ist uns beiden zu wenig. Das ist mir inzwischen immerhin klar geworden.«

»Liebst du sie?«

Ich sehe Carlos überrascht an. »Ja. Aber ich weiß nicht, ob das unsere Probleme löst.«

Carlos nickt nachdenklich. »Wenn du das schon sagst, scheint's wirklich ernst zu sein.«

»Kennst du das Gefühl nicht? Dass die Dinge eigentlich ganz in Ordnung sind. Aber dass du eben trotzdem nicht wirklich zufrieden bist?«

»Vielleicht solltest du es mal mit was ganz anderem versuchen. Über den Atlantik segeln. Die Sahara durchqueren. Den Himalaya besteigen. Einfach mal ganz raus aus dem alten Trott. Danach bist du unter Umständen klüger.«

»Danach bin ich vor allem Single. Inna will eine Antwort. Nicht irgendwann, sondern bald. Ihre Freundin hat's mir ziemlich klar gesagt.«

»Vielleicht solltest du mit ein paar Jungs reden, die ganz ähnliche Probleme haben.«

»Kennst du denn so jemanden?«

»Ich kann dir eine Adresse geben.«

32

Heulende Männer sind kein schöner Anblick. Was zum Teufel mache ich also hier, in einer Selbsthilfegruppe von Typen in Trennungssituationen? Oder anders ausgedrückt: In einem Kreis von Kerlen, die auf Stühlen sitzen, an den Fingernägeln kauen und um die Wette schluchzen?

Carlos hatte mir vorgeschlagen hierherzukommen, und er hatte mir auch gleich einen Info-Flyer der Gruppe zugesteckt. Es hätte ihm damals, als er sich von seiner ersten Frau Jutta getrennt hatte, auch gutgetan.

Ich war nicht davon überzeugt, dass ich hier richtig sein könnte. Aber Carlos meinte, dass ich es einfach ausprobieren solle. Dem konnte ich nichts entgegenhalten.

Ich verschränke die Arme vor der Brust und beschließe, mir die Zeit damit zu vertreiben, eine Typologie männlicher Wein- und Heularten zu erstellen. Weil das vermutlich die beste Art ist, wie ich das auf etwa zwei Stunden angesetzte Treffen überstehen kann.

Da ist zum Beispiel Dieter – ein Schluckauf-Heuler. Seit ich zur Tür reingekommen bin, wird er alle dreißig Sekunden von einer Art Bäuerchen durchgeschüttelt, das mit einem kurzen, aber heftigen Tränenfluss einhergeht. Dieter war von seiner Frau vor die Tür gesetzt worden, weil er sämtliche Abende der Woche und auch die Wochenenden in seinem Hobbykeller verbracht hatte, um an Modellautos zu basteln. Das allein war für seine Frau kein Problem gewesen. Aber dann fand sie heraus, dass er sich dort unten Pornoseiten im Internet ansah. Das war dann das Ende.

Direkt neben ihm sitzt Waldemar. Waldemar kaut nicht an den Fingernägeln, weil er keine Fingernägel mehr hat. Würde mich nicht wundern, wenn wir gleich das Weiße seiner Fingerknochen zu sehen bekommen. Wäre ein schöner Kontrast zu dem intensiven Rot seines Gesichts. Er trinkt zwischendurch immer wieder aus seiner Wasserflasche, was auch besser ist, da er durch einen konstanten Tränenstrom mehr Körperflüssigkeit verliert als andere Typen in einer 120-Grad-Dampfsauna. Waldemars Ex war mit Waldemars bestem Freund durchgebrannt, mit dem er jetzt natürlich nicht mehr befreundet wäre, wie er uns immer wieder erklärt. Zugegeben, eine harte Packung.

Mein Liebling ist Harald. Er sitzt die meiste Zeit einfach nur stumm und apathisch da, als hätten ihn ein paar mitfühlende Psychiater mit den stärksten Mitteln sediert, die die psychopharmazeutische Industrie zu bieten hat. Alle zehn Minuten aber schreit er plötzlich auf, als hätte ihm jemand einen Nagel in den Fuß geschlagen. Die anderen warten dann kurz, bevor sie weitersprechen. Dann ist Harald wieder ruhig. Mein Sitznachbar Klaus erklärt mir, dass Harald diese Anfälle nicht wegen der Trennung von seiner Frau hätte. Sondern dass seine Frau sich wegen dieser Anfälle von ihm getrennt hätte. Bisher konnte die Gruppe ihm auch nicht helfen.

»Und jetzt du, Alex.«

Ich brauche einen Augenblick, bis ich kapiere, dass ich an der Reihe bin. Ich bin abgelenkt, weil ich voller Faszination Ulf betrachte, der ein Lachweiner ist. Es ist einfach nicht zu unterscheiden, ob Ulf sich gerade vor Lachen ausschüttet oder ob er heult. Oder ob er einfach beides gleichzeitig macht.

»Alex!«

»Was? Ach so, ja. Also, bei mir war das folgendermaßen«, beginne ich und gebe dann meine Geschichte in einer Kurzfassung zum Besten. Ein Betrug, der keiner war, dann ein Streit, dann ein Betrug, der wirklich einer war. Und seitdem eine Art Ehe-Urlaub, den ich dazu nutzen soll, um mir über mich selbst klar zu werden.

Kilian, der Leiter der Gruppe, sieht mich mit in Falten gelegter Stirn an und macht: »Hmmmh.«

Anders als bisher klingt das nicht mitfühlend. Eher streng.

Raimund, ein Schneuz-Heuler, zieht ein Taschentuch hervor, pustet ungefähr drei Meter Rotz am Stück ins Papier, wischt sich mit dem gleichen Tempo über die Stirn, sieht mich dann an und sagt: »Wenn ich dich richtig verstehe, hat sie dich also gar nicht sitzen lassen?«

»Nein, nicht so direkt.«

»Eben. Klingt eher so, als wenn du deine Frau verlassen hättest.«

»Blödsinn«, sage ich.

»Aber du bist doch freiwillig gegangen?«

»Na ja, irgendwie schon.«

»Und du könntest zurück, wenn du wolltest?«

»Ich schätze schon. Wenn ich denn wollte. Aber das ist ja genau das Problem. Ich weiß es nicht.«

Kilian macht wieder Hmmmh und sagt dann: »Das ist schon klar, Alex. Aber das, was Raimund gesagt hat, stimmt auch. Du bist nicht verlassen worden. Du *hast* verlassen.«

Ich sehe erst Kilian an, lasse meinen Blick dann in der Runde kreisen. Kurz bleibe ich bei Sven stehen, der die erstaunliche Fähigkeit besitzt, nur auf einem Auge zu heulen. Folge eines Unfalls, wie er vorhin erklärte.

»Ja, so gesehen habt ihr natürlich recht.«

»Also?«, fragt Kilian.

»Also was?«

»Na ja, könnte sein, dass du nicht wirklich in unsere Runde passt.«

»Du meinst, weil ich nicht heule?«

Kilian wird jetzt ernsthaft sauer und sagt mit gepresster Stimme: »Nein, sondern weil du Vollidiot Probleme hast, von denen wir anderen nur träumen können. Darum hast du bei uns nichts verloren.«

»Schon gut. Ich geh ja schon«, sage ich.

»Danke«, sagt Kilian.

Kurz darauf stehe ich auf der Straße vor dem Zentrum, in dem sich die Männergruppe getroffen hat. Ich überlege kurz, ob ich Carlos anrufen und mich bei ihm bedanken soll. Sein Tipp hierherzukommen, war Gold wert.

Ich weiß zwar immer noch nicht, was ich will. Aber dennoch bin ich um eine wichtige Erkenntnis reicher. Es gibt da draußen eine Menge Kerle, denen es wegen ihrer Beziehungsprobleme wirklich mies geht. Nicht, dass es mir wegen meiner Beziehungsprobleme nicht mies gehen würde. Aber ich verfüge über etwas, um das mich alle Männer, die ich gerade erlebt habe, beneiden. Denn bei ihnen ist es so, dass ihre Frauen entschieden haben. Ihre Frauen haben Schluss gemacht. Wenn ich es richtig sehe, ist es bei mir umgekehrt.

Inna erwartet, dass ich mich entscheide. Das ist auch nicht wirklich einfach. Aber im Vergleich zu vielen anderen Typen ist es der reinste Luxus.

33

Montag. Am späten Nachmittag taucht Julian überraschend im Schuster's auf. »Hey, Alex«, sagt er und setzt sich an den Tresen.

»Hallo, Julian. Nett, dass du vorbeikommst. Weiß Inna davon?«

Er schnalzt mit der Zunge. »Natürlich nicht. Sie hätte mich angekettet, wenn ich es ihr erzählt hätte. Sie ist echt scheiße drauf.«

»Mir geht's auch nicht gerade prächtig.«

»Nur, dass du selbst schuld dran bist. Sagt sie jedenfalls.«

Julian hat mich früher – also vor meinem Auszug – immer mal wieder hier besucht, oft zusammen mit Inna, ab und zu auch alleine. Gelegentlich bringt er auch Schulfreunde mit, wobei es im Wochenrhythmus schwankt, ob er stolz auf mich ist oder sich für meinen Job schämt. Erik dagegen kommt gut bei ihm weg. Die beiden verstehen sich und genießen es, im Spaß über mich herzuziehen, obwohl ich in Hörweite bin.

Heute ist Julians Ton milde, fast nachdenklich. Erstaunlich für einen Siebzehnjährigen, der in einem psychischen Zustand lebt wie ein in die Enge getriebener Wildhund. Er schnappt normalerweise nach allem, was ihn bedrängt. Seine Nervosität erkenne ich nur daran, dass er mit dem Bein wippt, als würde er einen Technobeat begleiten. Der Streit zwischen Inna und mir geht ihm an die Nieren. Ich habe ein schlechtes Gewissen.

»Willst du was trinken?«, frage ich ihn.

»Nein.«

»Du kannst alles haben.«

»Bier auch?«

»Klar, wenn du willst.«

Ich kann das ohne Gefahr sagen, weil er sowieso ablehnen wird. Julian ist schon mehr als einmal hackedicht zu Hause aufgetaucht und hat eine Spur aus Erbrochenem von der Haustür übers Treppenhaus bis zu seinem Zimmer hinterlassen. Trotzdem weigert er sich, in unserer Gegenwart Alkohol zu trinken.

»Obwohl, eine Cola wäre nicht schlecht«, erklärt er dann.

»Wir haben nur Cola Rebell.«

»Cool. Mag ich.«

Ich rufe in Richtung Küche: »Hey Erik, kannst du Julian eine Cola mitbringen?«

»Klar, bekommt er«, ertönt es von hinten.

Als Erik nach vorne kommt, begrüßt er Julian mit einem Ritual, das bei den Eskimos oder den Yanomami nicht komplizierter sein könnte. Sie klatschten sich ab, verschränken die Finger, sägen mit den Händen hin und her, deuten dann eine Art Umarmung an, bei der sie fest mit den Brustkörben zusammenstoßen.

Ich zucke mit den Schultern. »Warum begrüßt du mich nicht so?«

»Oh, Alex. Bitte.«

»Er will damit sagen, dass du einfach zu alt bist und es lächerlich aussehen würde«, erläutert Erik.

»Ja, stimmt«, sagt Julian.

Erik grinst.

»Hey, schon fertig mit den Sandwiches hinten?«, raunze ich ihn an.

»Schon gut, schon gut.«

Erik zeigt mir den Finger und verschwindet nach hinten in die Küche.

»Erik ist in Ordnung«, erklärt Julian.

»Ja, ist er. Hast du Hunger?«

»Nein. Hör zu, kannst du nicht wieder nach Hause kommen, Alex? Inna dreht echt am Rad, seit du weg bist. Ich halt's nicht aus. Sie macht nur Stress.«

»Es ist nicht so einfach, wie du es dir vorstellst.«

»Kannst du dich nicht bei ihr entschuldigen, oder so?«

»Wir haben eine Auszeit beschlossen. Das müssen wir jetzt durchziehen. Was danach kommt, wissen wir noch nicht.«

»Inna hat mich gefragt, ob ich zu Ronny ziehen möchte. Wenn es mir zu viel wird wegen dem ganzen Stress.«

»Hat sie nicht.«

»Doch. Ich war selbst überrascht.«

Der Schlag sitzt. Innas Haltung zu Julians leiblichem Vater ist eigentlich klar. Er ist in Ordnung, aber nur mit viel Abstand. Julian und er sehen sich zwar regelmäßig, aber bisher ist Inna ausgeflippt, wenn Julian auch nur über Nacht bei Ronny geblieben ist. Immerhin ist Ronny ein ziemlicher Chaot, für den Verantwortung ein Fremdwort ist. Und jetzt das.

»Und? Wirst du es machen?«, frage ich.

»Natürlich nicht. Ronny ist schon okay. Aber … Du bist mein Vater, Alex.«

Ich lege Julian eine Hand auf die Schulter. »Danke.«

Seine Worte tun verdammt gut, und schmerzen zugleich. Ich merke mal wieder, was auf dem Spiel steht. Julian schlürft von seiner Cola und sieht sich im Raum um. Er rückt etwas näher an den Tresen und fragt leise: »Lasst ihr euch scheiden, Inna und du?«

In den Augen des Siebzehnjährigen sehe ich das Kind, das immer noch in ihm steckt. Das Angst hat. Ich lege meine Hand auf seine, aber er zieht sie reflexartig zurück.

»Schwöre, dass ihr es nicht tut.«

»Das ist albern, Julian.«

»Also doch.«

»Nein, natürlich nicht.«

»Dann schwöre. Heb die Hand und sage es.«

Julians Stimme ist lauter geworden. Wir sitzen im Schuster's. Obwohl es zumeist Stammgäste sind, die uns hören können und vor denen ich sowieso keine Geheimnisse habe, stört es mich. Aber egal. Darauf kommt es jetzt sowieso nicht an. Julian ist es wichtig.

»Okay«, sage ich. »Ich schwöre feierlich, dass ich mich nicht scheiden lassen werde.« Es klingt nicht sehr überzeugend, aber dennoch wirkt Julian entspannter.

»Kann ich es Inna erzählen?«

»Klar. Und erzähl mir, wie sie reagiert hat.«

Scheidung. Klingt wie eins von diesen aussterbenden Worten, so wie Wählscheibe, Bahnhofsgaststätte oder Prilblume.

Irgendwie nach Siebzigerjahre. Heute *trennt* man sich, und zwar ganz egal, ob man verheiratet war oder einfach nur eine Beziehung hatte. Man geht auseinander, man splittet sich, man macht Schluss.

Ich telefoniere mit meiner Schwester, die immerhin den Beginn der ganzen Misere während unserer Hochzeitstags-Party mitbekommen hat. »Du musst dich halt entscheiden«, sagt sie.

»Das weiß ich.«

»Ich glaube nicht, dass wir dasselbe meinen.«

»Was meinst du denn?«, frage ich.

»Du musst dich entscheiden, ob du so werden möchtest wie unser Vater oder nicht.« Ulrike lacht zwar, aber wir wissen beide, dass sie es ernst meint.

34

Ich treffe mich ein paar Tage später wieder mit Achim. Wir gehen in einem italienischen Restaurant in der Thadenstraße essen. Einfaches Essen, zu dem wir uns einen guten Wein gönnen.

»Wenn du die Zeit noch einmal zurückspulen könntest, Papa … Wenn du noch einmal die Wahl hättest, würdest du dann bei Mama bleiben?«, frage ich ihn.

»Komische Frage, findest du nicht?«, erwidert er.

»Möglich. Es interessiert mich.«

»Keine Ahnung, ehrlich gesagt. Ich bin mir nicht mal sicher, ob ich überhaupt darüber nachdenken möchte.«

»Komm schon. Du weißt, warum ich das frage. Es ist wichtig für mich.«

Achim sieht mich überrascht an, zuckt dann mit den Schultern. »Nicht einfach zu sagen. Ist schon verdammt lange her.«

»Ja, aber du wirst dich doch wohl noch dran erinnern? Also, bereust du es, dass du damals gegangen bist? Dass ihr euch getrennt habt?«

Ich muss an das Telefonat mit meiner Schwester denken. Hat sie recht? Geht es darum, so zu werden wie Achim?

Es ist erst ein paar Jahre her, seit wir, Achim und ich, uns überhaupt so miteinander unterhalten können. Davor ging nicht mal Fußball oder Formel 1, was die meisten Väter und Söhne immerhin hinkriegen. Achim interessiert sich nicht für Sport, und ich kann ja kaum mit jemandem über Fußball sprechen, der nicht einmal weiß, wie viele Männer auf dem Platz stehen. Die einzige Alternative wären Golf-Gespräche gewesen. Aber wie soll *er* mit jemandem sprechen, der nicht einmal weiß, wie viele Löcher ein Platz hat?

Wodurch es anders wurde? Schwer zu sagen. Ich wurde gelassener, er hatte einen Herzinfarkt. Vermutlich haben wir beide dadurch kapiert, dass wir nicht ewig Gelegenheit haben würden, miteinander ins Gespräch zu kommen.

»Nein«, sagt Achim schließlich. »Ich bereue es nicht. Ich glaube, dass es in Ordnung ist, so wie es gekommen ist. Deine Mutter und ich hatten damals nicht wirklich eine Wahl. Ich war dickköpfig, sie war hart. Sie hätte mich vermutlich noch einmal zurückgenommen, aber der Preis, den sie verlangt hat, war zu hoch.«

»Sie wollte, dass du treu bleibst?«, frage ich. Es soll eine Spitze sein, aber Achim merkt es nicht einmal.

»Sie wollte, dass ich anders werde. Dazu hatte sie jedes Recht.«

»Aber das wolltest du nicht?«

»Nein, absolut nicht. Ich habe sie betrogen, ich habe sie verletzt, und dennoch habe ich es als Zumutung empfunden, was sie für ein Theater gemacht hat. Sie hat es übrigens auch getan.«

»Was jetzt?«

»Deine Mutter hatte Liebhaber. Ich war nicht so kleinlich

wie sie. Ich hätte mich arrangiert. Irgendwann wären wir aus dem Alter sowieso raus gewesen.«

»Mama hatte … Hör auf, das erfindest du doch jetzt nur.«

»Frag sie.«

Der Schlag sitzt. Tiefer als ich es in diesen Sekunden wahrhabe. Ich muss an die Szene aus *Stonk* denken, in der der *Stern*-Chef die Hitler-Tagebücher hochhält und in die Mikrofone der Weltpresse brüllt, dass die Geschichte des Dritten Reiches neu geschrieben werden muss. Offenbar meine Lebensgeschichte auch. Die bisherige Version war eine Fälschung.

»Wir waren wie wir waren«, fährt Achim fort. »Das muss man akzeptieren. Es macht dich nicht glücklicher, die Dinge hinterher infrage zu stellen. Obwohl … es gibt eine Sache, die ich bereue. Nachdem ich mich damals von Beate getrennt habe, habe ich mein Glück noch einmal bei deiner Mutter probiert. Sie hat mich abblitzen lassen. Heute frage ich mich, ob ich es damals nicht länger hätte versuchen sollen. Vielleicht wollte sie nur sehen, wie ernst ich es meine.«

Ich sehe Achim überrascht an. Beate war die Frau, die er nach meiner Mutter geheiratet hat. Die Ehe hat nicht lange gehalten, vielleicht zwei oder drei Jahre. Ich wusste nicht, dass er danach noch einmal bei meiner Mutter angeklopft hat. Offenbar haben sie es vor mir geheim gehalten, vermutlich um mir keine falschen Hoffnungen zu machen.

»Aber war Mama damals nicht schon mit Peer zusammen?«, frage ich ihn. Peer ist der Mann, den meine Mutter nach Achim kennengelernt hat und mit dem sie bis heute zusammen ist. Ein feiner Kerl, was auch Achim anerkennt.

»Ja, klar, war sie. Sie hat es mir auch gesagt. Aber Gott,

von so etwas darf man sich nicht abschrecken lassen. Alte Liebe rostet nicht. Klingt altmodisch. Aber da ist was dran.«

»Klingt wirklich altmodisch.«

»Deine Mutter und ich lieben uns immer noch. Das überrascht dich vielleicht, aber es ist so. Ich bin mir sicher, dass sie es auch so sagen würde.«

»Und trotzdem möchtest du Ludmilla heiraten?«

Achim macht eine wegwerfende Handbewegung, grinst dann wie ein Fünfzehnjähriger. »Vergiss es. Das Thema mit der Hochzeit ist erst einmal durch. Sie hat mich überzeugt, du auch. Man muss nicht heiraten. Weil es sowieso nichts ändert. Heutzutage nicht mehr.«

»Und was ist mit Mama und dir? Wie passt das zusammen? Du hast mir gerade gesagt, dass ihr euch immer noch liebt.«

»Ja, das stimmt. Aber darauf kommt es nicht immer an. Deine Mutter und ich haben den Punkt verpasst, an dem wir es noch einmal mit einem gemeinsamen Leben hätten versuchen können. Der Zug ist abgefahren. Wir haben beide unseren Frieden damit geschlossen.«

»Möglich also, dass ich in zwanzig oder dreißig Jahren mal dasselbe über Inna und mich sagen werde.«

»Ja, möglich. Damit solltest du rechnen. Jedenfalls wenn du es so weit kommen lässt.«

In dieser Nacht liege ich auf meinem Feldbett und kann nicht schlafen. Ich trinke Bier und höre Anti-Depressiva von Radiohead, Roxy Music und Van Halen. Hilft es? Natürlich nicht. Der Pop ist vorbei. Wir haben wieder das echte Leben.

Das Feldbett hat einen olivfarbenen Leinenbezug, und

darum versuche ich mich zu fühlen wie Che Guevara, der jahrelang während seines Guerillakrieges auf solchen Betten in Zelten geschlafen hat.

Ich find's trotzdem unbequem und wenig stimmungsvoll.

Hatte Che eigentlich jemals Beziehungsprobleme? War er überhaupt verheiratet? Verliebt? An Frauen interessiert?

Was für eine Entwicklung. Vor ein paar Wochen noch 160 Quadratmeter plus Garten in der Vorstadt. Heute sechs Quadratmeter in der Innenstadt.

35

Du kommst jetzt mit zum Satsang, Alex«, sagt Sandra zu mir. Ausgerechnet Sandra.

»Wohin?«, frage ich verdutzt.

»Zu Buddha.«

»Ach, ich dachte, der wäre tot.«

»Nicht *der* Buddha. Ein Buddha. Um genau zu sein, ein Lama aus Tibet. Ein erleuchteter Meister. Du wirst schon sehen.«

»Und du meinst, der kann mir bei der Lösung meiner Probleme helfen?«

»Ehrlich gesagt glaube ich nicht, dass dir im Moment überhaupt jemand helfen kann, so dämlich wie du dich anstellst.«

Ich grinse. Erstens weil sie recht hat. Und zweitens weil es eben sie ist, Sandra, die das sagt.

Ich hatte mich nach unserer Nacht nicht mehr bei ihr gemeldet. Bis gestern. Überraschenderweise hat sie mir nicht den Kopf abgerissen, was ich ihr wohl kaum hätte übelnehmen können. Sie wollte wissen, was bei mir los wäre. Ihre Antwort bestand, natürlich, aus einem Lachen. Dann wurde sie ernst und sagte: »Ach, Alex. Bei mir musst du dich nicht entschuldigen, falls du das überhaupt vorgehabt haben solltest. Mir war von Anfang an klar, dass du bis zum Ende deines Lebens bei deiner Inna bleiben würdest.«

»Und was sollte dann das mit uns?«

»Keine Ahnung. Ich wollte nur spielen.«

»Na, vielen Dank auch.«

»Komm nicht auf die Idee, dich bei mir zu beschweren. Das hast du dir alles selbst eingebrockt.«

Sie hat recht. Wir verabredeten uns, und so kommt es, dass ich mich heute gemeinsam mit ihr auf den Weg zu einem Satsang mache, einer Art spiritueller Sprechstunde für Probleme in allen Lebenslagen.

Bis vor Kurzem hätte ich mir zwar kaum vorstellen können, bei so etwas mitzumachen. Aber die zurückliegenden drei Wochen haben so einiges verändert. Wird Zeit, neue Wege zu beschreiten.

Die Veranstaltung findet in einem esoterischen Zentrum im Karolinenviertel statt. Im ersten Stock ist ein großer Meditationsraum, aus dem ich schon im Treppenhaus ein vielfältiges Stimmengemurmel höre. Als ich durch die große Tür eintrete, trifft mich der Schlag. Der Lama scheint ein echter Frauenmagnet zu sein. Oder Männer haben einfach keine spirituellen Probleme – eine Meinung, die ich bis vor Kurzem ja auch noch vertreten habe. Jedenfalls sitzen in dem Raum rund 80 Anhänger des Lamas, und fast alle sind weiblich. Die wenigen anwesenden Männer sind es eigentlich auch. Irgendwie weiblich.

Einige von ihnen kenne ich übrigens, weil sie Kunden im Schuster's sind und sich von mir einen Yogi Chai Latte machen lassen. An besonders guten Tagen gönnen sie sich sogar einen Blaubeer-Muffin dazu. Jedenfalls wenn's der Mondkalender zulässt.

Sandra drückt mir ein Meditationskissen in die Hand und gemeinsam setzen wir uns in eine der hinteren Reihen auf den Fußboden. Ich schiebe mir das Kissen unter den Hintern und versuche mich am Lotussitz – ohne Erfolg. Halber Lotussitz – wird auch nichts. Schneidersitz – na also, geht doch.

Sandra beobachtet meine Selbstverknotungsversuche, lacht und setzt sich dann in perfekter Meditationshaltung neben mich.

Nach und nach wird es ruhig im Raum. Dann geht die hintere Tür auf, und Buddha kommt herein. Das heißt, eigentlich kommt ein ehrwürdiger, wenn auch schon reichlich gebrechlicher Asiate in einer einfachen rotgelben Robe herein, der von einem jüngeren europäischen Mann gestützt wird. Mit kleinen Schritten nähern sich die beiden dem Podest an der Stirnseite des Raums. Dann löst sich der Lama von seinem Begleiter und geht sehr langsam die Stufen zum Podest hoch, wo er sich auf einem großen, reich verzierten Seidenkissen niederlässt.

Meine anfängliche Skepsis weicht einer überraschenden inneren Ruhe. Fast kommt es mir vor, als würde von dem Lama eine Art Strahlung ausgehen, die sich wie ein sanfter Nebel über mich legt.

Der jüngere europäische Mönch klettert ebenfalls auf das Podest und kniet sich neben den Tibeter. Dann nickt er dem Publikum zu und sagt: »Meine Damen und …«, sein Blick fällt auf mich, er ist kurz irritiert, fängt sich dann aber wieder. »… meine Herren. Liebe Freunde. Ich darf euch recht herzlich zum Satsang mit Lama Rinpoche Sengen begrüßen. Ihr möget nun eure Fragen an Seine Heiligkeit richten.«

Wow. Seine Heiligkeit. Nicht schlecht. Da kommt sogar der Papst nicht mit, denke ich. Mein kurzer Spott aber versiegt schnell wieder, und die innere Ruhe erobert ihren Platz zurück.

In der nächsten Stunde werde ich Zeuge davon, was wahre Erleuchtung ist. Und wahre Selbstbeherrschung. Der Lama wird mit Fragen bombardiert, von denen ich dachte, dass man sie höchstens seinem Tagebuch stellt. Dabei fängt es zunächst ganz harmlos an. Eine Frau steht auf und möchte wissen, wieso sie bei der Meditation immer so abgelenkt ist. Eine andere fragt, ob sie einen neuen Job beginnen soll, obwohl ihr bisheriger so gut bezahlt ist. Und eine dritte erkundigt sich, was sie tun könne, damit ihre Kinder sie nicht immer beim Gebet stören. Der Lama gibt ruhige und weise Antworten in einem gebrochenen Englisch, die der europäische Schüler dann noch einmal auf Deutsch übersetzt. So erfahre ich, dass man vor der Meditation eben besser den Fernseher ausstellen sollte, dass Geld nicht alles im Leben sei und Ritalin zur Beruhigung gar keine so schlechte Erfindung. Aha, scheint ja ein ganz vernünftiger Mann zu sein, der Lama.

In der zweiten Fragerunde bin ich etwas irritiert. Folgende Fragen werden gestellt: Kann es sein, dass sowohl man selbst wie auch die beste Freundin in einer früheren Inkarnation Hildegard von Bingen waren? Wäre es möglich, dass der Lama dem Vater einer Teilnehmerin, der letzte Woche bei einem Autounfall gestorben ist, noch etwas Wichtiges mitteilt? Ab welcher Stufe der Erleuchtung könne man die Lottozahlen vorhersagen?

Wieder nickt der Lama ernsthaft, murmelt etwas und sein Schüler wiederholt es laut. Das Rad der Wiedergeburten sei vielfältig und schwer zu durchschauen, die Toten kehrten nach hundert Tagen sowieso noch einmal zur Erde zurück, und er selbst würde immer die Daten seines Geburtstages sowie die 13 und die 29 spielen. Und nein, er hätte leider noch nie gewonnen.

In der dritten Runde geht es dann um Beziehungsfragen. Vorne verbeugt sich eine rothaarige Frau und möchte vom Lama wissen, warum sie einfach nicht den richtigen Partner finde. Eine andere Teilnehmerin möchte wissen, ob man auch mit zwei Männern glücklich werden könne und eine dritte, ob es moralisch zu rechtfertigen wäre, mit Mitte fünfzig noch ein Kind zu bekommen.

Wieder nickt der Lama lächelnd und erklärt, dass es für jeden Menschen den richtigen Partner gäbe, vorausgesetzt man sei bereit dazu, diesen auch an seiner Seite zuzulassen. Zwei, drei oder auch vier Männer wären völlig in Ordnung, allerdings sollte eine Frau nicht mit allen zusammenwohnen, weil der Badewannenabfluss dann nie mehr frei werden würde. Und Kinder könne man so lange bekommen, solange man Kinder eben bekommen könne.

Inzwischen bin ich tatsächlich davon überzeugt, dass dieser Mann ein wahrer Buddha ist. So ruhig und gelassen mit Frauen umzugehen, das ist einfach übermenschlich.

Dann stubst mir Sandra ihren Ellbogen in die Seite. »Na los, Alex. Das Satsang ist gleich vorbei. Stell schon deine Frage.«

»Ja, okay …«, sage ich und drücke den Rücken durch.

Meine Frage. Über die ich in den zurückliegenden Wochen schon so viel nachgegrübelt habe, ohne eine Antwort zu finden. Soll ich zu meiner Frau und meiner Familie zurückkehren? Oder soll ich alles hinter mir lassen und etwas ganz Neues anfangen? Soll ich in mein altes Leben zurückkehren, obwohl es vermutlich bedeutet, dass alles genauso bis zu meinem Tod weitergeht? Oder soll ich mutig sein und etwas zurücklassen, obwohl ich weiß, dass ich es vermissen werde?

Ich bin mir nicht sicher, ob der Lama mir all diese Fragen beantworten kann. Wie soll ich es ihm überhaupt erklären? Obwohl es ja eigentlich gar nicht so schwer ist.

In diesem Moment geschieht etwas Seltsames. Der Raum um mich herum versinkt auf einmal in völliger Dunkelheit. Die Augen des Lamas, die wie Autoscheinwerfer leuchten, richten sich auf mich. Ein seltsames Lächeln umspielt seinen kleinen, faltigen Mund. Dann nickt er mir zu und sagt leise in einer Sprache, von der ich nicht weiß, ob sie Deutsch, Englisch oder Tibetisch ist, und die ich dennoch problemlos verstehen kann: »Es gibt Fragen, mein Freund, auf die gibt es keine Antworten. Weil sie nicht nach Antworten verlangen, sondern nach einer Entscheidung. Und die kannst du nur selbst treffen. Darum höre auf meinen Rat. Ziehe dich zurück in die Einsamkeit und horche in dich selbst. So wie es einst der große Buddha getan hat. Versenke dich in die Stille, und du wirst dich selbst finden. Und wenn du dich selbst gefunden hast, wirst du wissen, was du zu tun hast.«

Dann erlöschen auch die magischen Augen des Lamas, und alles versinkt in totaler Dunkelheit.

»Alex? Aaa-lex? Ist alles in Ordnung?«

»Was? Wie bitte?«

Ich schüttele mich wie ein nasser Hund, der gerade aus einem See steigt. Wo bin ich? Was ist passiert? Als sich mein Blick wieder klarstellt, sitze ich immer noch aufrecht auf meinem Meditationskissen. Sandra hockt vor mir und sieht mich besorgt an. Alle anderen Teilnehmer sind bereits dabei, den Raum zu verlassen.

»Bist du etwa eingeschlafen, Alex?«, fragt Sandra angesäuert.

»Ich … keine Ahnung. Kann sein.«

»Du bist wirklich ein Trottel, Alex. So eine tolle Gelegenheit, um etwas über dich selbst zu erfahren, und du pennst einfach ein.«

Ich zucke mit den Schultern. Dann blicke ich noch einmal auf das Podest, wo vorhin der Lama gesessen hat. Immer noch scheint von dort vorne ein seltsames Licht auszugehen.

36

Wenn man einen Münchener fragt, was ihm an seiner Stadt gefällt, sagt er garantiert, dass man so unglaublich schnell in Italien sei. So, als wenn es der größte Vorteil der Stadt wäre, dass man rasend schnell wegkommt. Ein Hamburger würde so etwas nie sagen.

Obwohl wir natürlich auch so etwas wie Italien haben. Nur eben nicht Italien, sondern Dänemark.

Außerdem gibt es die Küsten, die Nord- und Ostsee. Es gibt auch jede Menge Seen in der Umgebung, die Lüneburger Heide, die Holsteinische Schweiz, Mecklenburg.

Und vor allem: Es gibt die Inseln. Sylt für die meisten. Amrum für mich. Ein guter Ort, um alles hinter mir zu lassen. Ich habe den Wagen in Hamburg gelassen, weil ich ihn hier sowieso nicht brauche. Das Schuster's habe ich Erik und Bernd überlassen. Es ist Herbst geworden, und die Nordsee ist rau. Tosende Brandung, weiße Gischt. Klare, salzige Luft. Möwen von der Größe von Primevil-Urzeitmonstern.

Ich übernachte in einer kleinen Pension und gehe am Strand spazieren. Endlos stapfen, einsam sein. Mir selbst auf die Spur kommen. Stundenlang bin ich draußen, atme die salzige Luft, setze mich in den feuchten Sand und starre in die Wellen. Gelegentlich kehre ich in einer Kneipe oder einem Café ein und wärme mich mit Grog oder Kakao. Dann zieht es mich wieder nach draußen. Ich will mit niemandem sprechen, will alleine sein, meinen Gedanken nachhängen.

Als mir der Lama den Tipp gab, in die Einsamkeit zu gehen, dachte er vermutlich an den Himalaja oder das Wudang-Gebirge. Aber so weit muss ich gar nicht reisen, um zu meditieren. *Eat, pray* & *love* – das kann ich auch an der Nordsee.

Als wir uns kennengelernt haben, wollten wir nie so enden, wie es jetzt geschehen ist. Und doch ist es so gekommen. Wie der Skifahrer, der gegen den einzigen Baum auf der Piste fährt. Ein unheimlicher Magnetismus.

Wir hatten diesen Ton bekommen, Inna und ich. Wie Tom und Jerry oder wie Stan und Olli. Sie zerbeult meinen Hut, ich piekse ihr ins Auge. Oder umgekehrt.

Wir haben uns nicht gestritten, sondern wir haben so getan, als wenn wir uns streiten. Jahrelang war das ziemlich witzig. Wir haben drüber gelacht, alle anderen haben drüber gelacht.

Aber eigentlich war es nicht witzig.

Sogar wenn wir im Bett waren, haben wir die Masche durchgezogen. »Schatz, wir müssen heute miteinander schlafen, sonst schaffen wir die statistischen zweimal pro Woche nicht«, sagte ich.

»Wir könnten es dafür nächste Woche einmal öfter machen. Ist ja nur Statistik.«

»Oder nächstes Jahr viermal. Pro Woche.«

»Gute Idee. Gute Nacht, Schatz.«

»Gute Nacht.«

Aber Tatsache war, dass wir nicht miteinander geschlafen haben.

Wir hatten immer Angst davor, so zu werden, wie die meisten Ehepaare in unseren Augen waren. Eingefahren, lieblos, gleichgültig. Aber dann sind wir eben doch so geworden.

Ich weiß noch, wie es mich genervt hat, dass Inna so grundsätzlich wurde, bei unserem Streit nach dem Sommerfest. Plötzlich ging es nicht mehr nur um Sandra. Sondern um alles. Meinen Job, ihren Job, das Geld, die Kinder, meine Einstellung. Es ging um unser ganzes Lebensmodell. Dabei hatte sie recht damit. Das ist mir klar geworden. Sie hatte endlich den Mut, die Dinge anzusprechen. Und ich? Habe mich benommen wie ein Arsch.

Wenn mich vor zwei Monaten jemand gefragt hätte, ob ich mir vorstellen könnte, noch einmal ganz von vorne anzufangen, ein neues Leben, ohne Inna, ohne das Haus, ohne Pflichten, die Kinder nur an den Wochenenden, ich hätte Folgendes geantwortet: Klar, kann ich es mir vorstellen. Aber warum sollte ich?

Wie es aussieht, bin ich jetzt weiter. Ich muss es mir nicht nur vorstellen. Ich könnte es wirklich haben.

Mit Inna könnte es vorbei sein. Vielleicht ist es das schon.

Ich bin jetzt 44 Jahre alt. Jung genug, um noch einmal von vorne anzufangen. Aber ich muss mich bald entscheiden. Denn alles, was jetzt kommt, kann noch etwas Richtiges werden. Danach aber wäre es so wie bei Achim. Die feuchten Träume eines alten Mannes.

Das ist vermutlich der Sinn der zurückliegenden Wochen. Ich habe eine zweite Chance bekommen. Alles ist offen. Ich bin frei. Inna lässt mich gehen. Wenn ich will.

Aber will ich wirklich?

Ich muss an La Gomera denken. Unsere Flitterwochen. Wir hatten eine kleine Bucht entdeckt, in der wir ganz alleine waren. Sie, ich, der kleine Julian. Wir kamen uns vor wie die Robinson-Familie. Wir stellten uns vor, auf einer einsamen Insel gestrandet zu sein und nie gerettet zu werden. Genauso wollten wir es.

Oder später dann, als Emma auf der Welt war und die Dinge anstrengend wurden. Ein kleines Familienunternehmen. 18-Stunden-Schichten, von morgens um sechs bis Mitternacht. Natürlich war es die Hölle. Aber es gab diese magischen Momente, spät am Abend, wenn die Kinder schliefen, und wir alleine in der Küche oder auf der Terrasse saßen. Wir waren total erledigt, sahen uns an, berührten uns an den Händen. Das war unser Leben, wir hatten es erschaffen, unser Werk. Wir waren zufrieden auf eine Art, die wir zuvor nicht gekannt hatten.

Kann es überhaupt besser werden als das?

Und will ich es denn?

Ich habe eine zweite Chance bekommen. Und eigentlich ist es Wahnsinn, diese zweite Chance dazu zu nutzen, um noch einmal dasselbe zu machen wie beim ersten Mal. Und mich noch einmal für dieselbe Frau zu entscheiden.

Andererseits, dieser Wahnsinn gehört doch dazu. Ohne ihn geht es nicht.

Ich denke an die zurückliegenden Wochen, an alles, was ich erlebt habe. Daran, was mir eigentlich alle gesagt haben. Sogar der Lama hat es mir gesagt. Irgendwie. Nämlich dass ich ein Idiot bin.

Ein Riesenidiot.

Der größte Idiot aller Zeiten!

37

Einige Tage später. Der Kloß in meinem Hals ist groß genug, um als Meteor dritter Klasse eingestuft zu werden und einen eigenen Namen zu erhalten.

Es ist ein Dienstagabend. Inna wird, wie immer, in Winterhude sein, dem Hamburger Stadtteil, in dem sie zum Tai Chi geht. Ich möchte sie überraschen und sie in dem kleinen Studio abholen.

Ich werde sie um Verzeihung bitten. Für alles. Und dann werde ich vor ihr auf die Knie sinken, wie damals, 1997. Ich werde sie noch einmal fragen. Ob sie mit mir leben möchte.

Dann werde ich sie an der Hand nach draußen führen, wo ein Mercedes von 1963 bereit stehen wird. Auch wie damals, vor dreizehn Jahren, als wir geheiratet haben. Und danach, wenn alles wieder gut ist, werden wir gemeinsam in die Ferne fahren.

Ihr Kurs endet um 21 Uhr. Ich komme extra etwas zu früh, schließlich soll mein Auftritt besonders wirkungsvoll sein. Die übrigen Mitglieder des Kurses dürfen ruhig noch da sein und Zeugen des Geschehens werden. Am Nachmittag habe ich in allen umliegenden Blumengeschäften alles an roten

Rosen zusammengekauft, was zu haben war. Jetzt bin ich pleite und habe zerstochene Finger.

Aber Inna liebt Rosen. Und ich liebe Inna.

Ich stelle den Mercedes zwei Straßenecken weiter ab, schließlich soll sie nicht sofort sehen, was ich mir überlegt habe. Zu Fuß lege ich die letzten Meter zurück. Die Passanten, die mir entgegenkommen, sehen mich unsicher an. Rosenverkäufer stammen normalerweise aus Pakistan oder Indien. Nicht aus Norddeutschland. Einige der Passanten denken sich ihren Teil und lächeln mich freundlich an. Ein nicht mehr ganz junger Mann, der auf dem Weg zu seiner Prinzessin ist.

Das Studio ist im Hinterhof einer alten Wäscherei. Altes Backsteingemäuer, aufwendig restauriert. Bodentiefe Sprossenfenster, Parkettboden, hohe Decken. Alles ziemlich exklusiv und teuer. Winterhude halt.

Ich bleibe im Schatten einer Mauer stehen und blicke von draußen durch die großen Fenster hinein. Ein Mann steht vorne vor einer Gruppe und demonstriert ein paar Tai Chi-Bewegungen. Es ist Robby, Innas Tai Chi-Lehrer. Netter Typ. Er war schon bei uns zum Abendessen. Ein wenig esoterisch. Aber das ist Inna schließlich auch. Die beiden können sich problemlos einen ganzen Abend über kosmische Energie, Wiedergeburt und die alten Schriften des Laotse unterhalten.

Durch das gekippte Fenster kann ich hören, was drinnen gesprochen wird. Robby erzählt etwas über Yin und Yang, das ewige Tao, das Zentrum des Körpers, die Lebensenergie Chi. Dann hebt er den rechten Arm und das linke Bein.

»Seht ihr, so müsst ihr es machen. Immer die Balance halten«, erklärt er.

Ein paar Schüler fragen etwas. Robby antwortet, lässt die Schüler dann üben, geht herum und korrigiert sie. Bei Inna gibt er sich besonders viel Mühe. Er richtet ihren Rücken auf, biegt sie zurecht, lobt sie. Mann, Typ, nimm die Finger von meiner Frau.

Dann klatscht Robby in die Hände. Der Unterricht ist zu Ende. Kurzer Applaus, die Schüler strömen zu den Umkleidekabinen.

Inna bleibt noch im großen Unterrichtsraum, um mit Robby zu plaudern. Ich trete durch die große Tür in den Vorraum des Studios. Die Tür streift gegen ein Windspiel, das von der Decke hängt. Robby sieht in meine Richtung. Ich halte den riesigen Rosenstrauß vor mein Gesicht, sodass weder er noch Inna mich erkennen können. Es gibt ein paar anerkennende Blicke der anderen Schüler, die im Vorraum stehen und sich unterhalten. Der Strauß ist beeindruckend. Das will ich doch sehr hoffen.

Ich trete durch die Tür in den Übungsraum, immer noch gut getarnt hinter den Rosen. Inna quatscht mit Robby. Ich will sie nicht unterbrechen. Sie blickt kurz rüber, murmelt etwas von tollen Blumen, hat ein bezauberndes Lächeln auf den Lippen.

»Sind die etwa für mich?«, fragt sie – aber nicht mich, sondern Robby.

Der lächelt ebenfalls, schüttelt aber den Kopf. »Ich habe keine Ahnung, von wem die sind. Ich bin diesmal leider nicht der Kavalier.«

»Ach, das musst du auch gar nicht. Schließlich hast du

mir erst letzte Woche einen wunderschönen Strauß geschenkt.«

»Und das war bestimmt nicht der letzte.«

Die beiden sehen sich an, strahlen, ihre Lippen finden sich zu einem Kuss zusammen, sie umschlingen sich, der Kuss wird nasser und intensiver. Und mich verlässt die Lebensenergie Chi. Und zwar für immer. Jedenfalls fühlt es sich so an.

»Kommst du gleich noch mit zu mir?«, fragt Robby.

Inna lächelt. »Das klingt nicht schlecht.«

Sie löst sich von Robby und sieht erwartungsvoll in meine Richtung. »Jetzt möchte ich aber doch wissen, für wen die Blumen sind.«

Ich lasse die Rosen sinken, die Schultern, überhaupt alles. Inna erkennt mich und zuckt zurück.

»Für dich. Die Rosen sind für dich«, sage ich.

»Oh«, sagt Inna.

»Oh«, sagt Robby.

»Oh«, sage ich.

38

Zwei Tage später. Ich steige ins Auto und fahre los, Ziel unbekannt. Ich halte es an einem Fleck einfach nicht aus.

Ich drehe das Radio auf und höre Musik. Ist mir egal, was läuft. Hauptsache laut. Ich ertrage sogar einen Song der Scorpions.

Dann ist es so weit. Ich schreie, und zwar mit mindestens 120 Dezibel. Ein Presslufthammer, ein startender Jet, ein One-Man-Rockkonzert. Ich bin lauter. Ich hätte einen Eintrag ins *Guinessbuch der Rekorde* verdient.

Ich vermute, dass die Menschheit erst dann vom Auto als Massentransportmittel ablassen wird, wenn wir etwas anderes gefunden haben, wo wir so ungehemmt schreien können. Vorher werden die Leute am Auto festhalten. Ich jedenfalls werde es.

Sie hat also einen anderen. Und ich darf mich nicht einmal darüber beschweren. Inna wäre schließlich nicht Inna, wenn sie sich mein Verhalten einfach gefallen ließe. Sie war noch nie Opfer, sie war schon immer Täter. Die Generalin. Eigentlich mag ich das ja an ihr. Mochte es schon immer. Sie nimmt die Dinge in die Hand. Sie wartet nicht einfach ab, dass etwas passiert. Sie wird aktiv. Dafür habe ich sie immer bewundert.

Und genau deshalb werde ich sie jetzt verlieren.

Mein Auftritt im Tai Chi-Studio war zugegebenermaßen erbärmlich. Der absolute Tiefpunkt. Ich bin ausgeflippt, habe mit Rosen um mich geworfen wie ein durchgeknallter Karnevalsprinz, habe rumgeschrien und wäre beinahe auf Robby losgegangen. Zum Glück haben mich ein paar andere Teilnehmer der Gruppe, die wegen dem Geschrei in den Übungsraum gestürzt sind, festgehalten.

Als ich mich immer noch nicht beruhigen wollte, haben sie mich dann zur Tür gebracht und ziemlich unsanft ins Freie befördert, wo ich dann auf dem kopfsteingepflasterten Innenhof vor dem Studio gelandet bin. In einer Pfütze. Der Länge nach.

Gespielt, gesetzt – und alles verloren. Am liebsten wäre ich auf der Stelle ertrunken. Aber eine zwei Zentimeter tiefe Pfütze reicht nur, um nass und dreckig zu werden. Und nicht um darin unterzugehen.

Anschließend bin ich mit schlurfenden Schritten davongegangen. Ich wollte zurück ins Schuster's. Denn dort würde ab sofort mein trister, einsamer Lebensabend beginnen.

Plötzlich hörte ich Innas Stimme hinter mir. »Warte, Alex. Nicht so eilig.«

Nein, es war nicht die erhoffte Wende, auf die man sich in Hollywoodfilmen verlassen kann. Der Held, der schon jede Hoffnung aufgegeben hat, wird doch noch gerettet. Das Paar, das man für immer verloren glaubt, findet doch noch zusammen. So war es nicht, denn das Leben ist kein

Hollywood-Drama. Eher schon ein deutscher Autorenfilm. Hauptsache Probleme. Happy End? Igitt.

Inna stand vor mir. Zitternd vor Wut, schniefend vor Trauer. Sie räusperte sich und sagte: »Was soll das, Alex? Wieso tauchst du hier so einfach auf? Wie stellst du dir das vor?«

»Wie ich mir das vorstelle? Nicht so jedenfalls«, sagte ich und rang dabei um Fassung.

»Und? Ich bin auf eine Erklärung gespannt.«

»Entschuldige bitte, Inna. Aber müsstest du nicht diejenige sein, die mir etwas erklärt? Immerhin finde ich dich hier in den Armen von einem anderen Typen.«

Inna presste die Lippen zusammen und nickte. »Was genau verstehst du daran nicht?«

Ich ruderte hilflos mit den Armen in der Luft. Ich hatte in den zurückliegenden Wochen oft genug daran gedacht, wie es wohl wäre, wenn meine Auszeit zu Ende geht. Mit so etwas hatte ich nicht gerechnet.

»Ich dachte, wir hätten so etwas wie eine Auszeit beschlossen, damit ich mir über das klar werde, was ich will. Nun, das habe ich getan. Und jetzt kommt es darauf wohl gar nicht mehr an.«

»Stimmt, Alex. Ich bin mir nämlich auch darüber klar geworden, was ich will. Mit diesem Risiko musstest du rechnen. Ich meine, du kannst nicht erwarten, dass du hundert Prozent Freiheit, aber null Prozent Risiko bekommst. So etwas gibt es nicht.«

»Nein, offenbar nicht«, sagte ich leise. »Aber erklär's mir trotzdem. Gib mir eine Chance, es zu verstehen.«

Sie nickte. Wir setzten uns in einem Hinterhof auf eine

Stufe vor einer Tür. Nach ein paar stillen Minuten begann sie zu reden. »Es war für mich selbst überraschend. Aber in dem Augenblick, in dem du damals vor vier Wochen zur Tür raus bist, ging es mir besser. Ich hatte Luft zum Atmen. Ich hatte Zeit zum Nachdenken. Jetzt sei doch mal ehrlich. Bei dir war es doch genauso, oder nicht? Es ging dir doch auch besser. Besser als vorher. Ich denke, das sollte uns zu denken geben. Natürlich, Trennungen sind immer unangenehm und fies. Da müssen wir wohl durch. Vielleicht kriegen wir es ja sogar einigermaßen friedlich hin. Das Schlimmste haben wir sowieso hinter uns. Immerhin sind schon einige Wochen vergangen.«

»Es ist also wirklich das Ende?«, fragte ich und verlor dabei den Kampf um meine Fassung. Ich hatte mit allem gerechnet. Nur hiermit nicht. Es fühlte sich an, als würde mir jemand die Brust mit einem Samurai-Schwert durchlöchern.

Inna zuckte mit den Schultern. »Das ist so typisch für dich, Alex. Erst kriegst du den Arsch nicht hoch. Benimmst dich total daneben. Machst dir über nichts Gedanken. Lässt dir alle Zeit der Welt. Aber wenn es zu spät ist, wenn du etwas verlierst, dann endlich erkennst du den Wert davon. Es geht immer nur um dich, dich, dich. Aber es wird dich wundern. Es kommt nicht immer nur auf das an, was du willst! So funktioniert es nicht. Schon gar nicht mit einem Partner. Darüber solltest du mal nachdenken.«

»Ich habe in den zurückliegenden Wochen nichts anderes getan.«

»Tja, leider ist das Leben in der Zwischenzeit weitergegangen.«

Ich rieb mir mit der Hand übers Gesicht. Ich ließ Innas

Worte eine Weile sacken. Dann sagte ich etwas, von dem ich schon vorher wusste, dass es alles nur noch schlimmer machen würde. Aber darauf kam es auch nicht mehr an.

»Muss es wirklich so ein Idiot wie Robby sein?«

Inna sah mich mit hochgezogenen Augenbrauen entsetzt an.

»Bist du sicher, dass du auf so ein Niveau sinken möchtest?«

»Nein. Aber muss es wirklich so ein Idiot wie er sein?«

»Dir ist wirklich nicht mehr zu helfen, Alex.« Inna stand kopfschüttelnd auf. »Ich glaube, das hier hat im Moment gar keinen Sinn. Ist auch egal. Wir haben es ja nicht eilig. Für die Scheidung müssen wir sowieso ein Jahr in Trennung leben.«

Sie hatte schon ein paar Schritte zurückgelegt, als ich endlich aus meiner Erstarrung erwachte und hinter ihr herrief: »Warte, Inna, geh nicht. Bitte.«

Sie blieb stehen und drehte sich um: »Dafür ist es zu spät, Alex.«

»Aber es gibt so viel, was ich dir sagen möchte!«

»Dass du Robby für einen Idioten hältst, oder was?«

»Nein, natürlich nicht. Oder doch, schon.«

»Weißt du was? Lass mich einfach in Ruhe.«

39

In den folgenden Tagen versuche ich ungefähr tausendmal mit Inna zu sprechen. Ich rufe sie an, aber sie legt einfach auf. Und zwar ganz egal, was ich zu ihr sage. Dass ich sie immer noch liebe – aufgelegt. Dass ich mir einen Arm abhacken würde, um es ungeschehen zu machen – aufgelegt. Dass ich noch ein Bein und den anderen Arm drauflege – aufgelegt. Dass ich wirklich der größte Idiot aller Zeiten gewesen bin – nein, sie legt nicht auf, sondern sagt: »Stimmt, Alex. Das warst du wirklich.«

»Aber ich hab's endlich kapiert, Inna. Ich werde mich ändern.«

Aufgelegt.

Nicht einmal meine Appelle wegen der Kinder helfen. Inna möchte einfach nicht mit mir reden. Nicht so lange ich so bin, wie ich bin. Sie bräuchte erst einmal ihre Ruhe. Sie könne mich ohnehin zurzeit nicht ertragen. Immerhin teilt sie mir das mit. Per Mail. Ohne Anrede. Ohne Gruß.

Ich strapaziere die Kapazität ihrer Mailbox und sage, dass es so viele Dinge gäbe, die uns verbinden – die Kinder, das Haus, die Ratenzahlungen für den Wagen, unser Fernseh-

Lotterielos. Erst lässt sie meine Nummer für Anrufe sperren, dann deaktiviert sie ihre Mailbox.

Eine Woche vergeht, und ich habe eine Laune wie Godzilla, während er auf New York zuschwimmt, um es in Schutt und Asche zu legen. Ich koche, ich brodele, ich könnte Feuer spucken. Nicht wegen ihr. Wegen mir.

Alle möglichen Leute kommen im Schuster's vorbei und versuchen mit mir zu reden. Es ist auch nicht so, dass ich mich über ihr Auftauchen nicht freuen oder ihnen nicht zuhören würde. Ich sage bloß nichts. Ich nicke, schüttle mit dem Kopf, gestikuliere mit den Händen oder höre einfach nur zu. Aber ich antworte nicht. Ich schweige. Ich habe nichts mehr zu sagen. Bin immer noch wie Godzilla, nur diesmal mit einem riesigen Betäubungspfeil im Rücken.

Ich war in unserer Beziehung nie der Esoterische. Das war Innas Job. Sie hat meditiert, Tai Chi gemacht, das Haus mit Bachblüten eingesprüht, an Weihnachten die tibetischen Klangschalen geläutet. Eigentlich ist mir das immer auf die Nerven gegangen. Es war ihr Ding.

Jetzt aber passiert irgendetwas mit mir. Es kommt mir vor, als wäre ich von einer Glocke aus reiner Stille umgeben. Vielleicht die Nachwirkung meiner Begegnung mit dem Lama. Die Geräusche von draußen dringen nur gedämpft zu mir vor. Und ich selbst gebe keinen Mucks von mir. Gar nichts. Ich schweige eisern. Tagelang. Keine Ahnung, was mit mir vorgeht. Die Wochen, die hinter mir liegen, kommen mir im Rückblick wie intensiver, unerträglicher Lärm vor.

Jetzt herrscht endlich Stille.

»Er ist endgültig durchgeknallt«, sagt Erik eines Abends im Schuster's zu Bernd.

»Blödsinn, er trauert«, antwortet dieser und schenkt mir einen mitleidigen Blick, den ich so gerne haben möchte wie Beulenpest.

Erik wendet sich mir zu. »Hey, Alex. Du könntest doch einfach einen Block und einen Stift mit dir rumschleppen. Und immer wenn du etwas sagen willst, schreibst du es einfach auf. Nein? Keine gute Idee? Okay, dann halt nicht.«

Bernd, der damit beschäftigt ist, Gläser zu polieren – er hilft jetzt regelmäßig im Schuster's – hüstelt und sagt: »Ich glaube übrigens nicht, dass es mit dir und Inna ernsthaft vorbei ist, Alex. Das kann doch gar nicht sein. Ihr gehört doch zusammen, ihr zwei.«

Ich rupfe das Geschirrhandtuch aus meinem Gürtel und knalle es auf den Tresen. Dann verlasse ich das Schuster's. Wortlos.

Ich hätte gerne ein Panini mit Tomate und Mozarella. Und eins mit Serrano und Rucola. Und eins mit französischer Salami. Und eins mit … ach ne, ich nehme lieber noch einen Hirtensalat.«

Nachdem Sascha seine Bestellung aufgegeben hat, hieft er seine Kilos auf einen der Tresenhocker.

»Hi, Alex. Wie geht's dir?«

»Er redet nicht«, antwortet Erik für mich.

»Echt? Seit wann?«

»Seit Inna einen anderen hat.«

»Und wieso redet er dann nicht? Gott, ist doch nicht so schlimm. Frauen kommen und gehen. So ist das Leben.«

»Sag so was nicht. Er redet zwar nicht, aber er kann dir trotzdem an die Kehle gehen.«

»Ich meine ja nur. Jetzt weiß er endlich, woran er ist. Etwas Altes hört auf, etwas Neues beginnt.«

»Vielleicht will er lieber das Alte«, sagt Bernd.

Sascha zuckt mit den Schultern, leckt sich schmatzend die Finger ab und sagt: »Erik, mach mir bitte noch einen Wrap mit Cajun-Chicken. Und extra viel Sauce. Wie üblich.«

Während Sascha seinen Wrap kaut, beobachtet er mich. Er gibt sich auch gar keine Mühe, es zu verbergen. Direkte, durchdringende Blicke. Dann wischt er sich mit der Serviette den Mund ab, bestellt bei Erik einen Cortado und sagt zu mir: »Weißt du was, Alex? Wenn dir Inna wirklich so viel bedeutet, dann wird es einfach Zeit, dass du deinen faulen Hintern in Bewegung setzt und ihr das klarmachst. Hast du nämlich, soweit ich mich erinnere, ziemlich lange nicht getan. Und die Tatsache, dass sie einen anderen hat … Mein Gott, jetzt sei nicht so verdammt kleinlich. Denk an das, was du getan hast.«

Ich sehe ihn an, nicke, verarbeite seine Worte. Dann springe ich auf, umrunde den Tresen und drücke Sascha einen Kuss auf die Wange.

Sogar Marianne gibt mir die Ehre. Sie kommt kurz vor Feierabend ins Schuster's, wartet bis die letzten Gäste gegangen sind und fragt dann: »War das dein Ernst, Alex?«

Ich sehe sie fragend an.

»Ich meine, Inna hat lange darauf gewartet, dass du dich rührst. Und lange ist nichts passiert. Falls es dir nicht klar ist: Du bist, oder du warst, mit einer verdammt attraktiven Frau verheiratet. Und du kannst nicht erwarten, dass in der Zwischenzeit nichts passiert!«

Ich zucke mit den Schultern.

»Du redest immer noch nicht?«

Ich nicke bestätigend.

»Okay, mach was du willst. Aber das ändert nichts daran, dass du Inna offenbar schlecht kennst, wenn du meinst, mit dieser Ich-bin-ein-Mönch-und-rede-nicht-Tour könntest du bei ihr etwas erreichen.«

Ich mache eine ergebene Geste, mit der ich ausdrücke, dass das nicht meine Absicht ist.

»Vor allem kann Inna keine Gedanken lesen. Wenn sie dir also wirklich so viel bedeutet, wie es den Anschein hat, dann solltest du schleunigst deine Sprache wiederfinden und mit ihr reden.«

»Aber sie redet doch nicht mit mir«, sage ich und durchbreche damit zum ersten Mal seit Tagen mein Schweigegelübde.

»Dann musst du dir halt etwas einfallen lassen.«

»Aber was?«

»Ist dein Job, das rauszufinden.«

»Dann glaubst du also nicht, dass es zu spät ist? Meinst du, ich habe noch eine Chance?«

»Nein. Aber nutze sie.«

40

Ich habe keine Chance. Aber ich sollte sie nutzen. Mariannes Worte wecken mich. Sie hat recht. Alle haben recht. Vor allem hat Inna recht. Ich habe immer nur an mich gedacht. An mich, an mich, an mich. Ich darf mich also nicht beschweren über das, was geschehen ist.

Aber ich muss es auch nicht einfach hinnehmen.

Ich weiß jetzt, was ich zu tun habe.

Ich muss das wiederholen, was ich vor langer Zeit schon einmal getan habe. Um genau zu sein, vor fünfzehn Jahren. Ich muss sie erobern. Sie hat es mir damals nicht leicht gemacht, und sie wird es mir auch jetzt nicht leicht machen. Aus gutem Grund nicht. Damals hat sie mir nicht getraut. Und jetzt traut sie mir auch nicht. Darum muss ich ihr beweisen, dass ich ihr Vertrauen verdiene.

Und dann werde ich mit dem kleinen Robby-Problem garantiert auch fertig.

Am nächsten Morgen klingelt der Wecker um Viertel vor sechs – und das, obwohl ich keine Kinder wecken, ihnen Frühstück machen und in die Schule fahren muss.

Ich springe von meinem Feldbett im Schuster's auf,

schlüpfe in die bereitgelegten Joggingklamotten und mache mich auf den Weg. Es ist ein kalter, finsterer Oktobermorgen. Ich setze mich in den Wagen und fahre los. Der Berufsverkehr hat schon eingesetzt, aber das juckt mich nicht. Ich fahre schnell, weil ich auf keinen Fall zu spät kommen will.

Ich parke den Wagen am oberen Alsterlauf und trabe los. Es dauert nur ein paar Minuten, und dann sehe ich sie. Sie ist dreimal in der Woche hier, immer vor der Arbeit. Wer wüsste das besser als ich.

Früher sind wir oft zusammen gejoggt, nachdem sie mich davon überzeugt hatte, dass Sport nicht Mord, sondern das Gegenteil ist. Meistens sind wir abends gelaufen, nachdem wir das Tagesgeschäft hinter uns gebracht hatten. Wir sind nebeneinander hergetrabt, haben uns dabei unterhalten – das heißt, meistens hat sie geredet, und ich habe gehechelt. Wir haben uns gut gefühlt. Lebendig. Jung.

Irgendwann habe ich das Laufen aufgegeben, wegen meinem Knie, und weil ich zu meiner ursprünglichen Meinung in Bezug auf Sport zurückgekehrt war. Sie fand's schade. Ich fand's eine Wohltat. Aber jetzt weiß ich, dass sie recht gehabt hat.

Ich lege einen Zahn zu und hole sie ein. Sie sieht mich überrascht an, sagt aber kein Wort. Und ich auch nicht.

Ich trabe einfach neben ihr her. So wie früher. Ich fange an zu hecheln, so wie früher. Mein Knie schmerzt höllisch. Aber ich halte durch. Nach ungefähr drei Kilometern macht sie kehrt. Ich bleibe an ihrer Seite. Wir haben immer noch kein Wort miteinander gesprochen.

Dann erreichen wir den Punkt, an dem mein Wagen steht.

Ich stoppe, beuge mich keuchend nach vorne und halte mir die Seiten. Sie läuft weiter. Nach ungefähr hundert Metern dreht sie sich um und lächelt. Dann trabt sie weiter und verschwindet aus meinem Blick.

Als ich Sascha erzähle, dass ich nicht bereit wäre, Inna einfach so aufzugeben, zuckt er mit den Schultern und sagt: »Na ja, Gott, tu, was du nicht lassen kannst. Mir ist ja nur wichtig, dass du überhaupt wieder deine Augen für eine Frau öffnest. Wenn es zufällig dieselbe ist, mit der du die letzten fünfzehn Jahre verbracht hast, soll es mir recht sein.«

»Danke, Sascha.«

»Kein Problem. Und jetzt lass uns was essen gehen.«

Gerrit, dem ich das Gleiche erzähle, klopft mir anerkennend auf die Schulter. »Super Entschluss, Alex. Die Jammerlappen-Tour der zurückliegenden Wochen muss echt aufhören. Ich bin stolz auf dich.«

»Das Problem ist, dass ich einfach außer Übung bin, was Frauen angeht. Ich habe seit fünfzehn Jahren keiner mehr den Hof gemacht.«

»Stimmt, aber dafür hast du einen entscheidenden Vorteil, glaub mir. Die Frau, um die du dich jetzt bemühen willst, kennst du ziemlich gut. Du weißt, was sie mag und was sie nicht mag. Das solltest du ausnutzen.«

Ich sehe Gerrit lächelnd an. »Danke für den Tipp. Ich habe auch schon spontan ein paar Ideen.«

Am nächsten Morgen bitte ich Bernd, seinen Laptop anzuwerfen. Ich google mich durch verschiedene Floristen-

Homepages, aber anstatt mich für einen Anbieter zu entscheiden, schicke ich einfach an alle einen Auftrag ab. Rote Rosen. Und zwar gleich die Jahresernte. Ich werfe sozusagen florale Streubomben über Inna ab. Das wird sie nicht kaltlassen.

Zwei Tage später gleicht das Schuster's seinerseits einem Blumenladen. Inna hat sämtliche Sträuße zurückgeschickt. Kostenpflichtig. Die Briefe, die in den Umschlägen zwischen den Blüten stecken, sind ungeöffnet.

Den alleinerziehenden Müttern, die auch heute mal wieder zwei Drittel der Gäste ausmachen, gefällt die neue Deko im Laden. Mir nicht. Darum drücke ich jeder von ihnen einen Strauß in die Hand. Dann rufe ich ein paar der Blumenläden an und sage ihnen, dass sie weitermachen sollen. Ich flirte so, wie die Amerikaner Krieg führen: So lange Bomben abwerfen, bis der Gegner kapituliert.

Abends läuft *Cyrano de Bergerac* mit Gérard Depardieu im Fernsehen. Ich sehe zwar weder so blendend aus wie Christian von Neuvillette noch habe ich eine so monströse Nase wie Cyrano. Aber trotzdem bringt mich der Film auf eine gute Idee.

Am nächsten Morgen passe ich Walter Tugenthat ab, ein Schanzenbewohner und Stammkunde im Schuster's. Walter ist Schriftsteller, trinkt jeden Morgen bei mir seinen Kaffee und hat mir schon oft von seinen Büchern erzählt. Er schreibt romantische und sehr erfolgreiche Liebesromane. Ich lege ihm meinen Fall dar, er zuckt mit den Schultern und macht sich bereitwillig an die Arbeit.

In den folgenden Tagen bekommt Inna jeden Tag einen so hinreißenden Liebesbrief, dass ich mich glatt in mich selbst verlieben würde, wenn ich diese Briefe wirklich geschrieben hätte.

Das muss einfach funktionieren! Inzwischen sind auch Erik und Bernd in den Plan eingeweiht und warten voller Spannung darauf, was geschieht. Und ob Inna im Schuster's auftaucht.

Eine Woche später allerdings steht Walter Tugenthat kleinlaut vor meinem Tresen und erklärt mir, dass Inna ihn angerufen und zum Essen eingeladen hätte.

»Wie bitte? Warum das denn?«, frage ich verdutzt.

»Na ja, wegen der Briefe halt.«

»Aber die habe *ich* ihr doch geschickt. Und *ich* habe sie auch unterschrieben.«

»Sie hat mich angerufen und rundheraus gefragt, ob ich zu deinem Ghostwriter geworden wäre. Ich habe es natürlich abgestritten, aber sie hat's mir nicht geglaubt.«

»Na, super.«

»Und dir soll ich ausrichten, dass du alles nur noch schlimmer machen würdest mit so einem Scheiß.«

Julian taucht wieder mal im Laden auf. »Hey, Alex.«

»Hey, Julian. Was geht?«

»Frag bitte ganz normal: Wie geht's dir? *Was geht* sagt man nicht mehr, wenn man alt ist. So wie du.«

»'tschuldigung.«

»Schon gut.«

»Also, wie geht's dir?«

»Schlecht. Inna nervt total. Geht mir total auf den Sack.

Ach ja, und lass den Blödsinn mit den Blumen, okay. Sie schmeißt sie sofort in die Mülltonne.«

Ich seufze niedergeschlagen. Ich hatte mich schon gefreut, weil keine Sträuße mehr retour kamen. Das ist also der Grund.

»Okay«, sage ich.

»Und Robby nervt auch. Der quatscht nur blödes Zeug, Yin und Yang und so einen Müll. Aber abends hockt er dann vor dem Fernseher und sieht Trash. *Kung-Fu*-Filme, *Stefan Raab*, *Big Brother*.«

»Er sitzt zu Hause vor dem Fernseher? Bei uns?«

»Na ja, nur einmal. Oder zweimal. Und er furzt rum, weil er dieses Körnerzeug frisst.«

»Und Inna? Ich meine, die hasst es, wenn einer ...«

Julian rollt mit den Augen. »Wie gesagt, die ist gerade nicht ganz dicht. Wird echt Zeit, dass du wiederkommst, Alex.«

»Leichter gesagt als getan.«

»Ach, komm schon. Ehrlich! Das glaube ich einfach nicht, dass es vorbei ist. Kann nicht sein.«

»Ich arbeite dran.«

»Kann ich helfen?«

»Mal sehen. Ich denke drüber nach.«

Wenn Rosen und Liebesbriefe nicht helfen, muss ich mir eben etwas anderes einfallen lassen. Vielleicht etwas Moderneres. Wer könnte da ein besserer Berater sein als eben Julian, mein siebzehnjähriger Ziehsohn?

Da er auch am nächsten Tag wieder im Schuster's auftaucht, spreche ich ihn einfach direkt drauf an. Er hört mir zu, grinst und gibt mir dann einen Ratschlag, der Gold wert ist.

In dieser Nacht geschieht in einer ruhigen Wohnstraße in Sasel etwas, das es sogar zwei Tage später in die Lokalseiten des *Hamburger Abendblattes* schafft. Ein etwa vierzig- bis fünfzigjähriger Mann in einem dunklen Kapuzenpullover schleicht durch die Nachbarschaft und immer wieder ist ein seltsames Zischgeräusch zu hören.

Als die Anwohner der Straße am nächsten Tag vor die Tür treten, trauen sie ihren Augen nicht. Auf der Straße, auf den Grundstücksmauern, sogar auf den geparkten Autos hat sich ein unbekannter Sprayer zu schaffen gemacht. Und überall steht dieselbe Botschaft: Dass er die in derselben Straße lebende I. über alles liebt und um Verzeihung bittet.

So unbekannt scheint der Sprayer nicht gewesen zu sein, denn schon am selben Nachmittag taucht ein Kripobeamter im Schuster's auf, legt eine Reihe von Beweisfotos auf den Tresen und fragt mich, ob ich das gewesen wäre. Ich zucke nur mit den Schultern.

»Sie streiten es also nicht ab?«, fragt der Bulle.

»Nein, natürlich nicht.«

»Das wird ziemlich teuer, Herr Zimmer. Sie bekommen dann in den nächsten Wochen eine Vorladung vor Gericht.«

»Wer hat mich verraten?«, frage ich den Polizisten.

»Wer wohl? Ihre Frau. Sie hat mir Ihre Adresse gegeben.«

»Und? Was hatten Sie für ein Gefühl? War sie wenigstens beeindruckt von der Aktion?«

Der Kripobeamte bekommt einen milderen Gesichtsausdruck. »Nein, ich fürchte nicht. Sie war eher wütend. Ich kenne das übrigens. Mit meiner Ehe ist es vor zwei Jahren auch zu Ende gewesen …« Der Kripobeamte wischt sich einmal kurz über die Augen, packt dann die Fotos ein und sagt ziemlich lange gar nichts. Dann nickt er mir entschieden zu und meint: »Tja, wie es aussieht, kann der Täter in dieser Sache nicht ermittelt werden. Tut mir leid, dass ich Sie belästigen musste, Herr Zimmer. Und viel Glück. Geben Sie nicht auf.«

»Danke«, sage ich. Es geschehen doch noch Wunder.

»Ich wüsste nicht wofür.« Er tippt sich an die Stirn und verlässt das Schuster's.

Inzwischen fiebern nicht nur Erik und Bernd mit mir mit, sondern so gut wie alle Stammkunden. Viele von ihnen unterstützen mich sogar. Die Online-Worker zum Beispiel, die den ganzen Tag mit ihren Laptops im Laden sitzen, richten eine Homepage für mich ein, auf der man offiziell eine Petition unterschreiben kann, in der Inna aufgefordert wird, mir noch einmal eine Chance zu geben. Dank des gigantischen Mail-Verteilers, über den die Jungs verfügen, wird die Petition binnen dreier Tage von fast zehntausend Menschen unterschrieben. Wieder berichten mehrere Zeitungen darüber, und sogar ein Radio-Feature wird gesendet.

Die Fahrradkuriere erklären sich bereit, bei jeder Tour, die sie nach Sasel führt, an Innas Haustür zu klingeln und weitere Briefe von mir abzugeben – diesmal sind sie alle selbst verfasst.

Die Schauspieler, die zu meinen Kunden zählen, geben mir gratis Sprechunterricht und bringen mir Gesichtsausdrücke bei, die ich unbedingt aufsetzen sollte, wenn ich das nächste Mal mit Inna spreche.

Sogar die alleinerziehenden Mütter beginnen, mir zu glauben, dass ich es mit Inna wirklich ernst meine und mein Verhalten bereue. Sie ergreifen endgültig Partei für mich, als Emma und Julian im Schuster's auftauchen und beteuern, dass sie sich freuen würden, wenn Inna und ich wieder zusammenkämen.

All das tut mir unglaublich gut. Aber es ändert nichts an der Tatsache, dass Inna auf keinen meiner vielen Annäherungsversuche reagiert.

Davon kann ich mich dreimal in der Woche morgens überzeugen, wenn ich neben ihr herjogge. Sie ignoriert mich immer noch und meistens schenkt sie mir nicht einmal ein Lächeln zum Abschied.

Wenn ich es richtig sehe, ist Inna zweimal in der Woche in Winterhude. Beim Tai Chi«, sagt Erik eines Tages zu mir.

»Ja, das stimmt.«

»Wieso fährst du jeden Morgen nach Sasel raus, um neben ihr zu joggen, anstatt sie einfach mal da abzupassen?«

»Erstens weil das mit dem Joggen nach Zufall aussieht. Und zweitens hängt da doch dieser Robby rum.«

»Ach, und vor dem hast du Angst, oder was?«

»Nein, keine Angst. Nur … ich habe einfach keine Lust, den beiden dabei zuzugucken, wie sie miteinander rummachen. Das muss nun wirklich nicht sein«, entgegne ich unwirsch.

»Na ja. Vielleicht ist es gar nicht so toll mit ihnen. Oder du könntest dafür sorgen, dass es nicht so toll ist.«

Ich blicke Erik überrascht an. Gar keine schlechte Idee, denke ich.

Schon am nächsten Abend bin ich Teilnehmer eines Tai Chi-Kurses, der von Robby geleitet wird und in dem Inna als fortgeschrittene Schülerin assistiert. Als ich reinkomme, passiert zunächst gar nichts. Inna sieht mich zwar – aber dann ist es so, als wäre ich aus Glas. Robby verhält sich genauso. Die beiden ignorieren mich. Aber immerhin schicken sie mich auch nicht wieder raus.

Neben mir stehen im Übungsraum ungefähr fünfzehn andere Anfänger, die mir beweisen, dass sich das Aussehen des typischen Tai Chi-Schüler in den zurückliegenden Jahren gewaltig verändert hat. Nur drei oder vier der Teilnehmer sehen aus wie ich es mir vorgestellt habe, also unsportlich, kränklich und esoterisch.

Ansonsten sind da zwei junge, schlanke, durchtrainierte Frauen, ein paar ebenso schlanke und durchtrainierte Rentner und ein paar ebenfalls ziemlich fitte Mittvierziger, die mir schon im Vorraum unaufgefordert erklärt haben, dass sie endlich mal etwas anderes als Krafttraining und Ausdauersport machen wollten. Etwas für den ganzen Körper halt. Und für die Seele gleich dazu.

Inna und Robby, die weiterhin so tun, als wenn sie mich nicht kennen würden, begrüßen uns Teilnehmer mit einer Verbeugung. Dann erklären sie uns, dass Tai Chi eine alte chinesische Bewegungskunst sei, die zwar in erster Linie als Gesundheitssport gilt, aber durchaus auch kämpferische Elemente hätte. Beides würden sie uns nun erst einmal demonstrieren.

Robby vollführt daraufhin ein paar Bewegungen, die nach einer Mischung aus Kung-Fu in Slowmotion und *Schwanensee* unter Drogen aussehen. Dazu murmelt er ein paar Begriffe wie *Der Phönix breitet seine Schwingen aus* oder *Die Schlange kriecht am Boden lang*. Aha.

»Und wieso ist das eine Kampfkunst?«, fragt daraufhin einer der jungen Kerle.

»Kann ich euch gerne zeigen«, erklärt Inna lächelnd. Sie lässt ihren Blick durch den Raum schweifen, bis er bei mir zum Stehen kommt. Dann sagt sie: »Komm du doch mal nach vorne.«

»Ich?«

»Ja, du. Na los, nicht so schüchtern. Immerhin hast du dich ja auch hierhergetraut.«

Die übrigen Teilnehmer lachen. Ich habe ein ganz mieses Gefühl. Ich trete aus der Menge. Dann packt Inna mich mit einer blitzschnellen Bewegung am Kragen und wirft mich mit einem rasanten Fußfeger zu Boden.

»Autsch«, sage ich.

»Hat's etwa wehgetan?«, fragt sie laut und deutlich. Dann beugt sie sich zu mir und sagt so leise, dass nur ich es hören kann: »Geschieht dir recht.«

»Du übertreibst, Inna.«

»Selbst schuld, wenn du hier einfach so aufkreuzt.«

Dann steht sie auf und sagt wieder mit lauter Stimme: »Hat es jeder gesehen?«

»Nein, können Sie es noch einmal zeigen«, sagt daraufhin eine der jungen, gut aussehenden Frauen. Na, danke auch.

Nachdem ich wieder aufgestanden bin, lässt Inna mich einen Faustschlag in Richtung ihres Gesichts simulieren. Sie packt mich am Handgelenk und hebelt mich, sodass ich unter einem Schmerzensschrei in die Knie gehe.

Dann beugt sie sich dicht neben mich und flüstert in mein Ohr: »Was in Gottes Namen willst du hier, Alex?«

»Das weißt du doch, Inna. Ich will in deiner Nähe sein.«

»Und darum tauchst du hier einfach so auf? Obwohl ich dir gesagt habe, dass ich nichts von dir hören oder sehen möchte? Reicht es dir nicht, dass du schon dreimal in der Woche morgens hinter mir herstalkst?«

»Nein, reicht mir nicht.«

»Selbst schuld. Auf Wiedersehen.«

Ohne ihren Handgelenkshebel zu lösen, lässt sie mich aufstehen und schiebt mich dann zur Tür hinaus. Begleitet von den verständnislosen Blicken der übrigen Teilnehmer mache ich mich aus dem Staub.

War wohl nix.

41

Ich kann es nicht leugnen. Ich komme einfach nicht vom Fleck. Seit fast sechs Wochen gebe ich mir nun Mühe, Inna dazu zu bewegen, mich zu erhören. Ohne Erfolg. Sie redet immer noch nicht mit mir, legt immer noch den Telefonhörer auf, wenn ich anrufe, beantwortet weiterhin keine meiner Mails. Wie soll ich ihr da sagen, dass ich alles, was passiert ist, bereue? Dass ich verstanden habe? Dass ich mich ändern werde? Und dass ich möchte, dass wir wieder zusammen sind?

Mir ist klar, dass jetzt nur noch das ultimative Mittel hilft. Das von dem ich gehofft hatte, dass ich es nicht einsetzen muss.

Aber ich muss.

Ich ziehe wieder nach Hause.

Das heißt, natürlich nicht richtig nach Hause, denn das darf ich ja nicht. Erstens komme ich gar nicht zur Tür herein, weil Inna in der Zwischenzeit das Schloss ausgewechselt hat. Und außerdem würde sie mich auf der Stelle wieder rausschmeißen, wenn ich trotzdem reinginge. Oder von der Polizei abführen lassen.

Also besorge ich mir ein Zelt und schlage es in meinem eigenen Vorgarten in Sasel auf. Da es inzwischen Anfang

November ist, ist das zwar alles andere als gemütlich. Aber es ist ein Zeichen, das Inna einfach anerkennen muss. Ich bin bereit zu leiden. Für sie. Für uns. Und dafür, dass alles wieder gut wird.

Zwei Wochen später habe ich erstens Rheuma, und zweitens bin ich um eine Erkenntnis reicher: Inna muss gar nichts anerkennen. Tag für Tag geht sie an meinem Zelt vorbei, ohne mich eines Blickes zu würdigen. Sie ignoriert mich.

Mein Trost besteht darin, dass ich wenigstens wieder regelmäßigen Kontakt zu meinen Kindern habe. Emma und Julian besuchen mich jeden Abend draußen im Zelt und finden es richtig romantisch. Meistens haben sie Poggy, unseren Labrador-Mischling, dabei, und der bleibt dann sogar über Nacht bei mir und wärmt mich.

Die Kinder versorgen mich außerdem immer wieder mit heißem Tee und schmuggeln Portionen von ihrem Abendessen nach draußen.

»Warum kommst du nicht einfach rein, Papa?«, fragt Emma mich bei einem ihrer Besuche.

»Weil Mama das nicht möchte.«

»Und bleibst du jetzt immer hier im Zelt wohnen?«

»Ich weiß nicht. Ja, kann sein.«

»Ist das nicht zu ungemütlich?«, fragt Julian.

»Ja, eigentlich schon. Ich hoffe, dass Inna weiß, dass ich das nur für sie tue.«

»Sie meint, dass du stinkst«, erklärt Emma.

»Das hat sie gesagt?«, frage ich verblüfft.

»Ja. Und sie hat recht. Du könntest wenigstens reinkommen und duschen. Vielleicht wenn Mama nicht da ist.«

»Das würde ich gerne, Schätzchen. Aber ich befürchte, dass Mama mir das sehr übelnehmen würde.«

»Wir müssen es ihr ja nicht erzählen.«

Am nächsten Tag bewege ich mich wie ein Einbrecher durch mein eigenes Haus. Ich benutze die Dusche und mache mich in der Küche zu schaffen, achte aber peinlich genau darauf, keinerlei Spuren zu hinterlassen. Ich mache also eigentlich genau das, was Inna schon in den letzten zehn Jahren von mir gewollt hat.

So geht es eine ganze Woche lang. Ich dusche in meinem Badezimmer, koche in meiner Küche, esse in meinem Wohnzimmer und sehe danach sogar mit den Kindern fern – immer auf der Hut, sollte Inna nach Hause kommen.

Genau wie früher lasse ich allerdings mit der Aufmerksamkeit allmählich nach. Fettspritzer am Herd, Haare im Abfluss, nicht abgeräumte Teller im Wohnzimmer, der Fernseher auf Stand-by.

Natürlich merkt Inna es. Und natürlich rechne ich damit, dass sie mich jetzt von einem Sondereinsatzkommando der Polizei aus unserem Vorgarten räumen lässt (nachdem sie vorher einen anonymen Hinweis absetzt und behauptet, ein Al-Quaida-Kommando würde vor ihrem Haus biwakieren).

Zu meiner großen Überraschung aber bleibt sie am nächsten Morgen einfach nur kurz vor dem Zelt stehen und sagt: »Räum wenigstens deine Teller weg, wenn du in der Küche bist. Und mach verdammt noch mal den Abfluss der Dusche sauber.«

Als ich hektisch den Reißverschluss vom Zelt öffne, ist sie

schon in ihren Wagen gestiegen und weggefahren. Ich blicke ihr lange hinterher. Sie hat mit mir geredet!

Eine Stimme reißt mich aus den Gedanken. »Hey, Alex. Trainierst du für einen Wettbewerb, oder so? Irgendetwas fürs Guinnessbuch?«

Ich blicke überrascht zur Seite. Unser Nachbar Rolf steht vor seiner Wohnungstür, guckt geradesaus ins Nichts und schlürft aus einer Kaffeetasse.

»Nein, Rolf. Kein Rekordversuch. Und auch kein Wettbewerb. Ich will einfach nur wieder nach Hause.«

»Beeindruckend.«

»Hoffentlich.«

»Willst du einen Kaffee?«

»Ja, wäre nett.«

»Los, komm rüber. Es gibt auch Brötchen, wenn du willst.«

Ich sehe ihn überrascht an. Besonders viel Kontakt hatten wir bisher nicht, und das obwohl wir seit Jahren nebeneinander leben. »Danke, Rolf. Das ist wirklich aufmerksam.«

»Ist doch Ehrensache, so unter Nachbarn.«

Die Fortschritte sind winzig, aber sie sind unübersehbar. Eines Morgens steht ein dampfender Becher Kaffee vor meinem Zelt. Gut, er ist ohne Zucker und Milch, obwohl ich beides nehme – und Inna weiß das. Aber die Geste zählt schließlich.

Als es eines Abends zu schneien anfängt, öffnet Julian das Zelt und wirft mir eine Daunendecke hin. »Soll ich dir von Mom geben.«

»Wow. Hat sie noch irgendetwas gesagt?«

»Sie will nicht, dass du erfrierst, weil die Beerdigungskosten heutzutage unverschämt hoch wären.«

»War ihr Tonfall wenigstens nett?«

»Nein.«

Dennoch hat sie mir die Decke gegeben. Immerhin.

42

Mitte Dezember liegt Emma mit einer heftigen Erkältung im Bett. Inna rüttelt abends an der Zeltplane und sagt: »Es wäre nett, wenn du dich eine Weile ans Bett deiner Tochter setzt und sie tröstest. Es geht ihr nicht gut.«

Kurz darauf bin ich in Emmas Zimmer und lese meiner schniefenden und vor Fieber schwitzenden Tochter aus einem ihrer Lieblingsbücher vor. Es ist das erste Mal, dass Inna und ich gemeinsam zu Hause sind. Nachdem Emma eingeschlafen ist, will ich wieder nach draußen ins Zelt gehen. Inna ruft mir aus der Küche zu: »Hast du schon was gegessen? Ein Rest ist noch da.«

Wir sitzen zu dritt am Tisch, Inna, Julian, ich. Wir reden nicht, weil Inna, als ich etwas sagen möchte, energisch den Kopf schüttelt. Dennoch erfahren wir in dieser halben Stunde mehr Gemeinsamkeit als in den ganzen letzten Monaten. Bevor ich aufstehe, blickt Julian uns an und sagt: »Mir fehlen die Worte, um euch zu sagen, wie beknackt ihr seid. Aber sobald ich sie gefunden habe, lasse ich es euch wissen.«

Innas und mein Blick begegnen sich. Ein kurzes Lächeln huscht über ihre Züge. Sie sieht gut aus, denke ich. Ein wenig müde, aber ungeheuer anziehend.

Ich gehe mit Julian und Emma Weihnachtsgeschenke einkaufen. Unterwegs machen wir am Weihnachtsmarkt halt und essen Reibekuchen. Julian besteht außerdem auf einem Glühwein mit Schuss. Ich seufze und gebe nach, wenn auch nicht auf ganzer Linie. Glühwein ja, Schuss nein.

»Feiern wir Weihnachten zusammen?«, fragt Emma.

»Das würde ich gerne, Schätzchen. Aber ich glaube nicht, dass Inna damit einverstanden ist.«

»Frag sie doch einfach«, sagt Julian.

»Ich weiß nicht. Vielleicht möchte sie ja auch mit euch und Robby feiern.«

»Wieso das denn?«

»Na ja, ich glaube, eure Mutter und Robby mögen sich.«

Julian klopft sich mit dem Zeigefinger gegen die Stirn. »Das ist längst vorbei. Oder hast du ihn etwa in den letzten Wochen hier gesehen? Du lagst doch die ganze Zeit vor der Tür. Sozusagen.«

»Stimmt. Er war nicht da.«

»Eben. Sie hat ihn abgeschossen. Ist nur noch ihr Tai-Chi-Lehrer. So wie früher.«

»Das hat sie gesagt?«

»Hat sie.«

Rosen, Briefe, Gedichte, Joggen, Tai-Chi, Zelten – ich weiß nicht, was davon gewirkt hat. Oder ob überhaupt etwas davon gewirkt hat.

Aber eines Tages kurz vor Weihnachten steht Inna plötzlich vor dem Zelt und bittet mich rauszukommen.

Ich ziehe den Reiverschluss auf, stecke den Kopf ins Freie und sage: »Hallo. Was für eine Überraschung.«

»Spar dir den spöttischen Tonfall.«

»Er war nicht spöttisch.«

»Willst du reinkommen?«

»Darf ich denn?«

»Sonst würde ich nicht fragen.«

Sie kocht sich selbst einen Tee, ich schenke mir ein Glas Weißwein ein. Wir setzen uns an den Küchentisch. Ich gehe zur Anlage im Wohnzimmer, lege eine CD von Radiohead ein. Inna steht kommentarlos auf und macht die Musik aus. Ich stehe kommentarlos auf und mache die Musik wieder an. Sie steht auf, macht sie wieder aus.

»Wenn du die Kacke wieder anmachst, machen wir nicht weiter.«

In Ordnung, also keine Musik. Nur sie und ich.

Zum ersten Mal seit Ewigkeiten ist sie nicht wütend. Oder höchstens ein kleines bisschen. So wie immer. Sie räuspert sich, trinkt einen Schluck Tee, konzentriert sich, trinkt erneut und wendet schließlich ihren Blick mir zu. »Ich gebe zu, dass du mich beeindruckt hast in den zurückliegenden Wochen. Das mit den Rosen fand ich zwar albern und über die Briefe von Walter habe ich mich geärgert. Das mit der Sprayeraktion war krank, und ich frage mich, warum du dafür nicht im Gefängnis gelandet bist. Und auch dass du vor dem Haus im Zelt wohnst, dass du beim Joggen auftauchst und dich einfach in unser Haus schleichst … alles ziemlich unterirdisch. Aber trotzdem, ich bin beeindruckt. So viel Durchhaltevermögen hätte ich dir nicht zugetraut.«

»Ich …«

»Warte, ich bin noch nicht fertig. Ich habe dich bestimmt nicht so lange zappeln lassen, weil es mir Spaß macht. Oder weil ich es genießen könnte, wie du dich abstrampelst. Ich dachte, dass es gut für dich selbst ist. Um dir endlich klar über dich selbst zu werden.«

»Das habe ich geschafft, Inna. Ich bin mir klar geworden.«

Sie lächelt, schüttelt aber den Kopf. »Ja, vielleicht. Vielleicht aber auch nicht. Es ist viel passiert, Alex, und es ist viel kaputtgegangen. In mir, zwischen uns, vielleicht auch in dir. Das weiß ich nicht. Ich selbst werde lange Zeit brauchen, bis ich dir wieder vertrauen kann.«

»Aber heißt das, dass du es versuchen möchtest? Heißt das, dass du mir die Chance gibst, es dir zu zeigen?«

»Das tue ich schon seit Längerem. Ich meine, die Sache mit dem Zelt ... Wenn ich dir oder uns keine Chance geben würde, hätte ich es bestimmt nicht hingenommen. Das heißt, am Anfang war ich mir nicht sicher. Ich dachte, dass du aufgibst. Dann hat es sich verändert. Ich wurde neugierig. Und sogar zuversichtlich.«

»Das freut mich«, sage ich leise. »Wirklich.«

Sie greift über den Tisch und trinkt aus meinem Glas einen Schluck Weißwein. Ich sehe sie fragend an, sie nickt, ich stehe auf und hole ein zweites Glas.

»Weißt du, wovor ich Angst habe, Alex? Davor, dass du denkst, dass alles wieder in Ordnung ist. Jedenfalls wenn du wieder nach Hause zurückkommst. Ich habe Angst davor, dass alles viel zu schnell wieder genauso wird wie vorher.«

»Das wird es nicht«, sage ich.

»Wie kannst du dir so sicher sein?«

Ich senke den Blick und muss schlucken. »Die zurückliegenden Monate sind nicht spurlos an mir vorbeigegangen. Ich habe eine Menge gelernt, über mich, über mein Leben, über das, was ich erwarte, was ich erhoffe, was ich mir wünsche.«

»Was wünschst du dir?«

»Dass wir es noch einmal versuchen. Nicht mehr, nicht weniger. Ein Versuch. Ich denke nicht, dass alles wieder in Ordnung ist. Ich weiß, dass es nicht so ist. Aber ich weiß auch, dass da noch eine Menge zwischen uns ist. Viel zu viel, um einfach aufzugeben.«

»Und Sandra?«

Ich mache eine wegwerfende Handbewegung. »Ich sage es ungern, aber sie ist mir völlig egal. Wir haben uns nur einmal wiedergesehen. Es hatte nichts zu bedeuten. Nein, das stimmt nicht. Natürlich hatte es in dem Moment etwas zu bedeuten. Aber nicht *das*. Trotzdem war es wichtig, um mir klar zu werden, was ich will. Ich will dich.«

»Es tut gut, das zu hören.«

»Was ist mit Robby?«

Inna lächelt. »Oh, er hat seine Qualitäten. Tai-Chi-Männer können Dinge, die …«

»Geh bitte nicht ins Detail«, unterbreche ich sie.

»Eifersüchtig?«

»Worauf du einen lassen kannst.«

Wir trinken schweigend. Ein paar Minuten vergehen.

»In Ordnung, lass es uns versuchen«, sagt sie dann. »Aber ohne Garantie.«

»Ich weiß«, sage ich.

Wir schlafen in dieser Nacht miteinander. Ich muss an die Qualitäten von Tai-Chi-Männern denken, an Sandra, an die ganzen zurückliegenden Monate. Nach und nach aber verblassen die Gedanken, und ich sehe Innas Gesicht vor mir, wie ich es lange nicht mehr gesehen habe. Das Gesicht einer vertrauten Fremden. Einer fremden Vertrauten. Sehr nahe dran, ziemlich weit weg.

43

Direkt nach Weihnachten fliegen Inna und ich für eine Woche nach La Gomera, um den Jahreswechsel dort zu verbringen. Julian ist uns dankbar, weil er die Silvesternacht nun hemmungslos und ohne unsere Aufsicht mit seinen Freunden genießen kann. Emma ist zuerst traurig, weil wir sie alleine lassen, aber nachdem klar ist, dass sie die ganze Woche bei ihrer Freundin Anna-Lena verbringen kann, ist sie versöhnt.

Inna und ich bewohnen eine kleine Bauernkate in der Nähe der Küste. Wir schlafen lange, lesen, schwimmen. Abends sitzen wir mit den Hippies am Strand, kiffen ein wenig, trinken Wein aus der Flasche, fühlen uns wie damals, ganz am Anfang. Die Robinson-Familie. Diesmal sogar nur zu zweit. Die Sonne geht nur für uns am Abend unter, und sie geht nur für uns am Morgen auf.

Wir besprechen, wie es weitergehen könnte. Was wir ändern wollen. Ich werde das Schuster's aufgeben und einen richtigen Job als Manager eines Restaurants annehmen. Und sie wird sich ihren lang gehegten Traum erfüllen – und einen Laden für Blumen und edle Schreibwaren aufmachen. Nicht in der Schanze, sondern in Winterhude. Rollentausch. Seitenwechsel. Es ist okay. War sowieso Zeit, etwas Neues anzufangen. Für uns beide.

Ich telefoniere mit Bernd, der dank seiner Mitarbeit im Schuster's regelrecht aufgeblüht ist. Er wird dort ein guter Nachfolger für mich sein. Und Erik wird ihn unterstützen, damit der Laden gut läuft.

Achim ruft zwischendurch an und erzählt mir, dass er sich von Ludmilla getrennt hat. Schmerzlich, aber okay. Als ich den Grund erfahren will, druckst er herum. Natürlich geht es um eine andere Frau. Statistisch gesehen müsste die nun unter zwanzig sein, aber er lacht und sagt, dass ich mich irre. Rebecca wäre Mitte dreißig. Na dann, sage ich.

Sascha fährt nach Madrid, wo er während seines letzten Urlaubs einen Mann kennengelernt hat. Und er wird eine Diät machen. Vielleicht.

Gerrit teilt mir mit, dass er einer Frau namens Jeanette einen Antrag gemacht hat. Sie hat ihn angenommen.

»Wie ist es dazu denn gekommen?«, frage ich verblüfft.

»Ich habe kapiert, dass ich solide werden muss. Bist ein Vorbild, Alter.«

»Wie lange kennt ihr euch?«

»Seit gestern.«

»Viel Glück.«

»Dir auch.«

Am letzten Abend sitzen Inna und ich wieder zum Sonnenuntergang am Strand.

»Werden wir es schaffen?«, fragt sie leise.

»Natürlich schaffen wir es.«

»Was macht dich so sicher?«

Ich drücke ihr einen Kuss auf die Lippen. »Weil wir es wollen.«

Ich sehe sie an. Sie sieht mich an.

Zwei wie wir.

Philip Tamm

So humorvoll und romantisch schreibt keiner über Männer und Frauen und alles dazwischen.

978-3-453-40590-5

978-3-453-40591-2